写给孩子的美丽元曲

林画 著

华龄出版社
HUALING PRESS

责任编辑：李英卓
责任印制：李未圻
封面设计：曹柏光

图书在版编目（CIP）数据

写给孩子的美丽元曲 / 林画著. --北京：华龄出版社，2019.3
ISBN 978-7-5169-1419-9

Ⅰ.①写… Ⅱ.①林… Ⅲ.①元曲－少儿读物 Ⅳ.①I222.9

中国版本图书馆CIP数据核字（2019）第015805号

书　　名：写给孩子的美丽元曲
作　　者：林画　著

出 版 人：胡福君
出版发行：华龄出版社
地　　址：北京市东城区安定门外大街甲57号　邮　编：100011
电　　话：010-58122246　传真：010-84049572
网　　址：http://www.hualingpress.com

印　　刷：三河市东兴印刷有限公司
版　　次：2020年10月第1版　2020年10月第1次印刷
开　　本：710mm × 1000mm　1/16　印　张：14
字　　数：151千字
定　　价：39.80元

序言

Preface

学元曲前要做的功课

小朋友们，从今天开始我们又要一起跨入元曲的美丽世界了。跟唐诗、宋词相比，元曲可能对大多数人来说都比较陌生，不信的话，咱们可以做个小实验：你现在合上书，去找你身边知识最渊博的人，爷爷奶奶也好，爸爸妈妈也好，无论谁都行，请他分别说出五位唐代诗人、五位宋代词人及五位元曲作家的名字。怎么样？是不是到元曲作家这儿就卡住了？

要知道，元曲可是与唐诗、宋词一起，被公认为中国韵文的三个高峰，其历史地位和文学成就丝毫不比后二者逊色。学者王国维在《宋元戏曲考序》中就说过："凡一代有一代之文学：楚之骚，汉之赋，六代之骈语，唐之诗，宋之词，元之曲，皆所谓一代之文学，而后世莫能继焉者也。"可见，元曲在中国文学史上的地位并不低，相比唐、宋，元朝离我们更近一些，但为什么元曲却离我们渐行渐远了呢？要说这背后的原因，其实相当复杂，比如有人说"元曲是典型的俗文学，格调不高，主流文学不重视"，也有人说"元朝只有短短百年历史，元曲的数量跟唐诗和宋词没法比"，等等，不一而足。这些观点都是从学术的角度分析，在我看来，还有一个很现实的原因，那就是元曲在形式上要比唐诗和宋词复杂。

一个朋友曾向我抱怨，说他见孩子这段时间对诗词感兴趣，便买了许多相关书籍，其中就有《元曲三百首》，结果孩子只随手翻了翻就扔下了。问他什么原因，回说：“看不懂。”要知道，他家孩子已经上高中了，怎么连《元曲三百首》都看不懂呢？于是，这位朋友自己把书拿起来看，结果立即就被宫调和曲牌给搞晕了，什么“双调”“南吕”“仙吕”“小圣乐”“潘妃曲”，这些都是什么啊？没关系，咱有网络，上网查吧，结果越查越糊涂。

事实上，想要自学元曲确实有一些困难，很多人都像我的朋友及他的孩子一样，被眼前这点小困难挡在了元曲的门外，从此永远无法欣赏那园内的美景。其实，我们只需要在前面做一点小功课，就能轻松跨过那道门槛。

首先，我们得弄清楚，到底什么是元曲。元曲包括两大类，一类叫元杂剧，另一类叫元散曲。大家需要注意的是，杂剧是戏剧，散曲是诗歌，二者原本属于不同的文学体裁，而之所以把它们合在一起称为“元曲”，是因为它们都采用北曲为演唱形式。也就是说，它们都是要表演、要唱出来的，只不过杂剧的形式更多样，除了唱，还有宾白、表情、舞蹈和武功等，它更像现在的京剧，而散曲则更像现在的流行歌曲。

我们还得弄清楚，什么是宫调，什么是曲牌，什么是题目。曲的宫调是从隋唐的燕乐发展而来的，以琵琶四弦定为宫、商、角、羽四声，每个弦上构成七调，其中宫声的七调称作“宫”，其他的都叫“调”，合起来共计二十八“宫调”。不过，在元曲中最常用的只有十二种宫调：仙吕宫、南吕宫、黄钟宫、正宫、中吕宫、大石调、小石调、般涉调、商调、商角调、双调、越调。每一种宫调都有它的音律风格，比如仙吕宫清新绵邈、南吕宫感叹伤悲、黄钟宫富贵缠绵、正宫惆怅雄壮等，因此，根据宫调，我们就可以判断一首曲子想要表达的情感。

曲牌，类似于宋词的词牌，它规定了一首曲子的字数、句数、句式、平仄、韵脚等。题目与内容相关，就是这首曲子的主题。我们以马致远那首著名的《越调·天净沙·秋思》为例，“越调”就是这首曲子的宫调，“天净沙”就是曲牌，“秋思”就是题目。值得注意的是，元曲有很多没有题目，只有宫调和曲牌，而且还有许多题目是后人选编时加的，并非出自曲作家本人。

虽然元曲包括了杂剧，但由于杂剧篇幅很长，内容过于复杂，对小朋友们来说难度太大了些，所以在这本书里，我重点给大家介绍散曲。实际上，散曲是从宋词发展而来的，两者有很多相似的地方，不过它比宋词在形式上更加灵活，允许在定格中加衬字，部分曲牌还可增句，押韵上允许平仄通押。散曲又分为小令、套曲和带过曲三种。小令又叫“叶儿”，是元曲当中最短小的成员，通常只含有一支曲子，只用一个曲牌；如果作者想要表达的内容比较多，可以把一个曲牌重复用几次，我们把这个叫作“重头小令”。套曲又叫“套数”，由两支以上同一宫调的不同曲牌连缀而成，通常前有引子，后有尾声，中间缀以若干支曲牌。带过曲介于二者之间，用两三个同一宫调的小令连缀在一起，以表达一个共同的内容。带过曲与重头小令的区别在于，它用的是不同的曲牌。

掌握了前面这些知识之后，就可以正式开始我们的元曲之旅了。还有一些比较细碎的知识点，我会在后面的内容当中讲到，大家根据实例来学习可能吸收得会更快一些。总之，要提醒大家的是，只有走进花园才能欣赏到园内的美景，总是在门外徘徊，就会使你错过元曲中的那些个美好。我们走进去看看吧，还等什么呢？

目录

Contents

郑光祖

张养浩

卢挚 珠帘秀

乔吉

关汉卿

一个熟悉的陌生人

才子作曲赠佳人

好个“盖世界浪子班头”

多情自古伤离别

感天动地窦娥冤

一个熟悉的陌生人

如果我们将元曲作家按成就大小列一个排行榜的话，名列榜首的毫无疑问只能是关汉卿。学者王国维在《宋元戏曲史》中说得很清楚："元代曲家，自明以来，称关、马、郑、白，然以其年代及造诣论之，宁称关、白、马、郑为妥也。关汉卿一空倚傍，字筹伟词，而其言曲尽人情，字字本色，故当为元人第一。"由此可见，关汉卿作为元曲四大家之首，已经是一个公认的事实了。他在元曲中的地位，就如同唐诗之于李白、宋词之于苏轼。然而，如此重要的一个大人物，在历史中的身影却是那样模糊。可以说，关汉卿对我们而言，其实是一个熟悉的陌生人。

不要说李白和苏轼，唐宋时期相对重要一些的作家，我们大致都能拉一个大事年表，他们哪年做过什么重要的事，人生有什么重大变动，全都一清二楚。我们再来看看作为"元曲第一人"的关汉卿，不要说大事年表，我们甚至连他是哪一年出生、哪一年去世的都不能确定。在对关汉卿的生平介绍中，往往有这样一句话——"生卒年不详"。当然，有些不甘心的编者会写"约生于元太宗在位时代（1229～1241），卒于元成宗大德年间（1297～1307）"。另外，还有一些敢于大胆推测的编者会写"生于1234年之前，卒于1300年左右"。如此用心良苦，也真是难为那些元曲的编选者了。

与生卒年相比，关汉卿的籍贯记载要略好一些，虽然有三种说法，但在表述时多少能带些肯定的语气了。第一种说法认为，关汉卿是元大都人，元大都即现在的北京；第二种说法认为，关汉卿是解州人，解州即现在的山西运城；第三种说法认为，关汉卿是祁州人，祁州即现在的河北安国。经过一系列的研究、考证，学者们最后将这三种说法进行了综合，认定关汉卿是河北祁州伍仁村人，祖籍解州，一生重要的戏剧活动在大都，老年回到伍仁村故里，便在这里去世。

事实上，不仅记载关汉卿的历史资料匮乏，后面我们将要讲到的很多元曲大作家也都身影模糊，这在很大程度上是由元朝的政治统治造成的。1206年，成吉思汗建立蒙古国，此后他和他的子孙们不断对外征战，开拓了东起日本海、西抵地中海、北跨西伯利亚、南至波斯湾的辽阔疆域。1234年，蒙古灭金，占据了淮河以北的广大汉族居住区，于是生活在中国北方的关汉卿便由金国人变成了蒙古国人。1271年，忽必烈取《易经》“大哉乾元”之意，改国号为“大元”，第二年把都城南迁到燕京，称为大都。1279年，元军在崖山海战消灭南宋，结束了长期的战乱局面。

元朝灭南宋以后，把人民分成四等：蒙古人，色目人，汉人，南人（南宋遗民）。汉人和南人备受欺凌。同时，作为马背上的民族，蒙古人推行轻文重武的政策，废除科举，使知识分子失去了进阶之身，社会地位十分低下，民间甚至有“八娼九儒十丐”之说。历史书写的总是那些舞台中央的人物，已经被边缘化的汉族读书人，自然被排除在外了，而这正是像关汉卿这样的元代文人记载资料匮乏的原因。不过，关汉卿对于这种被边缘的现状并不是太在意，他反而跳脱了古代文人那种以当官为人生至高理想的窠臼，能够充分地享受生活。这一点，我们从他的作品《南吕·四块玉·闲适》可以看出端倪。

nán lǚ sì kuài yù xián shì
南吕·四块玉·闲适（其二）

jiù jiǔ tóu，xīn pēi pō，lǎo wǎ pén biān xiào hē hē。
旧酒投，新醅泼，老瓦盆边笑呵呵。

gòng shān sēng yě sǒu xián yín hè。tā chū yí duì jī，wǒ
共山僧野叟闲吟和。他出一对鸡，我

chū yí gè é xiánkuàihuo
出一个鹅，闲快活。

关汉卿一共写了四首《南吕·四块玉·闲适》，这是其中的第二首。根据我们在序言中讲的知识，大家可以知道，这是一首小令，“南吕”是宫调，“四块玉”是曲牌，“闲适”是主题。

这首小令写实地描写了作者与亲朋好友把酒言欢的画面。“旧酒投，新醅泼，老瓦盆边笑呵呵”，三五好友围坐在瓦盆边，煮酒谈天，笑容满面。其中“投”应做“酘”，指的是二次酿酒。前两句分别指代两种不同的酒，在这里用来强调酒宴的酣畅场面。

“共山僧野叟闲吟和”，在瓦盆边与作者一同饮酒的是山间的僧人、田间的智叟，大家聚在一起行酒令，兴致高昂时就赋诗一首。“他出一对鸡，我出一个鹅，闲快活。”众人相聚，菜色虽是每人带一样，并不精致，但气氛融洽，好不快活。

这场即兴发起的小宴会，酒器并不名贵，菜肴也不是精心制作的，既没有繁文缛节，也没有妙语笙歌的舞女，赴宴的既非酸腐的儒生，也不是绫罗锦缎满身的王公大臣，只不过三两山僧野叟相聚，自备下酒菜，其乐融融地饮酒赋诗。鲜明形象的描绘，加上信手拈来的口语化语言，让小令极富生活气息，朴实自然。这样的宴会，正是委身田园、山野的人才能享受到的逍遥自在生活的一部分。

nán lǚ sì kuài yù xián shì
南吕·四块玉·闲适（其四）

nán mǔ gēng dōng shān wò shì tài rén qíng jīng lì duō
南亩耕，东山卧，世态人情经历多。
xián jiāng wǎng shì sī liang guò xián de shì tā yú de shì
闲将往事思量过。贤的是他，愚的是
wǒ zhēngshén me
我，争什么！

这是四首组曲中的最后一首，是这组小令的总结。作者经历了人世间的风风雨雨，看到了贤愚颠倒的混沌现实，没有什么可争的了。曲末一句“争什么”突出了作者与世无争的思想。

“南亩耕，东山卧，世态人情经历多。”开篇列举了作者心中推崇的隐逸名士陶渊明和谢安。“南亩耕”指的是弃官归来的陶渊明，因其在《归园田居》诗中写有“开荒南野际，守拙归园田”两句，故有此言。“东山卧”代指谢安，年少时谢安曾出任太子少傅等显赫官位，后归隐会稽东山，与王羲之等名士游戏山水间，吟咏赋诗作文。关汉卿列举二人的目的在于说明自己归隐的理由同这两位名士相同，都是在历经世态人情之后，出于对现实的清醒认识而做出的选择。

“闲将往事思量过。贤的是他，愚的是我，争什么！”结尾四句话一气呵成，承接前文，先说明归隐的选择并非赌气之举，而是几经思量得出的结论。再通过回顾往事，指出自己所处的时代善恶不分，贤愚难辨，人情淡薄。由此，得出不必与那些贪恋名利满身铜臭之人争辩计较的结论。与其与他们争“贤”，不如以“愚”自居，不计长短，自在生活。

才子作曲赠佳人

虽然记载关汉卿的历史资料相对匮乏，但经过一代代学者们的辛苦挖掘，大体上还是能够理出他的人生脉络来的。

关汉卿出生在金朝末年，他父亲是一名医生，这就使得他的生活条件优于一般百姓，并且有了接受教育的机会。元统一全国之后，按照关汉卿行医世家的出身，将其编入“医户”，于是他也就成了一个能够接近群众的普通下层医人。

不过，关汉卿显然对于医生这个行业不太感兴趣。在蒙古灭金以后，他来到大都，开始专事戏剧活动。关汉卿才华横溢，在大都生活的日子里，他主要在娱乐场所从事杂剧创作活动，甚至亲自登台唱戏。他与王和卿、杨显之、费君祥、梁进之等许多戏曲作家有密切交往，他主持玉京书会时，经常与大家一起交流创作经验、彼此评改作品；他流连于勾栏瓦肆，和一些著名艺人也相当熟悉，他可能与戏曲家王实甫有一定关系，据说两人共同完成了杂剧《西厢记》。

南宋亡国之后，北方许多剧作家和表演者南下谋生，关汉卿也在其中。他来到扬州、杭州等地，继续从事艺术活动。在扬州，关汉卿结识了当地的梨园名角珠帘秀。珠帘秀在当时的梨园戏班中排行老四，因而大家称她四姐，小辈则称她一声“娘娘”。珠帘秀的美与一般戏苑名伶的美不同，她的美少了一份香艳俗气，添了一份雅致端庄。她在舞台上成功塑造了一个又一个传神的形象，戏路宽广，技艺高超。珠帘秀本人也擅长作曲，常常与那些文人墨客以文会友，关汉卿便是其中之一。为了表达对这位天才女演员的欣赏，关汉卿专门写了一首套曲，叫作《南吕·一枝花·赠珠帘秀》。

nán lǚ yì zhī huā zèng zhū lián xiù
南吕·一枝花·赠珠帘秀

qīng cái xiā wàn xū, qiǎo zhī zhū qiān chuàn。jīn gōu guāng cuò luò, xiù dài wǔ pián xiān。sì wù fēi yān, zhuāng diǎn jiù shēn guī yuàn, bù xǔ nà děng xián rén qǔ cì zhǎn。yáo sì bì fěi cuì nóng yīn, shè wàn wǎ liú li sè qiǎn。

轻裁虾万须，巧织珠千串。金钩光错落，绣带舞蹁跹。似雾非烟，妆点就深闺院，不许那等闲人取次展。摇四壁翡翠浓阴，射万瓦琉璃色浅。

fù guì sì hóu jiā zǐ zhàng fēng liú rú xiè fǔ
【梁州】富贵似侯家紫帐，风流如谢府
hóng lián suǒ chūn chóu bú fàng shuāng fēi yàn qǐ chuāng xiāng
红莲，锁春愁不放双飞燕。绮窗相
jìn cuì hù xiāng lián diāo lóng xiāng yìng xiù mù xiāng qiān
近，翠户相连，雕栊相映，绣幕相牵。
fú tái hén mǎn qì yú qián rě yáng huā fēi diǎn rú mián chóu
拂苔痕满砌榆钱，惹杨花飞点如绵。愁
de shì mǒ huí láng mù yǔ xiāo xiāo hèn de shì shāi qǔ jiàn xī
的是抹回廊暮雨萧萧，恨的是筛曲槛西
fēng jiǎn jiǎn ài de shì tòu cháng mén yè yuè juān juān líng
风剪剪，爱的是透长门夜月娟娟。凌
bō diàn qián bì líng lóng yǎn yìng xiāng fēi miàn méi fú zěn
波殿前，碧玲珑掩映湘妃面，没福怎
néng gòu jiàn shí lǐ yáng zhōu fēng wù yán chū luo zhe
能够见。十里扬州风物妍，出落着
shénxiān
神仙。

qià biàn sì yì chí qiū shuǐ tōng xiāo zhǎn yí
【尾】恰便似一池秋水通宵展，一
piàn zhāo yún jìn rì xuán nǐ gè shǒu hù de xiān sheng kěn xiāng
片朝云尽日悬。你个守户的先生肯相
liàn shà shì kě lián zé yào nǐ shǒu zhǎng lǐ qí qíng zhe nài
恋，煞是可怜，则要你手掌里奇擎着耐
xīn ér juǎn
心儿卷。

整套曲由三支曲子组成，用词典雅，感情真挚，言语清丽动人，不见雕砌之处，就把珠帘秀的美貌和高超的技艺、优雅的举止勾勒了出来，如人物特写一样精致。

“轻裁虾万须，巧织珠千串。”第一支曲子开篇，关汉卿以“虾须”来指代珠帘秀。因珠帘卷曲起来像虾的须子圈起来一样，故“虾须”成为古代对竹帘或珠帘的别称。珠帘与珠帘秀的名字仅差一字，这里关汉卿是用借代的手法描写珠帘秀样貌光彩夺目，声音悦耳，如金玉撞击一样动听。

“金钩光错落，绣带舞蹁跹。”前一刻还静止歌唱的珠帘秀，此时已舞动身姿，她头上的金饰若隐若现反射着灯光，身上的彩带随风飞舞，果真是静若处子动若脱兔的奇女子。“似雾非烟，妆点就深闺院，不许那等闲人取次展。”台上纱帘浮动，珠帘秀好似天女下凡出现在纱幔后面。“摇四壁翡翠浓阴，射万瓦琉璃色浅。”女子破帘而出，一霎舞台之上琉璃翡翠都黯然失色，观众眼中只清楚印下珠帘秀的风姿。第一支曲子至此结束，看似处处写珠帘，实则处处写人，处处表现珠帘秀高超的技艺和精美的扮相。

“富贵似侯家紫帐，风流如谢府红莲，锁春愁不放双飞燕。”这三句隐约交代了珠帘秀的爱情生活。前两句的“紫帐”和“红莲”均指代珠帘秀。平日里她时常出入王侯之家、名门望族的宅邸，但她心中仰慕的另有他人。“绮窗相近，翠户相连，雕栊相映，绣幕相牵。”这四句写珠帘秀与心上人相会的亲密场景，两人漫步在雕梁画栋的宅院中，手牵着手欣赏美景，羡煞鸳鸯。

然而，珠帘秀的职业致使两人的感情并不顺遂，她时常遭到纨绔子弟的轻薄，一旦洁身自好冷落对方，便会惹来更多的流言蜚语。“拂苔痕满砌榆钱，惹杨花飞点如绵”，“榆钱”即榆荚，因形状似铜钱得名，这里代指纨绔子弟。“杨花”则指代珠帘秀，暗示其命运凄苦只能随风飞舞。这两句正是暗示她强颜欢笑的处境，以及她无法摆脱这种处境的无奈心情。

“愁的是抹回廊暮雨萧萧，恨的是筛曲槛西风剪剪，爱的是透长门夜月娟娟”三句，赞扬珠帘秀是个爱憎分明的人，她如一朵青莲在污浊的社会中生长，不蔓不枝。这三句看似写门上的珠帘，实则写坚强高洁的珠帘秀。“抹、筛、透”三个字表达了作者的巧思，强调了雨、风、月光这三种景物的特色，也透露出珠帘秀的坚守与孤独无助。

“凌波殿前，碧玲珑掩映湘妃面，没福怎能够见”，利用典故抒写珠帘秀心中的苦闷。“凌波殿”即唐代的凌波宫，泛指水边的宫殿。《太真外传》中记载，唐玄宗于梦中遇见一容貌艳丽的女子，自称是凌波池中的龙女。“湘妃”指的是湘水的女神娥皇和女英，两人是舜的妃子，舜死后二妃的眼泪落在竹上留下斑痕。这两句是说珠帘秀就如同镜中花水中月，从此再难相见。联系珠帘秀后来嫁给杭州一个道士的经历，作者很可能正是借由这首曲子与心中的珠帘秀诀别。

“十里扬州风物妍，出落着神仙”，诀别意味更加浓郁，关汉卿化用“春风十里扬州路，卷上珠帘总不如”（杜牧《赠别二首》），赞美珠帘秀色艺双绝。整首《梁州》，关汉卿用含蓄隐秘的手法表达了他对珠帘秀的倾慕，其中寄托了他的深情，以及对珠帘秀遭遇的同情。

关汉卿在《尾曲》中着重写自己与珠帘秀分别的不舍，并祝福珠帘秀，希望娶她之人能够怜爱她。“恰便似一池秋水通宵展，一片朝云尽日悬”，这两句看似写珠帘的难得珍贵，实则是写作者对珠帘秀的珍视。“你个守户的先生肯相恋，煞是可怜，则要你手掌里奇擎着耐心儿卷。”“先生”即道士在元代时的称呼，这里指的是珠帘秀嫁的那位道士。作者在最后希望这位擎得“珠帘”之人能如他一样珍视珠帘秀，将她捧在手心中好好地呵护。

好个“盖世界浪子班头”

如同李白被称为“诗仙”，杜甫被称为“诗圣”，关汉卿也有一个响亮的名号，叫作“曲圣”。以关汉卿在元曲中的成就，这个名号可以说是实至名归了。不过话说回来，这个名号虽响，但放到关汉卿生活的时代，却并不那么光彩。

据史料记载，元朝一共举行过十六次科举考试，而第一次开科取士是在1315年，那时关汉卿已去世多年。因此，可以肯定，在关汉卿生活的时代是没有科举的。那么，当时的士人都干什么去了呢？官当不了，那就去做吏吧。虽然从身份上讲，官是上等人，是人民为他服务的；而吏是下等人，是为官员服务的。但在元朝，庞大的胥吏阶层却是官僚的后备军，通过举荐方式由吏而入官是当时大多数士人选择的进阶方式。

此外，对于关汉卿来说，医生也是一个不错的职业选择。正所谓“不为良相，便为良医”，医生的社会地位在古代一直都是很高的。而且，关汉卿本人便是医户出身，有着先天的优势。然而，他却整日流连于瓦舍勾栏，终生与杂剧散曲相伴，这显然是被当时的主流社会所鄙视的。据说，作为关汉卿的红颜知己，珠帘秀就曾当面劝他要仔细谋个前程，莫要一味地玩世不恭。

面对珠帘秀的谆谆苦劝，关汉卿淡笑不语，只让珠帘秀拿来纸笔，写下《南吕·一枝花·不伏老》这套曲子，送给珠帘秀，也送给自己。

nán lǚ yì zhī huā bù fú lǎo
南吕·一枝花·不伏老

pān chū qiáng duǒ duǒ huā zhé lín lù zhī zhī liǔ huā
攀出墙朵朵花，折临路枝枝柳。花
pān hóng ruǐ nèn liǔ zhé cuì tiáo róu làng zǐ fēng liú
攀红蕊嫩，柳折翠条柔。浪子风流。
píng zhe wǒ zhé liǔ pān huā shǒu zhí shà de huā cán liǔ
凭着我折柳攀花手，直煞得花残柳
bài xiū bàn shēng lái zhé liǔ pān huā yí shì lǐ mián huā
败休。半生来折柳攀花，一世里眠花
wò liǔ
卧柳。

wǒ shì gè pǔ tiān xià láng jūn lǐng xiù gài
【梁州】我是个普天下郎君领袖，盖

shì jiè làng zǐ bān tóu yuàn zhū yán bù gǎi cháng yī jiù
世界浪子班头。愿朱颜不改常依旧，
huā zhōng xiāo qiǎn jiǔ nèi wàng yōu fēn chá diān zhú
花中消遣，酒内忘忧。分茶攧竹①，
dǎ mǎ cáng jiū tōng wǔ yīn liù lǜ huá shú shèn xián chóu
打马藏阄②，通五音六律滑熟，甚闲愁
dào wǒ xīn tóu bàn de shì yín zhēng nǚ yín tái qián lǐ
到我心头。伴的是银筝女，银台前、理
yín zhēng xiào yǐ yín píng bàn de shì yù tiān xiān xié yù
银筝、笑倚银屏；伴的是玉天仙，携玉
shǒu bìng yù jiān tóng dēng yù lóu bàn de shì jīn chāi
手、并玉肩、同登玉楼；伴的是金钗
kè gē jīn lǚ pěng jīn zūn mǎn fàn jīn ōu nǐ dào
客，歌金缕、捧金樽、满泛金瓯。你道
wǒ lǎo yě zàn xiū zhàn pái chǎng fēng yuè gōng míng shǒu
我老也，暂休。占排场风月功名首，
gèng líng lóng yòu tī tòu wǒ shì gè jǐn zhèn huā yíng dū shuài
更玲珑又剔透，我是个锦阵花营都帅
tóu céngwán fǔ yóuzhōu
头，曾玩③府游州。

zǐ dì měi shì gè máo cǎo gāng shā tǔ wō
【隔尾】子弟每是个茅草冈、沙土窝、
chū shēng de tù gāo ér zhà xiàng wéi chǎng shang zǒu wǒ shì
初生的兔羔儿，乍向围场上走；我是
gè jīng lǒng zhào shòu suǒ wǎng cāng líng máo lǎo yě jī
个经笼罩、受索网、苍翎毛老野鸡，
chǎ tà de zhèn mǎ ér shú jīng le xiē wō gōng lěng jiàn là
蹅踏的阵马儿熟。经了些窝弓冷箭蜡
qiāng tóu bù céng luò rén hòu qià bú dào rén dào zhōng
枪头④，不曾落人后，恰不道“人到中
nián wàn shì xiū wǒ zěn kěn xū dù le chūn qiū
年万事休我怎肯虚度了春秋。

wǒ shì gè zhēng bú làn zhǔ bù shú chuí bù biān
【尾】我是个蒸不烂、煮不熟、捶不匾、
chǎo bú bào xiǎng dāng dāng yí lì tóng wān dòu nèn zǐ dì
炒不爆、响珰珰一粒铜豌豆，恁子弟
měi shuí jiào nǐ zuān rù tā chú bú duàn zhuó bú xià jiě
每谁教你钻入他锄不断、斫不下、解

bù kāi dùn bù tuō màn téng téng qiān céng jǐn tào tóu
不开、顿不脱、慢腾腾千层锦套头⑤？
wǒ wán de shì liáng yuán yuè yǐn de shì dōng jīng jiǔ shǎng
我玩的是梁园月，饮的是东京酒，赏
de shì luò yáng huā pān de shì zhāng tái liǔ wǒ yě huì
的是洛阳花，攀的是章台柳。我也会
wéi qí huì cù jū huì dǎ wéi huì chā kē huì gē
围棋、会蹴踘、会打围、会插科、会歌
wǔ huì chuī tán huì yān zuò huì yín shī huì shuāng
舞、会吹弹、会咽作、会吟诗、会双
liù nǐ biàn shì luò le wǒ yá wāi le wǒ zuǐ qué le
陆。你便是落了我牙、歪了我嘴、瘸了
wǒ tuǐ zhé le wǒ shǒu tiān cì yǔ wǒ zhè jǐ bān ér dǎi
我腿、折了我手，天赐与我这几般儿歹
zhèng hòu shàng wù zì bù kěn xiū zé chú shì yán wang qīn
症候，尚兀自不肯休。则除是阎王亲
zì huàn shén guǐ zì lái gōu sān hún guī dì fǔ qī pò
自唤，神鬼自来勾，三魂归地府，七魄
sàng míng yōu tiān na nà qí jiān cái bú xiàng yān huā lù
丧冥幽，天哪，那其间才不向烟花路
ér shàng zǒu
儿上走！

①分茶攧竹：古代两种游戏名称。分茶，指把茶均匀地分注在小杯里待客；攧竹，即画竹。②打马藏阄：两种古游戏名。打马，一种赌博游戏；藏阄，类似猜谜。③玩：观赏。④蜡枪头：用蜡做的枪头，通常用以比喻好看而不实用的样子货，这里借指别人的中伤。⑤锦套头：锦缎制的套头，喻圈套、陷阱。

这一作品以略带夸张的手法描写了作者关汉卿放荡不羁的浪子生活，既抒发了一个知识分子的伟大抱负，也写出了他对现实的无奈及抗争。

《录鬼簿》称关汉卿为“驱梨园领袖，总编修师首，捻杂剧班头”。关汉卿本人在这首套曲中也毫无惭色地自称“我是个普天下郎君领袖，盖世界浪子班头”，将其睥睨天下的气势表现得淋漓尽致。

在首曲《一枝花》里，作者一口气连用六个“花”“柳”，以炫丽的笔法重点描述了“攀花”和“折柳”两件风月之事，并表示：“半生来折柳攀花，一世里眠花卧柳”，体现了他对封建规范的藐视和“浪子风流”的性格。“浪子”这种放荡的形象，在这里带有一种自由不羁的气概。这种别具一格的开头为整首曲子奠定了意蕴深广的基调。

随着曲牌的转换，在《梁州》一曲里，关汉卿塑造了元代社会所特有的世俗化文人形象，表现了他不惧权威的傲骨雄心。紧接着，在《隔尾》一曲中，他开始讲述自己饱经磨难的经历——“我是个经笼罩、受索网、苍翎毛老野鸡，蹅踏的阵马儿熟”，比起那些“子弟”来，关汉卿算得上是饱经忧患了。但这一切在他看来，不过是“经了些窝弓冷箭蜡枪头”，他并“不曾落人后”，因此他说“我怎肯虚度了春秋”，表现出他不屈的性格和对时光的珍惜，同时也为下文做好了铺垫。

如果说前三曲是关汉卿在情绪上的酝酿，那么在《尾》曲中，他那种桀骜不驯的情绪就达到了高潮，全套曲子最精彩的部分也尽在于此：“我是个蒸不烂、煮不熟、捶不匾、炒不爆、响珰珰一粒铜豌豆，恁子弟每谁教你钻入他锄不断、斫不下、解不开、顿不脱、慢腾腾千层锦套头？”这一气读来，有一种雄浑豪迈、富于韵律的美感，让人不禁想起千百年前另一位伟大诗人屈原的呼喊：“亦余心之所善兮，虽九死其犹未悔！”

关汉卿用“蒸不烂”“捶不匾”等令人热血沸腾的词来形容“铜豌豆”，赋予了它坚韧不屈、与世抗争的新形象，迸射出一种对现实的愤怒和不满，以及对人生美好理想的追求。这里还巧妙地运用了暗喻的修辞手法，表面上讲风流韵事，实际上暗含着关汉卿对元朝黑暗统治的控诉与谴责，并表现出一种热爱自由、歌颂斗争的昂扬精神。

结尾处作者发出悲凉沉郁的呼喊："除是阎王亲自唤，神鬼自来勾。三魂归地府，七魄丧冥幽。天哪，那其间才不向烟花路儿上走！"这几句强烈地控诉了元朝统治者断绝知识分子出路的举措，袒露了坎坷的人生遭际带给他们的心灵创伤，并且表达了他们奋战到底、至死不屈的决心，体现了他们对人生价值的永恒追求。行文至此，全篇已然升格至"向死而生"的哲学境界。

这首曲子一气贯通，气韵古朴，语势滔滔，在波澜起伏的情感中能看到作者的独特品性。结合当时特定的历史环境来分析，会发现它与众不同的审美价值，无怪乎它历来为人们所传诵。

多情自古伤离别

在《写给孩子的美丽宋词》中，我曾经给大家介绍过柳永的《雨霖铃》，其中有一句写得非常好，叫作"多情自古伤离别"。什么意思呢？用现在的话说就是，感性的人自古以来就更容易被离愁别绪所困扰。所谓"感性的人"，换种说法就是性情中人。关汉卿恰恰就是这样一位性情中人。

关汉卿一生居无定所、四海为家，离别对他来说是再平常不过的了，而作为一名多情才子，他的笔下自然少不了"伤离别"的曲子。关汉卿存世的散曲共有49首，其中描绘男女离愁别绪的占有相当大的比重，这里给大家介绍其中的两首。

nán lǚ sì kuài yù bié qíng
南吕·四块玉·别情

zì sòng bié, xīn nán shě, yì diǎn xiāng sī jǐ shí jué?
自送别，心难舍，一点相思几时绝？

píng lán xiù fú yáng huā xuě　xī yòu xié　shān yòu zhē
凭阑袖拂杨花雪。溪又斜，山又遮，
rén qù yě
人去也！

这是作者以女性口吻写的一首表达离愁别恨的小令，主要抒写了女子在送别爱人后的所思所想，表达了女主人公的相思之情及其内心的孤寂和苦闷。

作品的前两句写自从上次送别爱人之后，女主人公的心里总是觉得难舍难分，对于爱人的满腔思念始终萦绕在心中。在这两句中，作者寥寥几个字就点明了送别的主题和女主人公的复杂心情，简单明了而又不失深情。“一点相思几时绝”是这篇小令中直接点明中心的句子，意思是说，女子因为见不到恋人而觉得内心愁苦不安，不知道什么时候才能与他相见，好让自己不再相思和孤寂。作者在此使用了问句的形式，形象地传达出女主人公思念情人又不知何时才能与其相见的不安，由此也突显了别情的缠绵、女主人公的相思之苦及她想见到恋人的急切心情。同时，这句话也奠定了整篇小令的情感基调，使情感的表达显得更加形象而真挚。

接下来的几句是送别场景的回忆，作者以女主人公的口吻娓娓道来：“记得我斜倚着柳树下的栏杆目送你远行时的情景，当时我用衣袖拂去片片雪一样洁白的柳絮，以免妨碍视线，看不清楚你。然而，你的身影却渐渐从我的视野中消失，最终再也看不到了。凭栏远眺，只能看到弯弯曲曲的小溪向东流去，重重的山峦遮住了你远去的道路，而心上人真的走远了。”这几句在对往昔分别情景的追述和回忆中，流露出女主人公对爱人的不舍及依依惜别之情，同时，弯曲的溪水、重重山峦等外在自然景物更加强化了主人公内心的孤寂与苦闷。

商调·梧叶儿·别情

shāng diào wú yè ér bié qíng

bié lí yì xiāng jiàn nán hé chù suǒ diāo ān chūn jiāng
别离易，相见难，何处锁雕鞍。春将
qù rén wèi huán zhè qí jiān yāng jí shà chóu méi lèi yǎn
去，人未还，这其间，殃及煞愁眉泪眼。

关汉卿描写男女离别愁绪时，特别擅长对女子的心理活动进行精细刻画。这首曲子用语大胆朴实却真切动人，巧妙地截取了女主人公生活的一个侧面，却细致入微地表达出女主人公心中的思绪。这首曲子的题目虽然也叫《别情》，但是宫调和曲牌与前一首不同，大家可以对比着来欣赏。

“别离易，相见难，何处锁雕鞍”，前三句字里行间流露出女主人公心中的悔意。柳永《定风波》词中说：“早知恁么，悔当初，不把雕鞍锁。”此处便化用了这首词，传达出女主人公“悔教夫婿觅封侯”（王昌龄《闺怨》）的心情。她既因“相见时难别亦难”（李商隐《无题》）而恨自己当初没有锁住他的“雕鞍”，也怀疑他的“雕鞍”在“何处锁”，担心他被人“锁”在了别处。

“春将去，人未还”六个字足以显示出女主人公心中的哀怨。春天都过去了，心中期盼的人却仍旧没有归来。“这其间，殃及煞愁眉泪眼”，一个“煞”字把思念中愁眉苦脸默默流泪的女子形象勾勒出来。前后两句连接顺畅，用语平常，没有一丝矫揉造作之意。怪不得周德清在《中原音韵·作词十法》中赞道：“‘这其间’三字，承上接下，了无瑕疵。‘殃及煞’三字，俊哉语也。”

小令虽写的是女子别离伤怀之情，却有别于其他诗人、词人的笔法。关汉卿没有写“青山隔送行，疏林不做美，淡烟暮霭相遮蔽”（《西厢记·草桥惊梦》）这样的送行场面，也没写“执手相看泪眼，竟无语凝咽”（柳永《雨霖铃》）的难舍情景，他只将女子心中的悔意和深深的埋怨，以及她心中难以搁置的思念简笔道出，将复杂多变的女子心思，将她对别离之人的爱意、恨意、怨念，一一呈现，立意之巧，令人赞叹。

在曲调的选取上，关汉卿也花尽心思，恰到好处地选择了适合表达哀怨之情的“商调”，让百转千回的心思更加富有感染力，引起读者共鸣，这也是元曲较诗词而言特有的韵味，所以明代王世贞在《曲藻》中称这首小令为“情中悄语”的典范。

感天动地窦娥冤

在关汉卿的人生标签中，《窦娥冤》无疑是最闪亮的那一个。提到关汉卿，大家脑子里的第一反应可能就是《窦娥冤》。《窦娥冤》，全称叫作《感天动地窦娥冤》，是关汉卿根据民间传说“东海孝妇”的故事创作的一部杂剧。尽管如此，它的问世却仍然有着深刻的时代背景。

在元朝，为了满足蒙古贵族穷奢极欲的生活和军事需要，一些蒙古大臣勾结地方官吏，贪赃枉法，无恶不作。在残酷的阶级压迫和民族压迫下，各族劳动人民过着悲惨的生活，冤案更是多如牛毛。据说，当时的淮安府的确有一个女子被冤毒害婆婆，枉死刑场，但其中的真相则不为世人所知。关汉卿听闻此事之后，不禁为她的不幸遭遇深感愤慨，这才结合“东海孝妇”的故事写出了《窦娥冤》。

这个故事大体是这样的：有个名叫窦天章的书生，因无力偿还蔡婆的高利贷，只能把自己7岁的女儿窦娥抵给蔡婆当童养媳。而后，他独自一人赴京赶考，希望有朝一日能金榜题名，衣锦还乡。窦娥长大之后遂成了蔡婆的儿媳，未料二人成婚不及三年光景，窦娥的丈夫便去世了，独剩她与蔡婆相依为命。蔡婆平日里向外放债，以为生计。一日，她向当地的赛卢医索债，未料意欲赖账的赛卢医心生歹意，将蔡婆骗到郊外打算谋害她的性命。正巧，地方的无赖张驴儿父子自此路过，吓得赛卢医慌忙逃跑。

不料，一波初平一波又起，张驴儿父子并非良善之人。他们知晓蔡婆小有家财而且窦娥貌美守寡，便起了贪念，要求蔡婆报答他们的救命之恩，招他们父子俩入赘。蔡婆懦弱，应允了二人无理蛮横的“入赘”要求，带着二人回到自己的家中。等在家中的窦娥听闻此事，心中的愤怒之情难以平息。她埋怨婆婆轻易便将生人带至家中，况且二人的品性甚差，窦娥抱定一女不侍二夫的信念，无论如何也不肯点头应允。

谁知，贼心不死的张驴儿，趁着蔡婆有病，将混有毒药的羊肚儿汤呈给她喝，意欲将蔡婆毒死好就此抢占窦娥。不料蔡婆闻汤后感到恶心，就把汤给了张驴儿的父亲。张驴儿的父亲将汤一饮而尽，命丧黄泉。张驴儿企图谋害他人，却谋害了自己的父亲。他非但不知悔改，反将窦娥诉诸官府，将毒害其父的罪名推在窦娥身上。公堂之上，昏庸的太守桃杌有眼无珠，对窦娥严刑逼供。窦娥为免婆婆也受皮肉之苦，三推六问之后，不得已便认了此罪。桃杌遂即刻令她画了伏状，戴了枷锁，将她关往死囚牢中，数日之后便要问斩。在贪官污吏那里，王法就如同一纸薄笺，轻易地便可焚为烟尘。

在临刑前，窦娥有一段唱最为经典，真可谓“感天动地”，这里就摘出来介绍给大家。

méi lái yóu fàn wáng fǎ bù dī fāng
【正宫·端正好】没来由犯王法，不提防
zāo xíng xiàn jiào shēng qū dòng dì jīng tiān qǐng kè jiān
遭刑宪，叫声屈动地惊天！顷刻间

yóu hún xiān fù sēn luó diàn zěn bù jiāng tiān dì yě shēng
游魂先赴森罗殿，怎不将天地也生
mányuàn
埋怨。

yǒu rì yuè zhāo mù xuán yǒu guǐ shén zhǎng
【滚绣球】有日月朝暮悬，有鬼神掌
zhe shēng sǐ quán tiān dì yě zhǐ hé bǎ qīng zhuó fēn biàn kě
著生死权。天地也只合把清浊分辨，可
zěn shēng hú tū le dào zhí yán yuān wéi shàn de shòu pín qióng
怎生糊突了盗跖颜渊：为善的受贫穷
gèng mìng duǎn zào è de xiǎng fù guì yòu shòu yán tiān dì
更命短，造恶的享富贵又寿延。天地
yě zuò de gè pà yìng qī ruǎn què yuán lái yě zhè bān
也，做得个怕硬欺软，却元来也这般
shùn shuǐ tuī chuán dì yě nǐ bù fēn hǎo dǎi hé wéi dì
顺水推船。地也，你不分好歹何为地？
tiān yě nǐ cuò kān xián yú wǎng zuò tiān āi zhǐ luò de
天也，你错勘贤愚枉做天！哎，只落得
liǎng lèi lián lián
两泪涟涟。

被押往刑场的窦娥，腹中满是悲苦。她的怨气直冲九霄，奈何呼天不应，唤地不灵。罪恶的种子在人间萌生，却无人可阻止它肆意生长。蒙受莫大冤屈的窦娥，唯能在死前，将她对这浊世的愤怒，对天地的埋怨一泻而出。

盗跖是春秋时期人，原名展雄，又名柳下跖、柳展雄。相传，他曾率领九千名奴隶发动声势浩大的奴隶起义推翻当朝王权，故而历代的统治者都视其为残暴的化身。司马迁于《史记·伯夷列传》中言：“盗跖日杀不辜，肝人之肉，暴戾恣睢，聚党数千人，横行天下，竟以寿终，是遵何德哉？”在司马迁看来，当时的盗跖横行数国，屠城劫掠，所到之处血流成河，最终却得善终，令人不解。而被列为孔子弟子中七十二贤之首的颜渊，虽宅心仁厚，学识渊博，却英年早逝，令孔子哀恸不已。

上刑场之前，窦娥被打得“一道血，一层皮”，“才苏醒，又昏迷”。她本希望能于公堂之上为自己洗刷冤屈，其后才终于明白，要令官吏为她申冤不过是虚幻的泡影，“衙门从古向南开，就中无个不冤哉。”眼见事情不可挽回，窦娥唯能在断头台前发下三桩誓愿以求苍天显灵，证明自己的清白。她赌咒说，若她真有冤情，她的鲜血必然飞溅于高挂的八尺素练之上，六月飞雪必将掩埋她的尸身，而淮安一带则将不见甘霖而大旱三年。

在关汉卿笔下，窦娥发誓之后，阴风怒号，白雪纷飞，天地之间俨然是一幅悲惨的景象。

行刑之后，窦娥许下的三桩“无头愿”皆一一应验。百姓们始知窦娥高如青山、深似浩海的冤情。但窦娥的惨死，并非此剧的终结。上天不仅令她的誓愿应验，还要在尘世中为她正名。窦娥辞世之后，她的父亲已中了科举，成为在京城之中任职的官员。窦娥的魂魄远赴京城向她的父亲诉冤，窦天章亦千里迢迢回乡为女查案。最终，张驴儿被处死，昏官桃杌与一干典吏永不叙用，赛卢医被充军，蔡婆由窦天章赡养，因果缘由终算得报。

在不分善恶、混淆是非的世间，恶人横行，善人受欺。关汉卿笔下的世界实是蒙元王朝混乱一角的写照。恶霸无赖横行乡里，读书之人潦倒穷苦，官府衙门颠倒黑白，地位卑微的女子更不能主宰自己的命运。窦娥屡摧不折的风骨，亦是关汉卿自身气节的投射，他不重华丽的辞章，却甘愿用自己的一支瘦笔，写尽世间的愁苦艰辛。

关汉卿深知，仅凭一己之力，难以扫除元代社会之中的颓丧之气。但他依然笃信，朗朗乾坤之中，总有似窦娥一般坚持抗争的人，为了除却世间的不公，甘愿赴汤蹈火，献出自己的生命。

马致远

世上还有个“曲状元”

一首小令成“秋思之祖”

万花丛中“马神仙”

皇帝都是他的超级粉丝

潇湘美景，皆在寿阳曲中

世上还有个“曲状元”

自从科举出现之后，状元这个称呼就开始风靡整个华夏大地，成为天下学子全都趋之若鹜的桂冠。然而，相对于庞大的知识分子群体而言，真正折下这个桂冠的人却屈指可数。据考证，自唐高祖武德五年（622）的第一位科举状元孙伏伽开始，到清光绪三十年（1904）最后一位状元刘春霖止，1283年间共产生了592名文状元，加上其他短命政权选考的状元以及各代的武状元，中国历史上总计可考的文武状元为777人。如此低的产生率，从另一个角度说明了状元的含金量有多高。不过，很多小朋友可能不知道，历史上还曾经有过一个“曲状元”，他就是我们今天要讲的马致远。

关于“曲状元”这个称呼的由来，目前有两种说法，一种认为元朝曾经在科举中“以曲取士”，戏曲也作为科举项目，而马致远考了个头名。另一种观点则认为，所谓“行行出状元”，马致远写曲子出色，所以人们给了他这样一个名号，就如同关汉卿的“曲圣”一般。个人认为，第二种说法可能更靠谱一些。

我们已经说过，元代大多作曲家的生平资料都很少，与前面的关汉卿相比，马致远的资料不仅少，而且模糊。首先说名字，有人说他名叫致远，字千里，号东篱；也有人说他名不详，字致远，晚号东篱；还有人说他原名叫“视远”，后改为“致远”。生卒年也同样不明确，有一种说法认为他出生于1251年左右，卒于1321年至1324年间，大体与关汉卿相近而稍晚。关于马致远的籍贯，仅史籍记载就有5种不同说法是：许州（今河南许昌）、集庆（今江苏南京）、广平（今河北永年）、东光（今河北东光）、大都（今北京）。目前，大家比较认可的说法是：大都（今北京）人，原籍在今天的河北省东光县。

有一种说法，马致远年轻时曾想在仕途上有一番作为，到中年才考中进士，然后一直在浙江担任低级官吏（也有说他曾在大都任工部主事），由于抱负无法施展，郁郁不得志，他50岁便辞官归隐了。然而，他到底是哪一年考中进士的，却无从考证。我们前面说过，元朝直到1315年才重开科举，如果马致远是1250年出生的，那他这时就已经65岁了，与中年考中进士矛盾，50岁辞官更无从谈起。因此，便有了另一种说法，马致远从未参加过科举，他的一生就是在四处漂泊中度过的。

我个人认为，之所以会出现上面这些相互矛盾的说法，大概是由于年代相近而同名的人造成的。当然，最根本的原因还是前面所说的，作曲人在当时的地位低下，不被重视。不过，话说回来，既然我们无法从史料中弄清楚马致远这个人，那就从作品中走进他的世界吧。

nán lǚ sì kuài yù tàn shì

南吕·四块玉·叹世（其一）

liǎng bìn pó zhōng nián guò yīn shèn qū qū kǔ zhāng
两鬓皤，中年过，因甚区区苦张
luó rén jiān chǒng rǔ dōu cān pò zhòng chūn fēng èr qǐng
罗？人间宠辱都参破。种春风二顷
tián yuǎnhóngchénqiānzhàng bō dǎo dà lái xiánkuàihuo
田，远红尘千丈波，倒大来闲快活。

nán lǚ sì kuài yù tàn shì

南吕·四块玉·叹世（其二）

dài yě huā xié cūn jiǔ fán nǎo rú hé dào xīn tóu
带野花，携村酒，烦恼如何到心头。
shuí néng yuè mǎ cháng shí ròu èr qǐng tián yí jù niú
谁能跃马常食肉？二顷田，一具牛，

bǎo hòu xiū
饱后休。

nán lǚ sì kuài yù tàn shì
南吕·四块玉·叹世（其三）

zuǒ guó xīn ná yún shǒu mìng lǐ wú shí mò gāng qiú
佐国心，拿云手，命里无时莫刚求。

suí shí guò qiǎn xiū shēng shòu jǐ yè mián yí piàn chóu nuǎn hòu xiū
随时过遣休生受。几叶绵，一片绸，暖后休。

这一组作品都是马致远晚年所作，不仅同一宫调、同一曲牌、同一题目，而且内容也大体相近。三首曲子篇幅短小，但意味深长，既表现了马致远的达观和超脱，其中充满了老庄思想清静无为的一面，又暗含了他对现实的不满和人生过半之时内心的沉郁悲凉。

“两鬓皤，中年过，因甚区区苦张罗？”首三句，作者感叹自己打拼了半世，历尽漂泊之苦，到如今人生过半，可谓“人间宠辱都参破”，对曾经所追求的一切都已看淡。时间流逝，生命垂老，当年的壮志亦在岁月中消磨殆尽。对那些所谓的荣辱、得失都已释然，唯愿远离这些红尘是非，隐退在乡间，春种秋收，过寻常农家生活，“倒大来闲快活”，对他来说，这才是人生的一大快活。

“带野花，携村酒”，假若能够这样惬意而随性地生活，曾经的“烦恼”自然就不会“到心头”。所以作者不想再去插足那些纷纷扰扰，而是选择“二顷田，一具牛，饱后休”这样闲适的生活。经过二十几年的宦海浮沉，漂泊之苦，如今的作者已失去了当年的豪情激越，只能劝慰自己“命里无时莫刚求”。

一首小令成“秋思之祖”

如同《窦娥冤》之于关汉卿，一提到马致远，人们脑海中立刻就会浮现出《天净沙·秋思》来。由于这首小令被选入了语文课本，可能很多小朋友已经能够背诵了。不过，为了让大家能够深入理解，我还是要在这里给大家好好讲一讲。

在学习之前，我们先得知道这首小令的重要地位。它作为马致远的代表作，历来被人们所称道，元代文学家周德清曾称其为“秋思之祖”。这里大家要注意，“秋思之祖”指的是《天净沙·秋思》这首小令，而不是马致远这个人。此外，大学者王国维在《人间词话》中评论道：“《天净沙》小令，纯是天籁，仿佛唐人绝句。”

yuè diào tiān jìng shā qiū sī
越调·天净沙·秋思

kū téng lǎo shù hūn yā xiǎo qiáo liú shuǐ rén jiā gǔ
枯藤老树昏鸦，小桥流水人家，古

dào xī fēng shòu mǎ xī yáng xī xià duàn cháng rén zài
道西风瘦马。夕阳西下，断肠人在

tiān yá
天涯。

这首由28个字组成的小令，用词极简，画面感极强，每一句都是一个独立的画面，杂糅在一起，点出题目中“思”的主题。

第一个画面由18个字、9个名词构建而成，如电影的“蒙太奇”技法一样，一一呈现了深秋凄清萧瑟的景色，作者精心挑选的极具秋季代表性的景物，将秋意书写得淋漓尽致。

几根干枯的树藤缠绕着枝叶凋零的古树，寒鸦划过天际叫声凄厉，远处隐约可见溪流流淌，溪流上架着小桥，桥的另一端连接着一个农家院落，炊烟袅袅升起，古老的驿道上，凛冽的西风里，一匹瘦马瑟瑟发抖。欣欣向荣的农家院落和萧瑟悲凉的秋景所形成的鲜明对比，一下子将读者的思绪带入了凄凉的秋意之中。

第二个画面描写夕阳西下时分，一个无家可归的流浪者骑着瘦马踽踽前行的情景。这个游子在古道上茫然地看着升起的炊烟和归巢的寒鸦，心中的苦痛甚于断肠。两个画面承接起来，以乐景写哀情，彷徨无助的思乡之情被表达得十分贴切。全曲整体上按照由远及近的空间顺序排列，视野也层层扩大，步步拓开，从枯藤到古道，再到夕阳，情与景也达到了水乳交融的境地。

作品的最后两句是文中的点睛之笔，也是传诵千古的名句。这两句话在文中有着重要的作用。首先，乍看上去，前面三句所描写的事物并没有必然的联系，但通过结尾这两句的提挈和连接，就使得前三句描写的对象有机地联系了起来；其次，最后两句话还起到了点明主旨、深化主题的作用。“夕阳西下”点明了时令，“断肠人在天涯”则直接点明了游子思乡的情感及其内心的悲愁，突出了主题。

“悲秋”是中国古典诗词的传统题材，自古以来迁客骚人就“秋”这一季节生出了无限感慨，让“秋”这一字眼凝聚了自然之秋和人生之秋的双重内涵。马致远除了这首家喻户晓的小令，其实还有一首名为《秋思》的套曲，这里一并介绍给大家，小朋友们可以进行对比学习。

shuāng diào · yè xíng chuán · qiū sī

双调·夜行船·秋思

bǎi suì guāng yīn yí mèng dié， chóng huí shǒu wǎng shì kān

百岁光阴一梦蝶，重回首往事堪

jiē jīn rì chūn lái míng zhāo huā xiè jí fá zhǎn yè lán
嗟。今日春来，明朝花谢。急罚盏夜阑
dēng miè
灯灭。

xiǎng qín gōng hàn què dōu zuò le shuāi cǎo niú
【乔木查】想秦宫汉阙，都做了衰草牛
yáng yě bú nèn me yú qiáo méi huà shuō zòng huāng fén héng
羊野。不恁么渔樵没话说。纵荒坟横
duàn bēi bú biàn lóng shé
断碑，不辨龙蛇。

tóu zhì hú zōng yǔ tù xué duō shǎo háo
【庆宣和】投至狐踪与兔穴，多少豪
jié dǐng zú suī jiān bàn yāo lǐ zhé wèi yē jìn yē
杰。鼎足虽坚半腰里折。魏耶？晋耶？

tiān jiào nǐ fù mò tài shē méi duō shí
【落梅风】天教你富，莫太奢。没多时
hǎo tiān liáng yè fù jiā ér gèng zuò dào nǐ xīn sì tiě
好天良夜。富家儿更做道你心似铁，
zhēng gū fù le jǐn táng fēng yuè
争辜负了锦堂风月。

yǎn qián hóng rì yòu xī xié jí sì xià pō
【风入松】眼前红日又西斜，疾似下坡
chē bù zhēng jìng lǐ tiān bái xuě shàng chuáng yǔ xié lǚ xiāng
车。不争镜里添白雪，上床与鞋履相
bié mò xiào cháo jiū jì zhuō hú lu tí yí xiàng zhuāng dāi
别。莫笑巢鸠计拙，葫芦提一向装呆。

lì míng jié shì fēi jué hóng chén bú xiàng
【拨不断】利名竭，是非绝。红尘不向
mén qián rě lǜ shù piān yí wū jiǎo zhē qīng shān zhèng bǔ
门前惹，绿树偏宜屋角遮，青山正补
qiáng tóu quē gèng nǎ kān zhú lí máo shè
墙头缺；更那堪竹篱茅舍。

qióng yín bà yí jiào cái níng tiē jī míng
【离亭宴煞】蛩吟罢一觉才宁贴，鸡鸣
shí wàn shì wú xiū xiē hé nián shì chè kàn mì zā zā yǐ
时万事无休歇。何年是彻？看密匝匝蚁
pái bīng luàn fēn fēn fēng niàng mì jí rǎng rǎng yíng zhēng
排兵，乱纷纷蜂酿蜜，急攘攘蝇争

xuè　péi gōng lǜ yě táng　táo lìng bái lián shè　ài qiū lái
血。裴公绿野堂，陶令白莲社。爱秋来

shí nà xiē　hé lù zhāi huáng huā　dài shuāng fēn zǐ xiè　zhǔ
时那些：和露摘黄花，带霜分紫蟹，煮

jiǔ shāo hóng yè　xiǎng rén shēng yǒu xiàn bēi　hún jǐ gè chóng
酒烧红叶。想人生有限杯，浑几个重

yáng jié　rén wèn wǒ wán tóng jì zhě　biàn běi hǎi tàn wú
阳节？人问我顽童记者：便北海探吾

lái　dào dōng lí zuì le yě
来，道东篱醉了也。

这首套曲篇幅比较长，由七首曲子组成，运用总分结构来解读人生之秋的内涵。题为“秋思”，却不费笔墨描写秋景，只以人生迟暮之意与忆旧之悲暗合“秋”字。第一首曲子用人生应当及时行乐的感慨统领全篇。首句运用“庄周梦蝶”的典故，烘托百年如一梦的迷惘。人生在世，光阴似箭，蓦然回首，不免心生感叹，仿佛什么都没做，就已经到达迟暮之年。

“今日春来，明朝花谢”，花开花谢像是一眨眼的工夫。这里用“今日”和“明朝”的对比来突出光阴消逝的急速感，用惜春之意反写悲秋之感。一句“急罚盏夜阑灯灭”，催促人赶忙行令罚酒，及时行乐。其中又暗含惜时之意，鼓励人趁着尚未“夜阑灯灭”时多做些事，以免以后心生悔意。首支曲子起调平缓，收尾急促，仿佛留有一丝悬念，尚未言明，从而引出下文六支曲子来。

《乔木查》和《庆宣和》两首曲子写兴亡之悲。前一曲写秦宫汉阙最终成为长满野草的牧野，任由牛羊行走觅食，昔日朝代的繁华沦为渔夫樵子的谈资，遗留下的孤坟、断碑也无法辨别年代。后一曲写三国鼎立之时，无数英雄豪杰建功立业，现如今却连他们的墓碑也无处寻觅，就连墓穴，恐怕也早已成为兔子和狐狸的洞穴。放眼现世，又哪里能看见魏国、晋国的影子。

“纵荒坟横断碑，不辨龙蛇”与“投至狐踪与兔穴，多少豪杰”几句，将两首曲子连接在一起，很好地将作者议论兴亡时生发的感情延续了下去。在马致远眼里，千古兴亡多少事，均无足轻重，豪杰英雄成就多少霸业，最终也不过一场空。他否定了自古以来文人志士讴歌的青史留名的人生理想，认为无论是华美的宫殿还是成就功业的豪杰，都无法永存，既然如此，还不如把握眼前的时光及时行乐。

《落梅风》描写的是贪财者的愚蠢，内容与前两首曲子并列，点出纵有万贯家财也是虚幻的道理。花无常开，月无常圆。帝王霸业最后也化为乌有，更何况那些守财奴的家财？那些爱财如命的人，心硬如铁，只知道守着钱财，却不懂得欣赏好景，白白辜负了锦堂的风月。

承接上三首对功名利禄的参悟，《风入松》和《拨不断》两首曲子转而写作者感悟出的人生哲学：提倡人们远离庙堂、名利和是非。其中“眼前红日又西斜”一句与首句呼应，写光阴变化。下一句“疾似下坡车”活用《山海经》中“羲和驾日车”的典故，同样是感慨光阴流逝之快。传说太阳是一只三足金乌，是帝俊与羲和的儿子，太阳每日东升西落，乃是其母羲和驾着马车在天上轮值。“上床与鞋履相别”，则用俚俗的白话点出参透生死之意。在马致远看来，远离名利混沌度日是明智之举，不应该被嘲笑。

“利名竭，是非绝”更直接指出名利就是一切是非烦恼的根源。紧接着用三句“红尘不向门前惹，绿树偏宜屋角遮，青山正补墙头缺”，描写隐居生活的舒适恬淡，环境的清幽。作者描绘出一幅构图精心的竹篱茅舍图，似屏障一样隔绝万丈红尘。最后一曲《离亭宴煞》正面点题，“蛩吟罢一觉才宁贴”，人生在世，唯有睡觉之时才能得到片刻宁静。“密匝匝蚁排兵，乱纷纷蜂酿蜜，急攘攘蝇争血”，用痛快淋漓的语言把人世间的纷争比喻成密密匝匝、闹闹嚷嚷的蚁阵蜂群，无比丑恶。

纵观全套曲词，不难发现马致远多采用散句，少见雷同的句法，最后两首却多采用对句，且曲子之间联系紧密，逻辑严谨，使整套曲子散乱之中又不失俨然秩序，曲中还运用了大量典故和俚语，使语言更生动，更有趣味，能获得雅俗共赏的艺术效果。

此外，在立意上这首套曲展现了经历半世蹉跎后的马致远对自身的感悟和超然物外的人生态度，集中地反映了政治昏暗、是非不分、黑白颠倒的大时代背景下，一代人共同的心理状态。

万花丛中“马神仙”

马致远除了“曲状元”，还有一个名号，叫作“马神仙”。元末明初有一个叫贾仲明的剧作家，为82个曲作家写了凌波仙散曲，以为凭吊，其中对马致远是这样描写的：“万花丛中马神仙，百世集中说致远，四方海内皆谈羡。战文场，曲状元，姓名香贯满梨园。《汉宫秋》《青衫泪》《戚夫人》《孟浩然》，共庾白关老齐肩。”

贾仲明之所以称马致远为“马神仙”，主要是因为他擅长写作神仙道化剧。所谓神仙道化剧，是元杂剧的一种重要形式，其内容主要是讲修炼成仙、教化度人的故事，在立意上有明显的道教思想色彩。神仙道化剧虽然发端于宋代之前，但其鼎盛时期毫无疑问是在元朝。据钟嗣成《录鬼簿》所载，元杂剧约有400种，而属于神仙道化剧一类的至少有40种，约占元杂剧总数的十分之一。

马致远所写的《岳阳楼》《陈抟高卧》《任风子》以及《黄粱梦》等，都是神仙道化剧的名作。这些故事主要宣扬的都是浮生若梦，为欢几何，富贵功名不足凭，建议人们摆脱家庭的一切羁绊，在山林的逍遥自在中得到解脱。这虽然是一种懦弱的逃避态度，但剧中也对社会的现状提出了批判，把人生的逍遥自在放在重要地位，从侧面体现出重视个体存在的价值和意义。

由于篇幅所限，不能把杂剧搬来讲解，因此在这里给大家介绍马致远两首写神仙的散曲。

南吕·四块玉·天台路

nán lǚ sì kuài yù tiān tái lù

cǎi yào tóng chéng luán kè yuàn gǎn liú láng xià tiān tái
采药童，乘鸾客，怨感刘郎下天台。

chūn fēng zài dào rén hé zài táo huā yòu bú jiàn kāi
春风再到人何在？桃花又不见开，

mìng bó de qióng xiù cái shuí jiào nǐ huí qù lái
命薄的穷秀才，谁叫你回去来。

这首曲子所讲述的刘郎入天台的故事，最早记载于南朝宋刘义庆的《幽明录》，后见于《太平御览》和《太平广记》。传说东汉明帝时期，刘晨和阮肇二人上山采药，遇到两位仙女，遂与之结为夫妇。半年后，二人思乡心切，仙女苦留不住，只好指点他们归回之路，可二人回去后发现“乡邑零落，已十世矣”。

马致远借用刘晨入天台事，编写了这首小令，意在表达他对自由神仙世界的羡慕和向往。“采药童，乘鸾客，怨感刘郎下天台”三句简述了刘晨采药遇仙女，并与仙女结合，但因思乡而返回凡间一事。简短的叙述中饱含着作者对刘晨有幸得去仙处的羡慕，以及对他不珍惜机会，留恋污浊凡尘的鄙夷。下一句“春风再到人何在？桃花又不见开”是对刘晨返回人间后的凄凉落寞心境的描述。最后一句“命薄的穷秀才，谁叫你回去来”以反问结尾，曲意深沉，加重了情感力度，表达了马致远对刘晨此举的嘲讽，也透出了他心中的激愤。

魏晋南北朝时期，纷争不断、战乱频繁，社会动荡不安，人们渴望过上幸福安定的生活，但又求而不得，只能将这种愿望寄托在文字中，因此当时的文学作品中出现了许多诸如“刘晨入天台”这样的故事。马致远写作此曲亦是为了寄托自己的怀抱，他在曲中采用对比手法，形象鲜明地展现了天上和人间的差距，并借旧事达今情，表达了自己对现实人世的厌恶和对桃花源般仙境生活的向往之情。小令语调诙谐，却掩藏不住作者内心对现实的强烈不满和胸中的抑郁悲切。

nán lǚ sì kuài yù wū shān miào
南吕·四块玉·巫山庙

mù yǔ yíng zhāo yún sòng mù yǔ zhāo yún qù wú zōng
暮雨迎，朝云送，暮雨朝云去无踪。
xiāng wáng màn shuō yáng tái mèng yún lái yě shì kōng yǔ lái yě
襄王谩说阳台梦。云来也是空，雨来也
shì kōng zěn ái shí èr fēng
是空，怎捱十二峰。

这首小令全篇只有7句话，却始终不脱离“雨”“云”“空”三字，加上其他词语的渲染描写，共同烘托出了一种神秘空灵之感。“暮雨迎，朝云送，暮雨朝云去无踪”三句，描绘了这样一幅图画——暮色降临时分，云雨如相互迎接一般飘逸而来，又如相互送别般翩然离去，无影无踪。这种意境令人感到缥缈、虚幻。

“襄王谩说阳台梦”，引用了宋玉《高唐赋》中襄王梦中遇巫山神女的典故。据《高唐赋》所记，襄王在高唐游历时，因困倦而“昼寝”，睡梦中见到一个女子，她自称是巫山的仙女，得知襄王来高唐，特来相见，并“愿荐枕席”。于是襄王与这位巫山神女共度了欢夜良宵。仙女离开时对襄王说："妾在巫山之阳，高丘之阻，旦为朝云，暮为行雨，朝朝暮暮，阳台之下。"襄王醒来后对梦中的神女念念不忘，遂为她立庙，庙的名字就叫作"朝云"。后来"巫山云雨"成了男女情爱的代名词，也常用以讽刺君王的风流荒淫。

"云来也是空，雨来也是空，怎捱十二峰"，这三句意境十分苍茫。表面字义是说云雨都是稍纵即逝之物，无论如何也无法度过高高的巫山十二峰，但深层意蕴玄虚灵动，可有多种解释。根据襄王梦遇神女的典故来讲，这句话似有借古讽今的意味；若根据作者本人的遭际来看，这句话则可看作是马致远对人生聚散无常的感叹，于字里行间透露出一种悲伤无奈的意味。

皇帝都是他的超级粉丝

在马致远的老家河北东光一带，数百年来流传着一个"燕王扫北，冯马不杀"的传说。燕王即明成祖朱棣，他是明太祖朱元璋的第四个儿子，当时领重兵镇守大都（北京）。朱元璋的长子朱标早逝，根据传嫡不传长的传统，待朱元璋死后，朱标的嫡长子朱允炆继承皇位，年号建文。建文帝即位后，与侍臣密谋削藩，改封朱棣于南昌。燕王朱棣本来就对朱允炆继承皇位不满，便以"诛奸臣，清君侧"为借口，起兵反抗。不料，当时全国都将建文帝视为正统，把燕王朱棣当作叛逆，各地官民对他进行了顽强抵抗。燕王的军队连受挫折，引起了燕王的极大愤怒，于是带兵一路杀了过去。当朱棣打到东光时，由于他很喜欢马致远的作品，得知此地是马致远的故乡，便下令"逢马不杀"，即不杀姓马的当地百姓。不料，手下军士把"逢马不杀"误解为"冯马不杀”，恰巧此处住有冯姓人家，于是冯氏也逃脱了这场灾族。

这个故事的真实性我们自然无法考证，即使它是杜撰的，从侧面我们也可以看出马致远在当时的影响是很大的。不过，话说回来，朱棣自幼生长在南京，21岁前往自己的封地燕京，远离故土，自然难免有游子之思，所以他喜欢马致远也在情理之中。

我们不妨来想象一下，朱棣作为一个皇帝，你觉得他会喜欢马致远的哪首作品呢？两首《秋思》自然是免不了的，此外，我猜下面这两首，他应该也会喜欢。

南吕·金字经
nán lǚ jīn zì jīng

夜来西风里，九天鹏鹗飞，困煞中原一布衣。悲，故人知未知？登楼意，恨无上天梯。

yè lái xī fēng lǐ, jiǔ tiān péng è fēi, kùn shà zhōng yuán yí bù yī. bēi, gù rén zhī wèi zhī? dēng lóu yì, hèn wú shàng tiān tī.

这是马致远早期的代表作之一，主要写仕途失意和天涯沦落之悲，表达了作者壮志难酬的感伤和漂泊异乡的思乡之情。

作品开篇以写景起兴，点明了自己当前的现实际遇。前三句所表达的意思为，晚上刮起了一阵大风，作者在恍惚中觉得自己变成了展翅高飞的大鹏，乘着大风，翱翔于云海之间。清醒之后才发现原来这只是幻想，自己仍然被现实所困，依旧是一个寒酸而卑微的布衣百姓。在这里，作者以自己化身为大鹏展翅高飞，来喻示自己渴望建功立业的美好理想和报效祖国的伟大抱负，并以“困煞中原一布衣”直接点明残酷的现实，从而使美好的理想与残酷的现实形成强烈的反差，表明自己所处的困境和内心的失望，蕴意深刻。

紧接着，作者以一“悲”字起句，说自己在内心极度失望的情况下，希望故人能理解和开导自己，以使自己从眼前的困境中解脱出来。然而也未必能如愿，自己心中的悲愁实在无处诉说，于是就只能像诗人王粲一样寄情于文学，通过写诗来抒写思乡的情绪，表达报国无门的感慨。“登楼意”用的是王粲的典故，在汉末的时候，西京沦丧，战乱四起，诗人王粲只得逃难到荆州。王粲想投靠刘表并一展才华，但没有得到刘表的赏识，于是作《登楼赋》以抒发其才能不得施展而产生的思乡情绪。作者运用这个典故，意在以王粲自喻，说明自己壮志难酬、四处漂泊的现状，表达自己内心失意的悲愤和对家乡的思念之情。

shuāng diào · chán gōng qǔ · tàn shì

双调·蟾宫曲·叹世

xián yáng bǎi èr shān hé，liǎng zì gōng míng，jǐ zhèn gān gē。
咸阳百二山河，两字功名，几阵干戈。

xiàng fèi dōng wú，liú xīng xī shǔ，mèng shuō nán kē。
项废东吴，刘兴西蜀，梦说南柯。

hán xìn gōng wù de bān zhèng guǒ，kuǎi tōng yán nǎ lǐ shì fēng mó？
韩信功兀的般证果，蒯通言那里是风魔？

chéng yě xiāo hé，bài yě xiāo hé，zuì le yóu tā。
成也萧何，败也萧何，醉了由他。

古人认为，以史为镜，能够明得失。在这首《叹世》曲中，马致远即以历史这面镜子来映照现实，宣泄自己对现实无情的怨愤和牢骚，感慨功名累人，帝心难测。

“咸阳百二山河，两字功名，几阵干戈”，开篇从咸阳的兴衰更迭说起。就算秦朝都城咸阳守着天险，易守难攻，最终也还是难逃战乱纷争，盛极一时的朝代最终还是江山易主。紧接着又写楚汉之争，“项废东吴，刘兴西蜀，梦说南柯”，一代枭雄项羽自刎于乌江边，刘邦兴建汉朝，统一天下。江山几度更替都如同南柯一梦，并不长久。

“韩信功兀的般证果，蒯通言那里是风魔？”就算韩信立下汗马功劳，最后也还是应了蒯通的预言，逃不了杀身之祸。而身为韩信幕下辩士的蒯通，也只能装疯卖傻逃避灾祸。“成也萧何，败也萧何，醉了由他。”当初向刘邦力荐韩信，助他成事的人是萧何，后来设计陷害韩信，让他丧命的人也是萧何。世事无常，人心叵测，功名财富最终也是一场空，不如喝醉了任其去。

韩信恐怕怎么也没想到，当日向刘邦力荐自己的萧何也是最终设计害他之人。历史长河之中的兴衰成败，是非恩怨又哪里说得清，荣华富贵不过是过眼云烟。曾经绮罗缠身，今朝踉跄入狱之事又有多少。不如“醉了由他”，超然物外，不问世事，任其发展。

官场失意的马致远将自己的感慨融入对历史事件的解读中，表达了自己对事业功名的轻视，对追名逐利行径的反感。他用精悍的笔触，引人温故那些熟悉的史实，适时做出画龙点睛的推论，让人们对功过是非产生清醒的认知。文笔的流畅，内容的丰富，情感的豪迈，无不体现出马致远散曲的豪放本色。

潇湘美景，皆在寿阳曲中

在马致远的作品中，有一组名为《寿阳曲·潇湘八景》的小令，历来被人称道。潇湘，指的是湖南一带；潇湘八景，就是位于湖南的八处美景。这个名词的提出，其实最早源于书画。

据北宋郭若虚《图画见闻志》记载，五代时的画家黄筌有《潇湘八景》传世。不过，以潇湘八景名世的并不是黄筌，而是北宋山水画家宋迪。据宋人沈括《梦溪笔谈》记载：“度支员外郎宋迪工画，尤善为平远山水，其得意者《平沙落雁》《远浦帆归》《山市晴岚》《江天暮雪》《洞庭秋月》《潇湘夜雨》《烟寺晚钟》《渔村夕照》，谓之八景。好事者多传之。”

马致远所写的《寿阳曲·潇湘八景》组曲一共八首，每首的题目与宋迪画作的名称完全相同。不过，他并不是对宋迪的画用文字进行描绘或评析，而是以个人的视角来感受湖南洞庭湖一带的旖旎风光，并且借写景来抒发自己对尘世的不满和对山林的向往。

由于篇幅所限，这里只选三首给大家介绍，如果小朋友们对其余五首也感兴趣，可以自己找来研读。

双调·寿阳曲·山市晴岚

shuāng diào shòu yáng qǔ shān shì qíng lán

花村外，草店西，晚霞明雨收天霁。四围山一竿残照里，锦屏风又添铺翠。

huā cūn wài cǎo diàn xī wǎn xiá míng yǔ shōu tiān jì sì wéi shān yì gān cán zhào lǐ jǐn píng fēng yòu tiān pū cuì

“山市晴岚”是潇湘八景之一，“市”指买卖之地，“晴”指晴天，“岚”则指山风或山中雾气。因此，“山市晴岚”正是天晴之时，山村酒家在山雾中若隐若现的景色。在这首《寿阳曲》中，这般明亮秀美的风光是在“晚霞明雨收天霁”之时。风雨之后的美景，让人豁然开朗，眼前一亮。

“花村外”三句，写村外山花盛开，山野酒店西侧，雨过初晴，明丽的霞光照亮傍晚昏暗的天空。“四围山一竿残照里，锦屏风又添铺翠。”周围的山岭都笼罩在霞光之中，像是精心绘制的屏风，山峦上的植被经由风雨的洗礼，在夕阳和霞光的映照下，笼着一层薄雾似的水汽，让树木看起来格外青翠。这两句展现出的景色层层铺叠，使“山市晴岚”的主题更加鲜明突出。

诗人先描写鲜花拥簇的山村和草店的景色，次写雨后初晴，再写夕阳余晖中村落四周的山色，最后用“又添铺翠”四个字在句尾画龙点睛般勾勒出山林沐浴新雨后的苍翠模样。全曲“山市”和“晴岚”相呼应，又各自衬托，使整幅图景看起来和谐、清新而恬淡。

此曲有两个鲜明的特点，第一是层层描写景物的手法，这样的手法把柔和明丽霞光中的山市和碧翠如屏风一样的山峦融为一体；第二是在景物描写中融入感情。这首小令笔墨凝练，且全篇都着重描绘景色，表现自然风光，一笔一景，曲中有画，由此能看出曲作者恬淡平和的心态，以及对宁静村落生活的向往。

shuāng diào shòu yáng qǔ yuǎn pǔ fān guī
双调·寿阳曲·远浦帆归

xī yáng xià, jiǔ pèi xián, liǎng sān háng wèi céng zhuó àn。
夕阳下，酒旆闲，两三航未曾着岸。
luò huā shuǐ xiāng máo shè wǎn, duàn qiáo tóu mài yú rén sàn。
落花水香茅舍晚，断桥头卖鱼人散。

马致远在他的名曲《天净沙·秋思》中写有“夕阳西下”一句，映衬羁旅异乡的游子憔悴断肠的心绪。但此曲开篇的“夕阳下”，则是为了衬托潇湘八景之一的“远浦帆归”之景。夕阳西下，橙红色的余晖洒下来，使江面上波光粼粼，层层涟漪灿烂如星。江村里悄无声息，酒家悬挂的酒旗闲闲飘展。

“酒旆闲”一句，诗人将“闲”字置于句末，烘托出此情此景的静穆、疏朗、宁静、旷远。“两三航未曾着岸”，江面上还有两三艘尚未靠岸的船只。这一句呼应了“远浦帆归”的主题。作者笔法流动，由天边的夕阳写到江村的酒旗，再到远方的航船，牵动读者的眼与心随之跳跃。

作者很钟情于后置定语这一手法，不光上句“酒旆闲”中的“闲”，后文“落花水香”中的“香”，“茅舍晚”当中的“晚”，都是将形容词放置于名词之后，这样的手法颇具匠心，使整首曲子看起来一气呵成，意脉贯通。此外，这首曲子音韵和谐，从“下”到“闲”，再到“香”“散”，有一种回环往复的轻柔之美。

“落花水香茅舍晚，断桥头卖鱼人散”，这两句写的是渔夫们归船靠岸后的情景。但马致远在曲中省略了船靠岸时的热闹景象，只着重表现这座江村远离尘嚣的宁静。他直接写到渔夫在断桥头卖完鱼后，回到落英缤纷、溪水潺潺的茅草屋的情节。“落花”一句，造景优美，将渔夫们简陋的茅草屋描绘得很有诗意。

曲中没有过多浓墨重彩的渲染和铺排，仅仅是简简单单的点染，就将一个江边村落的平凡生活勾勒得温馨、祥和，传达出渔夫们悠然自得的心境，透露出一丝动人的烟火气息和暖暖的生活情怀。

shuāng diào　shòu yáng qǔ　xiāo xiāng yè yǔ
双调·寿阳曲·潇湘夜雨

yú dēng àn，kè mèng huí，yì shēng shēng dī rén xīn suì。
渔灯暗，客梦回，一声声滴人心碎。
gū zhōu wǔ gēng jiā wàn lǐ，shì lí rén jǐ háng qíng lèi。
孤舟五更家万里，是离人几行情泪。

在中国古典诗词歌赋中，“雨”经常被赋予“离别”“伤感”“寂寞”“漂泊”的含义。此曲题目为“潇湘夜雨”，“雨”前另加一个“夜”字，使本曲的立意主旨立刻凸显出来。

从开篇“渔灯暗”一句中，可以判断出主人公此时此刻身在“渔船”之上。结合马致远的生平经历，再结合后文“客梦回”中的“客”字，这首曲应创作于他羁旅漂泊的途中。渔灯暗淡，仿佛只能照亮眼前一小块地方。作者本已在船内睡去，不知什么缘由惊醒了梦中人，把这位客人从梦境拉回到现实当中。

“一声声滴人心碎”，孤船、昏暗的灯再加上眼前淅淅沥沥的细雨，所有的意象结合起来，烘托出一种凄清的气氛，而此时此刻，作者又是刚从梦中醒来，心思茫然，眼前的夜雨无疑加倍提醒着他处境的孤寂与悲凉。“滴人心碎”四字，极为直白，但表意十分哀婉。前三句中，诗人巧妙地从“渔灯暗”过渡到“声声”雨，完成了由视觉到听觉的转换，收到了互补互生、相得益彰的艺术效果。

“孤舟五更家万里，是离人几行情泪。”已经是五更天了，与家的距离也越来越远，作者想到自己孤苦伶仃、浪迹天涯的处境，一股浓浓的思乡之情涌上心头。由“五更”到“万里”，所对应的是一叶“孤舟”一个“家”，从时间写到空间，作者又一次完成了完美的转换，深夜细雨中的思乡情怀被描绘得浓厚而真挚。

“是离人几行情泪”一句收结全曲，将感情推向高峰。全曲以雨为背景，经历了几个不断升温的阶段：首先是夜雨中行船，然后是在梦中听到雨声，雨滴声声让人心碎，最后人的“情泪”与外界的“夜雨”相交织，是雨滴还是泪水已经难以分辨。走笔至此，离家的痛苦、思乡的伤感、孤舟的寂寞融为一体，整首小令的艺术魅力也显露无余。

白朴

幸存乱世的官二代

远离官场的亡国遗民

不开心的离家人

《秋》与《秋思》

白朴笔下的爱情

幸存乱世的官二代

与关汉卿和马致远相比，同为“元曲四大家”的白朴生平资料还较为丰富，这恐怕要得益于他的官二代身份。

白朴出生于1226年，字太素，号兰谷，原名恒，字仁甫，祖籍隩州（今山西河曲一带），后来迁居到真定（今河北正定）。他的父亲白华为金宣宗三年（1215）进士，官至枢密院判；二叔白贲为金章宗泰和间进士，曾做过县令。可以说，白朴是一个不折不扣的官二代。然而，这个官二代的童年却过得异常凄惨。

在白朴出生后不久，金朝的都城汴梁便处在蒙古军的重重包围之下，因此身居中枢的白华整日为金朝的存亡奔忙，无暇顾及妻儿家室。1232年，蒙古军开始攻城，金哀宗弃城而逃，白华不得已舍下家人只身随行。次年3月，汴梁城破，蒙古大军纵兵劫掠，城内百姓惨遭杀戮。在混乱之中，白朴与母亲失散。文学家元好问与白华是故交，他刚好当时也在城中，便将年仅8岁的白朴和他的姐姐救下。

元好问时任尚书省左司员外郎，与其他金朝官员一同成了元军的俘虏，不久被押往山东聊城看管，白朴姐弟俩作为元好问的家眷一同前往。两年之后，元好问与家人又被迁往山东冠氏县。在这期间，元好问与蒙古国的汉军首领严实、赵天锡等攀上交情，生活逐渐好转，行动也变得相对自由。

元好问对待白家姐弟视如己出，关怀备至。一次，白朴身染瘟疫，生命垂危，元好问不顾自身安危，昼夜将他抱在怀中，而白朴在得疫后第六日出汗而愈。与此同时，作为文学大家的元好问，对白朴的学习也丝毫没有因为动乱而放松，他总是不辞辛苦地亲自教导，使白朴在那个艰苦的时代接受了最高水准的教育。白朴对此自然从不敢忘怀，无论是才学还是品行，都以元好问为标杆勤奋学习。

咱们回过头再说白朴的父亲白华。1234年，金哀宗自杀，金朝灭亡，于是白华便投降了南宋，做了一个八品小官。不久，白华又北投元朝。1237年，白华偕金朝一些亡命大臣来到真定，依附在世守真定的蒙古将领史天泽门下。这时，元好问也已经获得了自由，他从冠氏县返回太原，路过真定，这才将白朴姐弟送归白华，使失散数年的父子得以团聚。

同样饱受离乱之苦的白华，见到失散多年的儿女，不禁欣喜若狂，写下“今何日，灯前儿女，飘荡喜生还”的词句。他也十分感激元好问代为抚育儿女之恩，有诗谢之曰：“顾我真成丧家犬，赖君曾护落窠儿。”一家团聚后，白朴便随父亲在北方的真定安居下来，重新体会久违的亲情。

这一段坎坷的童年经历，给白朴的人生留下了难以磨灭的划痕，对他性格的形成也产生了重要的影响。这一点，我们从他后来的作品中可以看出端倪。

zhōng lǚ yáng chūn qǔ zhī jī
中吕·阳春曲·知几

zhī róng zhī rǔ láo jiān kǒu, shuí shì shuí fēi àn diǎn tóu。shī shū cóng lǐ qiě yān liú。xián xiù shǒu, pín shà yě fēng liú。

知荣知辱牢缄口，谁是谁非暗点头。诗书丛里且淹留。闲袖手，贫煞也风流。

这首小令是白朴的明志述怀之作。曲中没有多余的意象、叙述，甚至没有明显的抒情、言志的迹象。整首曲子给人的感觉就是诗人“闲袖手”之时的不经意之作。然而，文章言胸中之不平——既然有此文思，胸中自然有不平，这种不平，化作情志，从这首曲中流露出来。

“知荣知辱牢缄口，谁是谁非暗点头”，写作者的人生态度。荣辱自知即可，要牢牢把住口风，不可向外胡言；是非胸中明了，暗自斟酌为上，不要随意宣扬。荣辱是非，是人们随时会在心中加以褒贬的东西，作者开头就强调不要将自己对荣辱是非的态度表白于外，而应该内敛自持。这是对口风不严、好言人是非者的警戒，亦是白朴自身生活经验的流露。

“诗书丛里且淹留。闲袖手，贫煞也风流”三句是承接上文而来。上文讲荣辱是非应当了然于胸，且不可随意外露，是作者处世态度的表现。这里说“诗书丛里且淹留”，淹留于诗书学问之中，不问世事，是对自己赞同的生活方式的描述，与前文体现出的内敛守弱的处世倾向一致。“闲袖手，贫煞也风流”则是对这种生活方式的赞扬：闲来袖手而观天下，虽然十分清贫，却也风流不羁，有放荡逍遥之趣。

乍看来，这首小曲表达的是淡雅清远的生活情趣，与政教无关。但实际上，白朴这首明志述怀之作，正体现出了他身为一个知识分子在当时的心理状态。金代后期的动乱，亡国去家的惨痛，让白朴一次次地经历时代和人生的风霜。这一切都让他彻底看透世事，因而才在曲中过早地流露出看破红尘的绝望。

下面我们再来看一首，大家可以体会曲词背后作者的心理状态。

xiān lǚ jì shēng cǎo yǐn
仙吕·寄生草·饮

cháng zuì hòu fāng hé ài bù xǐng shí yǒu shèn sī zāo
长醉后方何碍，不醒时有甚思？糟

yān liǎng gè gōng míng zì pēi yān qiān gǔ xīng wáng shì
腌①两个功名字，醅渰②千古兴亡事，

qū mái wàn zhàng hóng ní zhì bù dá shí jiē xiào qū yuán
曲埋③万丈虹霓志。不达时皆笑屈原

fēi dàn zhī yīn jìn shuō táo qián shì
非，但知音尽说陶潜是。

①糟腌：用酒糟腌渍。腌，这里有玷污的意思。②醅渰：用浊酒淹没。渰，同“淹”。③曲埋：用酒曲埋掉。曲，酒糟。

这首作品共有七句，基本每句都围绕着酒来写，实际上却是作者在借酒写愁，借写饮酒来抒发自己内心的愤懑和不平。

作品的前两句以“长醉”起笔，表达了作者对于醉酒的态度，意思是说，长醉以后没有妨碍，不醒的时候又有什么可以想的呢？因为作者生逢朝代更替的历史时期，在经历了残酷的战争和国家的灭亡之后，他的内心非常沉痛和哀伤，他看着国家灭亡而自己却无能为力，心中自然愤恨。他曾经也有着自己的政治理想和抱负，但他绝不会在身负着国仇家恨时投效新的朝廷，有感于国家的命运和自身的前途，他的心中自然痛苦而不平。在这样的背景下，作者宁愿长醉而不愿意醒来，因为醒来就会思考，内心就要承受痛苦，只有不醒，才可以精神麻木，什么都不想。

三至五句的字面意思说的是，用酒糟腌渍了“功名”二字，用浊酒淹没了千年来的兴亡史事，用酒曲埋掉了万丈凌云之志。在这里，作者运用了排比的手法，说自己要用各种酒将功名事业、国家兴亡的史事和自己的雄心壮志等全部掩埋掉，实际上也就是说作者想要忘却这些会令自己愤懑和痛苦的事情，将一切都付之于酒，一醉解千愁。

“不达时皆笑屈原非，但知音尽说陶潜是。”作者厌恶功利世俗事务、宁可长醉不醒的情感倾向，在最后两句中体现得最为明显。最后两句虽然不着一个“酒”字，也没有描摹饮酒的词汇或物象，仅有两个典故与酒相关，却最能诠释这首小曲中的

“酒”意。“不达时皆笑屈原非”，取屈原《渔父》中“众人皆醉我独醒”的典故，说屈原是不醉而独醒之人；“但知音尽说陶潜是”，则用陶潜的典故，陶潜有大量的饮酒诗，是古今隐逸诗人之宗。

白朴拿陶潜和屈原做对比，一个长醉，一个独醒。而“不达”与“知音”都指他自己那样厌倦世俗事务之人。笑屈原非，说陶潜是，立场十分明了。

散曲本是民间游戏之作，白朴的这首《寄生草》用的也是游戏的口吻——长醉之后，功名利禄都不过要被糟腌、曲埋。但是，在游戏玩笑的背后，却埋藏了作者深沉的无奈和悲痛。细细品来，“长醉后方何碍，不醒时有甚思”尽是无奈之词。长醉不醒，是为了无“甚思”，反过来说，作者效仿陶潜饮酒，也不过是为了避免这“甚思”。

功名、志向、兴亡之思，之所以会让一个本当以天下为己任的读书人避之唯恐不及，其中有着深刻的社会历史原因和作者个人情感、知识层面的原因。单从这首曲子中的抒情言辞来看，作者似乎决心与这些功名利禄诀别。但如果真有了这样的决心，心中就不会有“醉后方何碍”的不平。可见，虽然“知音尽说陶潜是”，但在作者的心中，实际上也与陶潜一样，没有真正放下对尘世的执念。

这种“士”与“隐”、“醒”与“醉”的矛盾带给士人的痛苦与纠结，在白朴之前已经被诗人们吟咏、讨论了上千年。屈原决定不与世人同流合污，他的诗篇悲壮而绮丽；陶潜虽然隐居田园，但对国事天下事仍不能忘怀，他的诗篇隽永而深沉。同样的主题，被白朴写成散曲，也因为其内心情感的真挚和表达的强烈，而显得感人至深。

远离官场的亡国遗民

在元朝知识分子当中，白朴可以说是一个特例，别人都是求仕无门，而他却是有官不做。随着北方的安定，白朴父子便在真定定居下来。从此以后，他按照父亲的要求，写作诗赋，学习科场考试的课业。他对于律赋之学颇为上进，很快便以能诗善赋而闻名。

当时，元好问为了修撰金朝历史书籍，也时常出入大都，往来于真定，关心着他的学业，每次来到白家，他都要亲自指导白朴，并且勉励他刻苦用功。元好问还曾写诗夸赞白朴说："元白通家旧，诸郎独汝贤。"

随着年岁的增长，社会阅历的扩大，白朴的学问有了长足的进步。与此同时，随着元朝版图的不断扩张，元朝对官员的需求也不断增加。1261年，元世祖忽必烈命各路宣抚使举荐人才以听擢用，当时以河南路宣抚使入中枢的史天泽，推荐36岁的白朴出仕，不料却被他谢绝了。

虽然经过五年的离散，白朴在12岁那年回到了父亲身边，但母亲却永远在他的世界里消失了，大概已经死在了当年那场汴梁兵乱中了吧。白朴对蒙古人的恨是刻骨的，因此他不可能成为元朝的官员，为元朝政府效力，只终身以亡国遗民自居，以词曲歌赋为业，用文学宣泄自己胸中的郁积及不满。

在白朴的很多作品中，都浸透着他远离官场归隐山林的思想，这里给小朋友们选两首经典的介绍。

shuāng diào chén zuì dōng fēng yú fǔ
双调·沉醉东风·渔父

huáng lú àn bái pín dù kǒu lǜ yáng dī hóng liǎo tān
黄芦岸白蘋渡口，绿杨堤红蓼①滩
tóu suī wú wěn jǐng jiāo què yǒu wàng jī yǒu diǎn
头。虽无刎颈交②，却有忘机友③，点
qiū jiāng bái lù shā ōu ào shà rén jiān wàn hù hóu bù shí
秋江白鹭沙鸥。傲煞人间万户侯，不识
zì yān bō diào sǒu
字烟波钓叟。

①红蓼：一种水边生的草本植物，开白色或浅红色的小花。②刎颈交：即生死相交的朋友。③机友：即相互不设机心、无所顾忌、毫无机巧算计之心的朋友。

自从《楚辞·渔父》篇确立了渔夫的形象并赋予其以深刻的思想内涵之后，“渔父”便成为中国古典文学作品中常见的形象。在不少文人的作品中，渔夫是不问俗世之隐者的代称，显示着洒脱不羁、扁舟无碍的境界。白朴的这首小令就将渔夫的形象与隐居高士等同起来，以此寄寓着自己的隐逸情怀。

在前两句中，作者以对仗句子精心勾勒出一幅绚丽多姿的美好图景：秋江岸上黄芦摇荡，渡口旁边白蘋点头，堤坝上绿杨葱茏，江滩头红蓼茂盛。作者在这里有意选取了“黄芦”“白蘋”“绿杨”“红蓼”这四种颜色艳丽的植物，不仅点出了特定的地域和季节，而且给人以清新之感，形象地写出了江南水乡的明媚春景，而“岸”“渡口”“堤”“滩头”等词则点明了渔夫活动的场所，同时也将渔夫与世无争的情趣很好地表现出来。

接下来的三句意思是说，生活在这样的环境中，虽然没有刎颈之交，却有许多毫无机巧之心的朋友，那点缀在秋江上的白鹭沙鸥，就是渔夫最亲密的伴侣。渔夫并不因为独自生活在这样与世隔绝的环境里而感到孤独，反而非常享受，他觉得自然界中的白鹭和沙鸥，乃至万事万物都是自己的朋友。在这里，渔夫以自然为友，更加显示了其高洁不群的情怀和悠然自得的心境。

最后两句，作者将“渔夫”与“万户侯”进行对比，表述出渔夫虽然不识字，但生活得无忧无虑，可以傲视王侯，由此表现了作者热爱自然、向往自由愉悦生活的精神和甘心淡泊宁静生活的情怀。

shuāng diào · qìng dōng yuán · wàng yōu cǎo

双调·庆东原·忘忧草

wàng yōu cǎo， hán xiào huā， quàn jūn wén zǎo guān yí
忘忧草，含笑花，劝君闻早①冠宜
guà。 nǎ lǐ yě néng yán lù jiǎ？ nǎ lǐ yě liáng móu zǐ
挂。那里也②能言陆贾？那里也良谋子
yá？ nǎ lǐ yě háo qì zhāng huá？ qiān gǔ shì fēi xīn， yì xī
牙？那里也豪气张华？千古是非心，一夕
yú qiáo huà。
渔樵话。

①闻早：早闻的倒装，早些听从劝说之意。②那里也：哪里去了，设问句。

这是作者在归隐后为表明心声，并规劝友人及早辞官归隐而写的作品。作品在对历史人物的追怀中，表现了作者豁达的胸襟、潇洒的性格及淡泊名利的情怀。

作品以“忘忧草”“含笑花”两种植物名起笔，引出了劝友人辞官归隐的主题。句子的意思是说，看看忘忧草，想想含笑花，劝你忘却忧愁，趁早离开官场。作者在此以“忘忧草”和“含笑花”这两种植物表明了忘却忧愁、笑口常开的心思，深刻而有趣。作者认为要想实现忘忧和含笑的目的，只有辞官归隐，也就是“挂冠”才能达到，由此表达了作者对于功名的厌弃和否定。

在接下来的三句中，作者接连运用了三个历史典故，力图以三个历史人物的事迹及其最终命运来表明自己的观点，劝慰友人。“那里也能言陆贾”说的是秦末汉初陆贾的故事：当年陆贾先是辅佐刘邦建立西汉王朝，后又招抚南越赵佗归汉，因功被封为太中大夫；“那里也良谋子牙”说的是姜子牙的故事：姜子牙先是辅佐周文王建立了功业，后辅佐周武王伐纣灭商，建立西周王朝，因此被尊为尚父，受封于齐；“那里也能豪气张华”运用的是晋朝时张华的典故：张华博学多才，帮助晋武帝建立了不朽的功勋，也因此而受到赏识和器重。这三个典故说的都是历史上英雄人物建功立业的故事，很容易就能让人想到对于功名的追求，而作者的用意却并非在此，他在每个典故之前都加了一个“那里也”来表示设问，意思是说在如今的朝代已经找不到这样的英雄人物了，由此就指出了元朝并不重视人才，英雄无用武之地的现实。

最后两句说的是，千古万代的是非曲直，都成了渔人、樵夫们一夜闲话的资料。这两句话写出了作者认为历史和英雄人物终究会成为过眼云烟的看法，同时也表达了他淡泊名利的情怀。

不开心的离家人

白家在真定安居，完全依靠着河南路宣抚使史天泽，而白朴竟然忤逆了他的举荐美意，即使对方宽怀大度不追究，白朴心中也是深感不安。于是，他觉得自己不宜在真定久留，便辞别妻子，告别父亲，踏上了漫游之路，寄身山水之间。

此时白朴的状态，在他的一首《阳春曲·知几》中得到了完美的体现。下面，我们就一起来看看这首小令。

zhōng lǚ yáng chūn qǔ zhī jī
中吕·阳春曲·知几

zhāng liáng cí hàn quán shēn jì，fàn lǐ guī hú yuǎn hài jī。yào shān yào shuǐ zǒng xiāng yí。jūn xì tuī，jīn gǔ jǐ rén zhī。

张良辞汉全身计，范蠡归湖远害机。乐山乐水总相宜。君细推，今古几人知。

这是白朴四首一组《阳春曲·知己》组曲的第四首，也是最后一首曲子。它的中心含义与“知荣知辱牢缄口”一曲大致相当，也是陈述、表达作者远离世俗和归隐山水田园的愿望与情志。

“张良”“范蠡”二句用汉代名相张良和战国时期越国名相范蠡的典故。张良和范蠡是历史上功成身退的典范，司马迁《史记·越王勾践世家》中有“飞鸟尽，良弓藏；狡兔死，走狗烹”的说法，用以形容君主一旦功成，就会压制甚至杀害功臣的做法。汉高祖刘邦杀韩信，越王勾践杀文种，都是例证。而同时代的张良与范蠡，则明了此中奥妙，选择了退隐以保全自己的道路。白朴在这里举这两个例子，用来支持他回归山水、远离尘世的理想。

“乐山乐水总相宜”，承上文而言。《论语》有“仁者乐山，智者乐水”的说法。乐山乐水，就是纵情山水，远离尘世。只要远离世俗之务，则山水之间，无论何者，总是相宜。“君细推，今古几人知”，是一句反问。张良辞汉、范蠡归湖，都是乐山乐水，也都有好的结果，留下了美丽的传说，成为人们向往的对象。但世人虽然都知道这种生活的好处，却没有几个人能真正了解天数、抛弃尘世浮华。

最后一句反问，也是白朴的自问。他看似遨游在“闲袖手”“乐山乐水”的超然境界中，实际上他的内心却十分痛苦。因为他并不是五蕴皆空的世外高人。相反，他是一个“知荣知辱牢缄口，谁是谁非暗点头”的人，是一个深谙人际交往、利害关系，却又担心在名利场中失去自我的智者。他的“乐山乐水”，绝非“乘兴而来，兴尽而归”的风流之乐，而是无可奈何的沉痛无奈之“乐”。

张良、范蠡的退隐是因为他们“知几”，也就是知晓天命，并能欣然接受。白朴羡慕他们，既才华横溢，可以辅佐君王平定天下；又乐天知命，放得下荣华富贵、一世英名，退隐山林、游湖入道。一句“今古几人知”，已经暗暗透出他心中的郁气——他无法像张良、范蠡那样举重若轻，置名利于事外。

作者没有立下张良、范蠡那样的功业，而且在元代的政治社会背景下，汉族文人想要建立那样的功名简直难于登天。由此他想到，像张、范那样建立了大功业的人，最终都要抛弃功名以自保，自己既然上进无望，何不仿效他们的大度？由这种心态衍生出的山水之乐，既不同于真隐士的山水之乐，也不同于张、范隐退后的山水之乐，而是接近陶潜的林泉之隐，是绝不“相宜”的哀恸之“乐”，是下层文人不得志之后的权宜之策、藏身之所。

离开真定固然能够远离纷扰，永绝仕宦之途，但白朴毕竟是一个性情中人，眷妻恋子的情肠终不能割断，他经常为自己矛盾的心情所煎熬，感到十分痛苦，山水之乐实在无法抹平这份思念。一首《得胜乐》是其真实写照。

shuāng diào dé shèng lè
双调·得胜乐

hóng rì wǎn cán xiá zài qiū shuǐ gòng cháng tiān yí
红日晚，残霞在，秋水共长天一
sè hán yàn ér ya ya de tiān wài zěn shēng bù shāo dài gè
色。寒雁儿呀呀的天外，怎生不捎带个
zì ér lái
字儿来？

唐代诗人王勃的《滕王阁序》中有“落霞与孤鹜齐飞，秋水共长天一色”的名句，此曲整体化用这两句的意境，并加入了更加个人化的情感因素，表达主人公思恋远方故人，翘首而盼的心情。

“红日晚，残霞在，秋水共长天一色”，傍晚时分，落日凝红，与残霞共置秋水之上，流水云霞，与天共一色。这两句是对王勃文句的直接化用。“红日晚，残霞在”写的是“落霞”的景致，后文“寒雁儿呀呀的天外”，用“寒雁儿”代替了“孤鹜”。放到整个秋水晚霞的境界中来看，也比较符合王勃原文创作出来的意境。

“寒雁儿呀呀的天外，怎生不捎带个字儿来”，主要是写主人公十分想念情人、期待情人消息的心情。用大雁代替“孤鹜”，是为了取“鸿雁传书”的象征意义，借以表达主人公的思恋之情。

曲子起首写景，描绘出一幅深秋季节，黄昏冷清寂静的图画。王勃写“落霞”“孤鹜”“长天一色”是为描摹赣江的宽广壮丽，以此来衬托滕王阁的高峻雄壮。白朴将这两句借过来，也取其开阔壮观的写景效果。但结合下文可以看出，他在同样的景色中想要表达的情感，不是王勃壮丽雄伟的心境，而是主人公独自盼望情人的孤单无助。辽阔宏远的景色，在这里反而加强了主人公的相思之苦。

把“孤鹜”拆出来，用“寒雁儿”代替，除了前文所说的象征需要，也是为了在艺术上创造一个亮点。在王勃的原文里，“孤鹜”本来是一个作为宏大背景中渺小的个体出现，是用来象征自然、烘托气氛的意象。而白朴将它单独抽取出来，使得整个场景失去了动感，原本被“孤鹜齐飞”景象所激活的沉寂感，在失去了“孤鹜”这一“动力”之后，再度凸显于景色之中，而这种效果正好符合作者想要营造的气氛。

两句抒情的曲词，“寒雁儿呀呀的天外，怎生不捎带个字儿来”，用口语白话精彩地表现出主人公的内心世界。“呀呀”是象声词，读者通过这个词仿佛可以听到一群寒雁“呀呀”地飞过，而主人公只能举首仰望，焦急不已，感慨万千。他只能埋怨这些路过的大雁，“怎生不捎带个字儿来”。大雁的悲鸣引出了这句埋怨，更将主人公的心从眼前的雁群带到了远方的情人那里。这句对大雁的埋怨，也正是主人公在心里对情人的埋怨。

通过设计主人公埋怨大雁的言语，白朴巧妙地表现了主人公细微的心理变化。而使用像“呀呀”“怎生”这样的口语词，则使散曲在色彩和情感的表现程度上更深入了一层。

白朴在曲中对王勃名句的化用，虽然还称不上是“点石成金”，但也达到了化陈言、出新意的效果。两句纯粹的写景句，变成了富含悲秋、怀人等多种意蕴的散曲。从这个角度上讲，白朴诗笔的点化变换之妙，也着实令人叹服。

白朴自离开真定之后，先到了汉口，然后再入九江，41岁时曾回真定一次，路过汴京。此后，再度南下，往来于九江与洞庭之间，到1280年才在金陵定居下来，此时白朴55岁。不料，没过多久家中便传来妻子离世的消息。他即刻踏上归途，一路跌跌撞撞，几次昏厥在路上。从前他与妻子甜言蜜语、耳鬓厮磨的日子仿佛就在昨日，而一夕之间，便天人永隔。

妻子的后事料理完之后，又有人建议他去朝中做官，依然被他谢绝了。此后不久，他返回金陵。从此，他主要在江南的杭州、扬州一带游历，81岁时，还重游扬州。而后，对人世没有一丝眷恋的白朴，择一个吉日便走入了一座深山。他一面唱着忧伤的曲辞，一面走向丛林深处。山雾迷离，一切景物皆不可见，唯有他楚辞般哀伤绵长的曲调在林中传扬。一阵风吹过，连曲子的余音也都不见了，唯有风声在林隙间呼啸，仿佛山峦也在哽咽。白朴，便从此消失在人间，再无音讯。

《秋》与《秋思》

自古文人都喜欢伤春悲秋，因此也留下了不少相关的作品。尤其是秋天，因为正是万物萧瑟、树木凋零的时节，故常引发人们的悲愁之感，不少文人常借秋景抒情。在元曲中，也有不少作品是写秋的，前面我们讲了马致远的《天净沙·秋思》，其实白朴也有一首风格很相似的作品，叫作《天净沙·秋》。

yuè diào tiān jìng shā qiū
越调·天净沙·秋

gū cūn luò rì cán xiá qīng yān lǎo shù hán yā yì
孤村落日残霞，轻烟老树寒鸦，一
diǎn fēi hóng yǐng xià qīng shān lǜ shuǐ bái cǎo hóng yè
点飞鸿影下。青山绿水，白草红叶
huánghuā
黄花。

白朴这首《秋》的名气虽然没有马致远那首《秋思》的大，但也是元曲中写秋景的名篇，《秋思》被称为“秋思之祖”，而这首则被称为“秋意之圣”。虽然我们已无法考证这两篇哪一篇在前，哪一篇在后，但从年龄来看，白朴毕竟比要马致远大20多岁，所以这首《秋》在前的概率要大一些。

作品开头两句的意思是：天边是夕阳和稀疏的晚霞，不远处有一个孤零零的村落，一眼望去，只看到夜幕将要来临前的一点薄雾笼罩着的几棵老树和它身上栖息着的乌鸦。在这两句中，作者故意以“孤村”起笔，着意渲染秋日黄昏的冷寂，同时又选取了村、日、霞、烟、树、鸦六种自然景物，并分别以孤、落、残、轻、老、寒格调较为凄凉的词语来形容和渲染，描绘出一幅萧瑟而冷清的秋景图，不仅令人感受到了浓浓的秋意，也使全诗笼罩上一层凄凉而悲愁的色彩。

接下来的“一点飞鸿影下”是说不远处飞来一只孤雁，因为飞得较高，便在地面上投射下小小的影子。作者在此描写了大雁飞过时留下的影子，不仅抓住了秋天大雁纷飞的特点，而且还在前面描绘的静态画面中增添了一些灵动，动静结合，写法非常巧妙。

最后两句所表达的意思为远方是一片青色的山和碧绿的湖水，还有那点缀在它们身旁的白色小草、红色枫叶和黄色小花，好一派秋天苍凉而又瑰丽的美景呀！在这两句中，作者以青、绿、白、红、黄等多种色彩，由远及近，从高到低，写出了秋天美丽的景色，以此与前面描绘的萧瑟秋景形成了鲜明的对比，既使得当时景色绚丽多姿，又使整个画面充满了诗意。

《秋》与《秋思》的相似之处一目了然，它们都以秋景为题材，都选取了秋天的傍晚这一特定时间为角度，头两句每两个字都是一种独立事物。但是，这两首作品也有许多不同之处，在表现内容和艺术特色上各有千秋。

首先，马致远在描写秋景的同时还写了人，着意于突出

“思”，所以他在文末的两句中突显了游子之悲，感情深沉而具有感染力，而白朴作品的最后两句写得较为平淡。

其次，两首诗的情感基调各有侧重，马致远的《秋思》感情基调是低沉、孤寂而凄苦的；而白朴的《秋》总的感情基调是开朗、明亮、积极的。

最后，两首作品在色彩与构图上也有所不同。白朴在作品中选用了诸多绚丽多姿、冷暖相间的色彩，将景物写得明亮清丽；而马致远在作品中多选用一些暗淡而带有凄凉色彩的景物，突出了景物的萧条和冷落。

事实上，白朴的这首《秋》并不是单独成篇的，它是一个组曲中的一首，该组曲共四首，题名分别为《春》《夏》《秋》《冬》。在这里，另外三首下面也给大家介绍一下，篇幅都很短，背诵起来并不困难。

yuè diào tiān jìng shā chūn
越调·天净沙·春

chūn shān nuǎn rì hé fēng，lán gān lóu gé lián lóng，
春山暖日和风，阑干楼阁帘栊，
yáng liǔ qiū qiān yuàn zhōng。tí yīng wǔ yàn，xiǎo qiáo liú shuǐ fēi hóng。
杨柳秋千院中。啼莺舞燕，小桥流水飞红。

这首小令从不同的角度、用不同的视野描绘了暖春时的景色，营造出了暖春特有的自然韵味，境界轻柔，颇有宋代婉约词写景的味道。

“春山暖日和风”一句，总体上勾勒出春时晴丝和煦的景象。春山青绿，暖日融融，和风煦煦，于清丽中藏有沉迷于这种春日美景中的熏熏醉意。这一句不是具体的写景，而是从意境和色彩上奠定了全曲写春的基调。读罢词句，春之气息扑面而来，

一下子就把读者带入了作者希望营造的氛围中。

“阑干楼阁帘栊”，写的是亭台楼阁帘幕之状。这一句，笔触从对春景的泛泛描绘聚焦到了比较具体的事物上。凡写春景的题材，亭台楼阁、闺房、秋千院落因与闺阁女子、春闺怨艾相关，所以都是常用的意象。

“杨柳秋千院中”承继上文而来，又与上文有一种并列的关系。作者先看到了“阑干楼阁帘栊”，又将目光移到了“杨柳秋千院中”。从艺术效果的表现和画境的营造上来讲，“阑干楼阁帘栊”和“杨柳秋千院中”共同构成了这首小曲的中心场景，其艺术效果与汤显祖《牡丹亭》中“袅情丝吹来闲庭院，摇漾春如线”十分相似。从首句到这两句，曲意发生了由大到小，由宽泛而成形的趋势变化。

“啼莺舞燕，小桥流水飞红”又从“楼阁”“秋千院”的风景中跳脱出来，回到了春日的大自然。映入眼帘的是婉转歌唱的黄莺和翩翩起舞的燕子。举目望去，则有小桥流水，泠泠不绝，有时还有几片落花，飞入草丛，点缀这烂漫的春色。曲意发展到这里，经历了三个阶段：“春山暖日和风”的总写阶段，“阑干楼阁帘栊”和“杨柳秋千院中”的发展阶段和“啼莺舞燕，小桥流水飞红”的收尾阶段。

越调·天净沙·夏
yuè diào · tiān jìng shā · xià

yún shōu yǔ guò bō tiān， lóu gāo shuǐ lěng guā tián，
云收雨过波添，楼高水冷瓜甜，
lǜ shù yīn chuí huà yán。 shā chú téng diàn， yù rén luó shān
绿树阴垂画檐。纱厨藤簟，玉人罗扇
qīng jiān。
轻缣。

这首《夏》写夏日午后，阵雨方休时的种种情态。曲词的进

度层层推入，细腻的描绘透露出了盛夏雨后的清爽的气息。

“云收雨过波添”，入笔写雨后的状况，乌云散去，水流更急、更浊了。“楼高水冷瓜甜”由景色的白描中加入了人生活的痕迹。高楼与“云收”实为相应之句。云收之后，天高气爽，因此写“楼高”，更使得凉爽的夏日午后多了一份秋意。“水冷瓜甜”，是普通人家生活的景象，夏日把西瓜浸在凉爽的净水中，冰镇之后以解暑热。平实的描写，使得这番再平凡不过的景象成为夏日场景中富有生命力的一部分，这全得益于作者对意象的精心选择。

“绿树阴垂画檐”，与上句是同一境界，写树荫照映在有雕画的屋檐上。这句对夏日景物的捕捉颇得陶渊明《归田园居》“榆柳荫后檐”诗句的神韵。夏日之物生长繁茂，生机盎然，绿树浓密，树荫遮蔽住房屋墙壁，这是易于观察并且适合表达这个季节特点的景貌。

上面两句同“云收雨过波添”句共同构成了曲词要表达的夏日生活的背景。到了“纱厨藤簟”，开始直接描写“高楼”之内的景物。纱帐藤席，正是写人的前兆。果然，曲子的主人公出现了，那是一位女子，“玉人罗扇轻缣”，在纱帐之中的藤席上，手持罗扇，享受着宜人的夏日清凉时光。“罗扇”，《杖扇新录》载“以素罗为之，形如满月”，是常与富家女子一同出现的意象。“罗扇轻缣”，描写扇子如轻丝般柔顺清爽。

越调·天净沙·冬

yuè diào · tiān jìng shā · dōng

一声画角谯门，半庭新月黄昏，雪里山前水滨。竹篱茅舍，淡烟衰草孤村。

yì shēng huà jiǎo qiáo mén, bàn tíng xīn yuè huáng hūn, xuě lǐ shān qián shuǐ bīn. zhú lí máo shè, dàn yān shuāi cǎo gū cūn.

这首《冬》选取的是一日之中日落未尽、月儿刚出之时，一月之中新月荧荧之际，是极富梦幻、模糊色彩的时候。

“一声画角谯门”，开头就用一声角鸣将读者带进了黄昏晦暗的情景中。“画角谯门”是指城门边用以警戒的望楼，“一声”写出了画角吹鸣的声音。历代诗人常用画角声写黄昏时谯门望楼的孤立景象，这里沿用这种写法，以城门昏暗模糊的轮廓，加上悠远的角鸣，描画冬季城郊的苍凉景象，唤起人们苍凉、孤寂的情感体验。

“半庭新月黄昏”，上句有暗写时序的作用，这一句则表明时间是新月之日的黄昏。“半庭新月”会让人想到庭院中树影摇曳、新月当空的静谧夜色，“黄昏”的加入，又将读者的联想拉到余霞未尽、新月已出的黄昏时候，在这两种光影结构中摇摆、模糊的效果，连同前文“画角谯门”的晦暗色彩，为读者营造了一个如梦如幻、幽暝不定的艺术境界。

前两句致力于通过时序及其景物的描写创造意境，“雪里山前水滨”，则拓宽了意象的空间，并且明显扣住了“冬”题。新月黄昏，余霞明灭，角声悠悠，城墙暗影，远远地都在水边山前和皑皑的白雪之中。曲词的境界明显被拉大，从谯门庭院的小意象写到山前水滨的大背景，这种结构在心理上给人一种压迫感，使曲词在点明“冬”题、拓宽郊景的同时，也保持了前两句营造的晦暗氛围。

“竹篱茅舍，淡烟衰草孤村”是视线在空间上的继续延伸，在山前水边的大背景下，还有这般农家景象。因为“雪”字在上句已经点了“冬”题，所以这两句对山村冬景的描写不再是隐约不定，而是直写其荒芜颓败。“竹篱茅舍”，点明在写村落，“淡烟衰草孤村”都是颓败之象，“淡”“衰”“孤”都是凄冷之词，用在这里修饰主体，最终确定了这首曲子的情感基调。

这四首作品具体创作年代已经无法考证了，但大体当是宋亡之后白朴寓居金陵时所作，大家在学习时可以体会作者的心境：他生于动乱之年，长于亡国之邦，在兵乱中逃难，于流离中失母。父亲白华先仕于金，后降于宋，终归顺于元，面对支离破碎的山河，他的心情一定是非常复杂的。

白朴笔下的爱情

读了这么多压抑的内容，我们再来看些轻松的。白朴最擅长写的，其实是爱情，他流传至今的三部全本杂剧《唐明皇秋夜梧桐雨》《裴少俊墙头马上》《董秀英花月东墙记》都是爱情剧，其中《裴少俊墙头马上》还与《拜月亭记》《西厢记》《倩女离魂》合称为“元代四大爱情剧”。

在这里，给大家介绍几首白朴描写爱情的散曲。

shuāng diào dé shèng lè
双调·得胜乐

dú zì zǒu tà chéng dào kōng zǒu le qiān zāo wàn
独自走，踏成道，空走了千遭万
zāo kěn bù kěn jí xiē ér tōng bào xiū zhí dào jiào dān gē
遭。肯不肯疾些儿通报，休直到教担搁
de tiān míng liǎo
得天明了。

这首小令以第一人称视角，描写了一个渴望爱情而不得的男子徘徊焦急的情貌。

“独自走，踏成道，空走了千遭万遭”，讲男子独自一人，徘徊往复，无路都踏成了路，但这千遭万遭的辛苦，却没有换来一点好的结果。“踏成道”“空走了千遭万遭”用夸张的手法描写男子辛苦、焦急又无可奈何的状态。“独自走，踏成道”没有任何背景交代，我们仿佛看到一个男子孤单的身影在黑夜中摇晃的场景。起首三句简单、朴实，口语的直白却成功地塑造出了男主人公孤寂、焦急的典型形象。

“肯不肯疾些儿通报，休直到教担搁得天明了”，讲男子心中的质问。徘徊往复之时，主人公禁不住在心中质问那女子：“肯与不肯，求你快些表个态度，别让我一直这般徒劳，直耽搁到天明时候。”“担搁”是口语，就是今天的“耽搁”。这两句词亦是口语，写的是男主人公的心声。对方含糊暧昧的态度让他无所适从，进退失据。

从艺术特色上来看，这首曲子最大的特点就是全用口语白话。视角的选取和词句的抒情性，使得主人公的情态和心理都表现得极具典型性。从内容上看，这首曲子从男子急切等待女子心意的角度来写爱情，这是因为在男女交往的过程中，这一阶段往往心理活动最丰富、情绪波动最大、结果也最富戏剧性。作者选取这一题材，并着力于男主人公的心理状态，同时也通过男主人公的话语隐隐透露出女主人公的形象和他们若即若离的状态，传达了丰富的信息。

散曲本是民间的歌谣，经过文人的加工和琢磨，逐渐成为一种内涵丰富、体裁短小的艺术形式。元散曲的成长历程同宋词相似，都是被文人创作推上其艺术性的高峰，又衰落于文人创作的僵化和空洞。在白朴的时代，散曲才刚刚被文人注意，加工创作的痕迹还不是很浓。因此，白朴创作散曲时，能尊重其简单易懂、真挚直率的本来面目，他的散曲清亮流畅，在很大程度上也与这种尊重散曲本色的创作态度有关。

中吕·阳春曲·题情

zhōng lǚ yáng chūn qǔ tí qíng

cóng lái hǎo shì tiān shēng jiǎn zì gǔ guā ér kǔ hòu tián nǎi niáng cuī bī jǐn jū qián shèn shì yán yuè jiàn zǔ yuèqíngxiān

从来好事天生俭，自古瓜儿苦后甜。奶娘催逼紧拘钳，甚是严，越间阻越情忺。

这首小令写的是女子与情人相会时的烦恼与快乐。作者以女子为第一视角叙述者，且在曲中运用了当时的俗语谚语，塑造了一个内心泼辣大方、一心向往自由美好爱情的女子形象。

“从来好事天生俭，自古瓜儿苦后甜”是从谚语俗语化用而来。“好事多磨”“先苦后甜”在元代就是家喻户晓的俗语，并一直沿用至今。白朴在这里运用这两句俗语入曲词，一方面迎合了散曲创作讲求简明通俗的规律，一方面在模拟主人公口吻的同时，又刻画出了主人公与情人相会的欢快心情。这样两句开头，使这首曲子的情感基调不是哀怨阴郁，而是活泼、富有生机。

“奶娘催逼紧拘钳，甚是严”，是说奶娘催逼、拘钳女主人公的自由，不让她自由地与情人欢会。“奶娘”当是女主人公的监护人，在这里，这个形象更倾向于一个符号，是女主人公奔向爱情的阻碍。所谓的“催逼紧拘钳”，亦未言明究竟“催逼”何事，“拘钳”了些什么。但读者都能领会其对女主人公所向往的爱情的阻碍作用。从曲意发展的节奏上来看，这两句词是曲意向高潮推进前的一个低谷，有蓄势的作用。

“越间阻越情忺”，奶娘越是严格地管束，间隔、阻碍他们的情感，女主人公向往情人的心情就越发强烈。这是女子面对爱情时勇敢而不羁的自我表白。一方面，这句话经过前面几句的酝酿、回环，终于喷薄而出，使全曲对爱情和欢会的表达达到了高潮。另一方面，这句话仍然是女儿家语气，没有因其大胆的表达而显得粗野、低俗。由此，一个家庭管教严厉，却又向往自由与爱情的女子形象就在这简单几句曲词中塑造完成。

一个知书达理的小姐，因为初识恋爱的滋味，变得敢于在内心反抗那些陈规，她纯洁无瑕，书香世家，又不沉闷乏味，敢于为爱情而挑战权威。外表柔弱而内心坚强，这应当是每一个男性心中理想的女性形象。

爱情点燃了女主人公火热的内心，也点燃了作者的创作灵感。爱情题材之所以能够成为艺术家最大的灵感来源，很大程度上是因为它不仅象征着男女之情的欢悦，还象征着自由、个性和人格的绽放。爱情不仅是人与人之间最纯洁的感情，同时还是人们面对现实时积极向上的力量来源。

白朴在这首曲子中描写的女子，因为爱情而发出如此有力且直白的表白，不同于那些风花雪月、小溪潺潺式的爱情主人公的描写，这一人物形象体现出一种特殊的艺术感染力。在对爱情的体味之中延伸出来的对自由的向往和积极向上的态度，也正是这类形象的超凡魅力之所在。

郑光祖

话说“郑老先生”

迷青琐倩女离魂

怨妇与离人

善写梦境的戏曲家

话说“郑老先生”

在“元曲四大家”当中，郑光祖可说是存在感最低的一位。不过，他既然能够名列“元曲四大家”，自然也有其过人之处。下面，我们先从作家的生平着手吧。

一查之下才发现，有关郑光祖生平的资料实在是少得可怜。首先是生卒年不详，有人说他出生于1264年，但并没有得到学术界的普遍认可。目前我们能够确定的资料有：郑光祖，字德辉，汉族，原籍平阳襄陵，即今天的山西省临汾市襄汾县。

关于郑光祖事迹的记载就更少了。只有钟嗣成《录鬼簿》中的几句话：“以儒补杭州路吏。为人方直，不妄与人交。名香天下，声振闺阁，伶伦辈称郑老先生。”意思是说，郑光祖早年习儒为业，后来补授杭州路为吏，由于他性格刚直，不善与官场人物交往，因此他将全部天才贡献于戏曲，在当时的戏曲界享有很高的声誉，伶人都尊称他为郑老先生。我们前面说过，关汉卿被称为“曲圣”，马致远被称为“曲状元”，相比之下，“郑老先生”着实有些寒酸。不过，从这个称呼中，我们也可以看出他确实是一个受人尊敬的“方直”之人。

据文学戏剧界的学者考证，郑光祖一生写过18本杂剧，现存《周公摄政》《王粲登楼》《翰林风月》《倩女离魂》《无塩破连环》《伊尹扶汤》《老君堂》《三战吕布》等8本，其中《倩女离魂》最为著名。他的这些作品通过众伶人的传播，在民间产生了广泛的影响。由于合作的关系，郑光祖与苏杭一带的伶人联系紧密，据说他死后就是由伶人将他火葬于杭州的灵隐寺中的。

除了杂剧，郑光祖也创作散曲，可惜留下来的不多，只有小令6首，套曲2篇。下面，我先给大家介绍其中一首小令。

zhènggōng sài hóng qiū

正宫·塞鸿秋

yǔ yú lí xuě kāi xiāng yù fēng hé liǔ xiàn yáo xīn lǜ
雨余梨雪开香玉，风和柳线摇新绿。
rì róng táo jǐn duī hóng shù yān mí tái sè pū qīng rù wáng
日融桃锦堆红树，烟迷苔色铺青褥。王
wéi jiù huà tú dù fǔ xīn shī jù zěn xiāng féng bù yǐn kōng
维旧画图，杜甫新诗句。怎相逢不饮空
guī qù
归去。

这首曲子翻译成白话大概是这样的：一场春雨洒下，四野气象一新，大地舒展胸怀，打开了美丽的画卷。细雨过后，梨花如雪片般晶莹绽放，香气四散又如温润的珠玉；风儿和畅，柳树伸出万千长线般的枝条，摇曳着展示自己嫩绿的新装；日光融融，烂漫如锦的娇艳桃花，缠满枝干摇身变成了株株红树；蒸腾的水汽里，青苔柔柔地延展，给大地铺上了碧绿的毡褥。这早春的美景在唐人王维的画卷里能够找到，如果诗圣杜甫处在这种美景中，也会吟出动人的诗篇。恰值此时遇上了故人，怎能不在春光中开怀畅饮，又怎肯空手还家辜负了盛情的春神。

宋元时期的民歌和说唱文学，常常运用相同句式一贯排列或者以层层递进的方式进行铺陈，以重笔渲染，追求强烈感人的效果。这首曲子就是吸取了这一手法，四句铺排，把初春雨后的郊野风光描绘得千娇百媚。

先是展出了“梨”，写雨后的梨花“雪开香玉”，让人想起了“梨花一枝春带雨”的无限娇媚；然后展出的是“柳”，柳在风中“线摇新绿”，使人眼帘中浮现的是“春风杨柳万千条”的景象；再后出现的是“桃”，暖日中它“锦堆红树”，有着“红桃枝头春意闹”的绚烂；最后是地上的“苔”，轻烟般水汽里它“苔色铺青褥”，碧绿的地毯让人不忍踏步，浑如“应怜屐齿印苍苔”的意境。

经过精心编排，把梨、柳、桃、苔分别与能够给自己增添魅色的雨、风、日、烟搭配在一起，让雪白、新绿、树红、褥青，缤纷的色彩一起呈现，并描述出它们绽放、摇曳、堆垛、铺展的动作，分别展示各自的芳姿，从而组成一幅花红柳绿、散发勃勃生机的春景图。

“怎相逢不饮空归去”是借用唐朝诗人李敬方“相逢不饮空归去，洞口桃花也笑人”的句子，用在此处产生了延续前文意境的效果，可谓画龙点睛，更加让人感觉到春光的醉人。

迷青琐倩女离魂

我们前面说了，郑光祖最著名的作品是《倩女离魂》，这是简称，全称叫作《迷青琐倩女离魂》。大家要注意一下，这个可跟电影《倩女幽魂》没有什么关系。电影《倩女幽魂》是根据《聊斋志异》中的名篇《聂小倩》改编的，主人公为聂小倩和宁采臣，而《倩女离魂》则是根据唐代陈玄祐的传奇小说《离魂记》改编的，讲的是张倩和王文举的爱情故事。

端庄妍丽的张倩本是富家小姐，与俊秀儒雅的秀才王文举指腹为婚。原本，一段青梅竹马的美好姻缘便可就此成就，仿佛命定三生一般。但王文举命运多舛，其父母不幸早亡，家道中落，难以再得张家的青眼。张母嫌弃王家无权无势，意欲悔婚。她料定王文举不过是个懦弱无用的读书人，难以出人头地，便寻一借口搪塞王文举：若他能高中进士，便将如花的女儿许配与他，配成神仙鸾俦。

张倩对情感格外忠贞，知道母亲有意为难，便在王文举赴京应试时来到柳亭与他告别，一面勉励，一面诉衷情。热恋中的人硬是被分开，个中滋味难解难纾。

bēi zhōng jiǔ hé lèi zhuó xīn jiān shì duì
【元和令】杯中酒，和泪酌，心间事，对
yī dào sì cháng tíng zhé liǔ zèng róu tiáo gē ge nǐ xiū
伊道：似长亭折柳赠柔条，哥哥，你休
yǒu shàng shāo méi xià shāo cóng jīn xū dù kě lián xiāo nài lí
有上梢没下梢。从今虚度可怜宵，奈离
chóu bù liǎo
愁不了！

wǒ zhè lǐ cuì lián chē xiān kòng zhe tā nà
【后庭花】我这里翠帘车先控着，他那
li huáng jīn dèng lǎn qù tiāo wǒ lèi shī xiāng luó xiù tā biān
里黄金镫懒去挑。我泪湿香罗袖，他鞭
chuí bì yù shāo wàng tiáo tiáo hèn duī mǎn xī fēng gǔ dào
垂碧玉梢。望迢迢恨堆满西风古道，
xiǎng jí jiān jiān rén duō qíng rén qù liǎo hé qīng zhàn zhàn
想急煎煎人多情人去了，和青湛湛
tiān yǒu qíng tiān yì lǎo ǎn qì yūn yūn kuì rán shēng bú dìng
天有情天亦老。俺气氲氲喟然声不定
jiāo zhù shū là là dòng jī huái fēng luàn sǎo dī pū sù
交，助疏刺刺动羁怀风乱扫，滴扑簌
sù jiè cán zhuāng fěn lèi pāo sǎ xì méng méng yì xiāng chén mù
簌界残妆粉泪抛，洒细蒙蒙浥香尘暮
yǔ piāo
雨飘。

jiàn xī líng líng mǎn jiāng gān lóu gé wǒ gè
【柳叶儿】见淅零零满江干楼阁，我各
là là zuò chē ér lǎn guò xī qiáo tā gē dēng dēng mǎ tí ér
刺刺坐车儿懒过溪桥，他圪蹬蹬马蹄儿
juàn shàng huáng zhōu dào wǒ yí wàng wàng shāng huái bào tā yí
倦上皇州道。我一望望伤怀抱，他一

bù bù dài huí biāo zǎo yì chéng chéng shuǐ yuǎn shān yáo
步步待回镳，早一程程水远山遥。

——《迷青琐倩女离魂》（第一折）

这三段唱曲，便是张倩在亭中送别王文举的情景。《元和令》一段单讲二人饮酒告别。和着泪饮一杯苦酒，张倩知道就算对王文举说尽千言万语，也不可能将他拉回身边，对方去赶考毕竟是为了自己，她所能做的只有折柳赠他，让他别把自己忘了。过去中举的人经常会忘了后堂妻，再娶一房妻室。张倩怕王文举也做负心人，再三叮咛他不要三心二意，不然她对母亲表示坚持不改嫁就没了意义。

看着书生的马渐行渐远，她也踏上了马车，但仍在掀帘眺望。《后庭花》《柳叶儿》两段里便满含告别之后张倩不舍的情绪。望着古道迢迢，她在西风中垂泪，风过泪干，下一缕泪水又沾巾。俗话说，女人是水做的，泪水总是女人最好的武器，但这次李倩没有用泪水去挽留王文举，而是在王文举离开许久才潸然泪下，其中的用心良苦青天可鉴。在呜咽的风雨声中，张倩更加控制不了自己的情绪，哭出声来，但她却再不敢望对方一眼，就怕自己的不舍让欲走的书生掉转马头，耽误了前程，那样两个人就再没有结缘的可能性了。

男女别离，女人的离情总是比男子深重。“峨眉能自惜，别离泪似倾”（贯云石《金字经》），女人们知道应该克制凄苦，珍惜自己，可到了执手临别的时候，往往难以自抑。等到夜半无人陪伴时，则更加愁不能寐，看天上明月一弯，更显清冷。张倩克制得了临别时的泪水，却无法遏止别后的相思。所以王文举离去不久，她便思念成疾。

《迷青琐倩女离魂》此后的三折戏，即是张倩因为相思而离魂、由离魂再到回魂的经过。一开始，张倩只是终日做着王生归来的梦，听到些许动静便趴到阳台上去看。错认了人之后独自伤悲，恨自己不应该在柳亭赶王文举走。就这样在“远浦孤鹜落霞、枯藤老树昏鸦”中，听着长笛一曲，思念情郎，最后她病卧榻上，昏迷不醒。原来是魂魄不听人指挥，跟着王文举的脚步赴京赶考去了。

王文举以为张倩当真寻他而来，便与她的魂魄一同在京中生活，过着美满的日子。有佳人相伴，王文举读书更加发愤，三年之后，果真状元及第。衣锦还乡之时，满面春风的王文举意欲正式拜见岳父岳母，未料他与张倩二人刚刚迈入张府，张母便厉声斥责王文举身旁的“张倩”为鬼魅，并声言自己的女儿将要因病而亡了。王文举闻言，大惊失色，拔剑便要除去身边的女子。一时凄苦的张倩见状，当即回到自己的闺房查看。张倩的魂魄看到病床上的自己形销骨立，不禁悲从中来，旋即回到自身。自此，苏醒过来的张倩便与王文举长相厮守，可谓有情人终成眷属。

怨妇与离人

自古以来，在以爱情为题材的文学作品中，无论是唐诗、宋词，还是元曲，怨妇与离人都是两个最常见的身影。之所以会如此，大概是因为思念最容易生发文情吧。

我们回过头来想一想，怨妇与离人实际上是一件事的两个方面，二者可以说相辅相成。游子离家，妻子才成为怨妇；有了家中的牵挂，离人也才会倍感孤独。

郑光祖家在山西，而他一生大部分时间都在苏杭，甚至死后也未能叶落归根，而是永远留在了杭州。因此，他对于游子之思、闺怨之情有着深刻的理解，这一点体现在他的作品当中。

shuāng diào yuān yang shā wěi
双调·鸳鸯煞尾

yì diǎn lái bú gòu shēn qū xiǎo， xiǎng hóu long zhēn yǎn lǐ yīng nán dào。 jiān guō de lí rén， wén lái hé zào， cǎo chóng zhī zhōng wú nǐ bān bó liè bǎ rén jiāo！ jí shuì zháo， jí jīng jué， jǐn jié dìngyáng tái lù ér jiào。

一点来不够身躯小，响喉咙针眼里应难到。煎聒的离人，闻来合噪，草虫之中无你般薄劣把人焦！急睡着，急惊觉，紧截定阳台路儿叫。

唐代金昌绪有一首《春怨》小诗："打起黄莺儿，莫教枝上啼。啼时惊妾梦，不得到辽西。"写的是女子埋怨鸟儿打扰了自己与丈夫在梦中相会，委婉地叙说了怨妇的相思之情。本曲写的是女子责怪蟋蟀的叫声阻止自己欢会的好梦，巧妙地抒发了少妇的闺怨。

"一点来不够身躯小，响喉咙针眼里应难到。"开头两句描画的是昆虫蟋蟀的形象。"一点来不够"，是不大一丁点儿的意思，形容它的身子很小；"针眼里"是形容它的喉咙没有针鼻儿大，实在是细得不能再细，这两句生动细腻地描绘了蟋蟀纤细小巧的模样，作者的意思似乎是说它十分可爱。岂知如此形容却是要说它"煎聒的离人，闻来合噪"，吵吵嚷嚷地迫使饱浸离别之苦的闺中少妇听它那心烦的闹叫，而且还联起手来一起聒噪。

少妇对蟋蟀的叫声产生了强烈的反感："草虫之中无你般薄劣把人焦！"小虫大都是可爱的，哪有像蟋蟀这般甚是恶劣让人厌烦！少妇又埋怨又无奈的娇嗔形象于此凸显出来。曲子从开头到此一直铺叙主人公对蟋蟀的反感，也一直不说出原因，吸引人不停地猜想。

结尾处才透露信息："急睡着，急惊觉。"现实中不能相会，只能依靠进入梦境才能与他相见，因而少妇才急着快些睡着，享受那美好的时刻，因而是"急睡着"。但不解风情的蟋蟀实在太过恶毒，刚刚入睡，它的叫声就让女子"急惊觉"，实在是讨厌透了。"紧截定阳台路儿叫。"女子深怨蟋蟀守定了通往阳台的道路，声声叫阵，让人一次次想要靠近却又屡屡不能。

"阳台梦"是由楚襄王与巫山神女相会的典故而来，此处写少妇努力实现好梦，将要与伊人相遇时即被蟋蟀叫声阻断，并且一次次的关键当口都是如此，以至于她怀疑是小家伙有意"紧截定"阳台的路口，一再破坏她的好事。末尾一句把少妇怨恨蟋蟀鸣声的原因，以及苦苦思念的弦外之音表达得妙极。

少妇无法与丈夫相会，那么她的丈夫到底去了哪里呢？我们且看下面这一首。

双调·蟾宫曲（其一）

shuāng diào · chán gōng qǔ

弊裘尘土压征鞍鞭倦袅芦花。弓剑萧萧，一竟入烟霞。动羁怀西风禾黍秋水蒹葭。千点万点老树寒鸦，三行两行写高寒呀呀雁落平沙。曲岸西边近水涡鱼网纶竿钓艖，断桥东下傍溪沙疏篱茅舍人家。见满山满谷，红叶黄花。正是凄凉时候，离人又在天涯！

bì qiú chén tǔ yā zhēng ān biān juàn niǎo lú huā. gōng jiàn xiāo xiāo, yí jìng rù yān xiá. dòng jī huái xī fēng hé shǔ qiū shuǐ jiān jiā. qiān diǎn wàn diǎn lǎo shù hán yā, sān háng liǎng háng xiě gāo hán ya ya yàn luò píng shā. qū àn xī biān jìn shuǐ wō yú wǎng lún gān diào chā, duàn qiáo dōng xià bàng xī shā shū lí máo shè rén jiā. jiàn mǎn shān mǎn gǔ, hóng yè huáng huā. zhèng shì qī liáng shí hou, lí rén yòu zài tiān yá!

此曲开篇就勾勒出了一幅《倦客行旅图》，接着用景物描写衬托了游子的旅愁与思乡之情。衣装破败，身上的弓和剑摇来晃去，带着一身的尘土，骑着困惫不堪的瘦马，任它踽踽前行，一直走向天边的云霞。这位游子与前面那位睡不着觉的少妇应该没有什么关系，但我们可以把他们联系起来，这样就更容易理解和背诵了。

“一竟入烟霞”，作者在这里没有点明具体的方向，只说是入烟霞之中，这显然流露出一种迷茫的意味。“动羁怀西风禾黍秋水蒹葭”一句写了“西风”“禾黍”“秋水”“蒹葭”等意象，点明了旅人在观赏秋景时的消极愁苦心态。

“千点万点老树寒鸦，三行两行写高寒呀呀雁落平沙”这两句中“千点万点”和“三行两行”互相照应，产生了数量上的对比和景观疏密上的对比，但这些景物引起的愁思却是一样，都浓烈无比。“曲岸西边近水涡鱼网纶竿钓艖，断桥东下傍溪沙疏篱茅舍人家”，作者很擅长罗列一组又一组意象，这些事物共同组成了一幅萧飒秋景图，旅途中人的情感就含蓄地包含在里面，从表面上看，这只是简单的事物罗列，但实际上每一种景物都能够引起人深切的思念之情。

“见满山满谷，红叶黄花。”看这山谷里，到处是红叶黄花。这组描写色彩十分明快，但是对于羁旅之人来说，这样的景象只会勾起旅人心中的离愁别绪。“正是凄凉时候，离人又在天涯”点明了主旨。最后这两句是直接言情，前面所有描写，都没有直抒胸臆，只是一组又一组景物的堆砌，但却情景交融，浑然一体。这是典型的以景衬情的写法，用景色表现愁思，令人心碎，读来感人肺腑。

善写梦境的戏曲家

对于作家的创作来说，梦是灵感的源头，有的作家在梦境里即兴吟咏，醒来后将它记下便成为一首奇妙的作品，比如我们在《写给孩子的美丽宋词》中所讲到的秦观的《好事近・梦中作》。

与秦观相比，郑光祖写梦的本事毫不逊色，不过他并不是直接把梦中的诗句记录下来，而是借梦境的浪漫手法，来表达那种朦胧的情感。

下面，我就给小朋友们介绍两首郑光祖写梦境幻觉的作品，题目都叫《双调・蟾宫曲・梦中作》。

shuāng diào cháng gōng qǔ mèng zhōng zuò
双调・蟾宫曲・梦中作（其一）

bàn chuāng yōu mèng wēi máng gē bà qián táng fù bà
半窗幽梦微茫。歌罢钱塘，赋罢
gāo táng fēng rù luó wéi shuǎng rù shū líng yuè zhào shā
高唐。风入罗帏，爽入疏棂，月照纱
chuāng piāo miǎo jiàn lí huā dàn zhuāng yī xī wén lán shè yú
窗。缥缈见梨花淡妆，依稀闻兰麝余
xiāng huàn qǐ sī liang dài bù sī liang zěn bù sī liang
香。唤起思量，待不思量，怎不思量。

以醒来的怅然若失追忆梦中与情人的相会，是本曲的主题。曲子手法新颖奇巧，表达了缠绵痛切的相思之苦。曲题是“梦中作”，既然是梦境，必然是精神迷离恍惚，因而首句便道“半窗幽梦微茫”。“半窗”已是明晦各半，“幽梦”则是神思入幻，再加“微茫”，更觉玄奥缥缈。曲子一起笔就把人带入幽冥悱恻的域界。

“歌罢钱塘”，是说文士司马槱在梦中与生前为钱塘名伎的苏小小灵魂绸缪的故事，“赋罢高唐”，是说楚襄王梦游高唐邂逅巫山神女欢会的故事。这两个前代传奇是梦中幽会的摹本，模拟的是生活中不可期的爱情。此处连用两个典故和两个“罢”字，显现了主人公对梦中缠绵的留恋不舍，慨怨与梦中人的相会难以成为现实。

“风入罗帏，爽入疏棂”，这是欲醒微睡中所感；又有“月照纱窗”，是朦胧所见。轻风送凉让人清醒，纱窗透月仍是迷蒙。梦中一切，还历历在目，人醒了似乎还在梦中，梦中的影像仍依稀可见。眼前竟是“缥缈见梨花淡妆”。白居易《长恨歌》中有“忽闻海上有仙山，山在虚无缥缈间”“玉容寂寞泪阑干，梨花一枝春带雨”的诗句，此处是化用白诗的意境，抒发的是与唐王和杨妃相似的缥缈期约。

“依稀闻兰麝余香”，似实似虚、若有若无地叙出伊人的“淡妆”和“余香”，留存着无限的怅惘与伤心，表现的是缠绵悱恻的思恋。思念之情至此已是蕴味十足，结末再起三句，将思念推上了极处：“唤起思量”是梦情牵动更苦的思念；“待不思量”是忍受不了折磨，痛下决心斩断情丝；“怎不思量”是无法忘怀，难以抗拒，仍要继续承受思念之苦。深切的“思量”，经历了一存一断一涨的三重曲折，可谓是一唱三叹，让人感受到的是欲罢不能、无法割舍、真真切切的相思之苦。

此曲的构思很特别，本是幽茫的梦境却恍然若醒，醒后朦胧又恍然若梦，梦醒交替中思念之情表达愈切，不怪作者自称是“梦中作”。写梦境，说幻觉，迷离恍惚，虚实相生，辞藻华美而又感情真切，结尾三句反复咏叹，意蕴深远。

双调·蟾宫曲·梦中作（其二）

shuāng diào chán gōng qǔ mèng zhōng zuò

piāo piāo bó bó chuán lǎn dìng shā tīng qiāo qiāo míng míng
飘飘泊泊船缆定沙汀，悄悄冥冥。
jiāng shù bì yíng yíng bàn míng bú miè yì diǎn yú dēng lěng
江树碧荧荧，半明不灭一点渔灯。冷
lěng qīng qīng xiāo xiāng jǐng wǎn fēng shēng xī liú xī líng mù
冷清清潇湘景晚风生，淅留淅零暮
yǔ chū qíng jiǎo jiǎo jié jié zhào lǔ péng tī liú tuán luán yuè
雨初晴，皎皎洁洁照橹篷剔留团栾月
míng zhèng xiāo xiāo sà sà hé yín zhēng shī liú shū là qiū shēng
明。正潇潇飒飒和银筝失留疏剌秋声，
jiàn xī diū hú dū chá kè wēi xǐng xì xún xún sī sī
见希飏胡都茶客微醒。细寻寻思思：
shuāng shēng shuāng shēng nǐ kě shǎn xià sū qīng
“双生，双生，你可闪下苏卿！”

叠字的运用是这首曲一个很鲜明的艺术特色。“飘飘泊泊”“悄悄冥冥”“碧荧荧”，勾勒出一幅江船靠岸静夜图。“冷冷清清”则表明了作者的心境，在这样一个安静的夜里，自然感到“冷冷清清”。刚下过雨，有“皎皎洁洁”的月光洒在江船之上。一个万籁寂静的夜晚，却有“潇潇飒飒”的秋声与银筝声交融，在这里，听觉元素补充了视觉元素，使文字拥有了声色。“寻寻思思”则将主人公被抛弃的哀怨描写得深婉动人。这些叠字词语的使用，反映出作者在面对这种秋景时的无限感伤心情。

曲子的另一个特色是把梦境镶嵌到了作品中。作者把“泛茶船”中的场面写得绘声绘色，写茶商睡眼惺忪，一副满足的样子，与苏小卿饱含怨艾的模样形成鲜明的对比。这里借用了“泛茶船”的典故：双渐和苏小卿情深义重，但是苏小卿是青楼女子，于是双渐的母亲私下与冯魁定计，将苏小卿嫁给茶商。这里所写的是苏小卿在得知双渐抛弃自己之后的一番哀怨之苦。

作者把满足的茶商和愁苦浸润的苏小卿对比，同时以托梦的形式寄托自己的感情，先写出寂静无声的图，再写江船上秋声与古筝声互相交融，最后又把梦境放置在这个本来就如真似幻的意境中，令人不得不赞叹作者高超的文字功底。曲子表现了抛弃恋人之人的薄情寡义，同时含蓄地表达了作者对负心之人的鄙夷。

张养浩

好人好官张养浩

张养浩虽然不在“元曲四大家”之列，但他的名气却超过了身为“元曲四大家”的白朴和郑光祖，他的名作《山坡羊·潼关怀古》固然有一定功劳，但也只占其中的一小部分。张养浩之所以为后人称道，除了文章，还在于他的品行与政绩。

张养浩，字希孟，号云庄，又称齐东野人，1270年出生在济南历城。他的祖父张山曾经参过军，他的父亲张郁是一名商人，所以他的家境相当殷实，这为幼年张养浩的就学创造了经济基础。

正所谓“好人不一定是好官，但好官必须是好人”，张养浩自幼品行高尚。据记载，在他7岁时，外祖父一家从济南迁徙至江南，张养浩随母亲送行，在路上捡到别人丢失的财物，失主已经走远了，小养浩又追上去交还给失主。

当然，张养浩读书也是非常刻苦的。我们现在有许多小朋友，都是家长督促着才很不情愿地做功课，但张养浩却不仅不用大人督促，而且由于他读书太刻苦，昼夜不辍，父母都担心他累坏自己身体所以制止他。于是，他白天就默默地背诵，到了晚上还要关上房门点上灯，偷偷读书。

一分耕耘，一分收获。张养浩19岁的时候，在当地就已经很有名气了，他的文章被人们争相传抄，当时的山东按察使名叫焦遂，看了张养浩的文章，眼睛为之一亮，推荐他做了东平学正。1292年，23岁的张养浩遵从父亲的意愿，离开家乡到大都求仕。当时的平章政事不忽木看过张养浩的文章后，大为欣赏，力荐他做了礼部令史，使他从此踏上仕途。

张养浩之后的官运还算不错，先是在不忽木的推举下进了御史台，期满后又被任命为中书省掾吏。1305年，张养浩由中央下到地方，成为堂邑县尹。在此期间，张养浩惩处强盗，保境安民，受到人民的称颂。1308年，元武宗即位，张养浩被任命为太子文学，随后又拜监察御史。

在监察御史任上，张养浩多次直言时弊，将矛头直指元武宗，结果为“当国者不能容”，先是被免除了翰林待制，后又因编织罪名，被贬为平民，永不得复用。张养浩深知后果严重，于是改换姓名，离开了大都。1311年，武宗驾崩，继任的仁宗爱惜张养浩的才能，让他出任中书省右司都事，随后为翰林待制。

我们前面讲过，元朝在1315年才重开科举，其实这件事背后的实际推动者正是张养浩和他的至交好友元明善。这年的科举考试，张养浩以礼部侍郎的身份，与元明善、程钜夫等一起主持。为了广纳人才，激励后学，张养浩建议考试不宜过严，对落榜考生也应给予一定照顾。这个主张得到了朝廷的认可，从而使得众多元代名士踏入仕途。这些登科士子对张养浩甚是感激，纷纷要登门拜谢，却被他婉拒了。

由于仁宗的赏识，张养浩的仕途一路通达，先后担任礼部尚书、中书省参知政事等要职，并多次主持科举考试，为朝廷选拔了大量人才。

中书省参知政事，大体相当于副宰相。可以说，作为一个汉人，张养浩能够担任这样重要的职位，实在是不容易。而且，张养浩从踏入仕途以来，无论职位高低，在任期内都兢兢业业，做出了非常优异的成绩，实在是一个难得的好官。按理说，张养浩应该志得意满，但他并没有这样。对于做官这件事，他有自己的想法，而这想法被写成了一首小令，叫作《中吕·山坡羊·述怀》。

中吕·山坡羊·述怀

（zhōng lǚ shān pō yáng shù huái）

无官何患，无钱何惮？休教无德人轻慢。你便列朝班，铸铜山，止不过只为衣和饭，腹内不饥身上暖。官，君莫想；钱，君莫想。

（wú guān hé huàn, wú qián hé dàn? xiū jiào wú dé rén qīng màn. nǐ biàn liè cháo bān, zhù tóng shān, zhǐ bú guò zhǐ wèi yī hé fàn, fù nèi bù jī shēn shang nuǎn. guān, jūn mò xiǎng; qián, jūn mò xiǎng.）

这首曲子直抒胸臆，表明了作者淡然的人生态度和处世哲学，显示了他淡泊名利、注重品行的高洁情怀。

作品的开头三句两问一答，句子的意思是说：没有官位有什么可忧虑的？没有钱财有什么可担心的？不要让那些没有道德的人看轻了自己。在这里，作者以功名利禄和道德相比较，认为没有功名和没有钱都不值得担忧和害怕，而被那些没有道德的人轻视才是最值得忧虑的。由此突显了道德品行的重要性，也说明了作者对于道德品行的注重。

接下来的五句意思是说，就算你是位列朝堂的高级官员，像邓通那样用铜钱铸山，身居高位，也只不过是为了穿衣吃饭，为了不饿肚子不受冻。这几句话进一步表明了作者对于功名利禄的态度，显示出其淡泊名利、不贪求官位的情怀。其中的“铸铜山”运用了邓通早年时受到汉文帝器重，身居高官，富可敌国，可后来却变得一无所有，寄人篱下的典故，说明了功名和财富都只不过是身外之物，不必过于贪恋的道理。而“衣和饭”“腹内不饥身上暖”说的都是基本的生活需求。

“官，君莫想；钱，君莫想”的字面意思是说：高官，你不要想；发财，也不要想。表面上看，这两句话是作者对别人说的劝慰之语，实际上却是其内心的想法，作者以这样的方式表达了自己既不想做官也不想捞钱的人生态度，由此显示出其不求名利、淡然脱俗的价值取向和人生追求。

九首怀古曲，写尽悲悯意

有两首元曲是现代人最熟悉的，大家一般都能够脱口而出，一首是前面说的马致远的《天净沙·秋思》，而另一首就是张养浩的《山坡羊·潼关怀古》。很多人记住张养浩，也正是因为这首小令。

不过，可能很多人不知道，与《山坡羊·潼关怀古》同一系列的怀古曲，张养浩一共写了九首，包括《未央怀古》《咸阳怀古》《骊山怀古》《沔池怀古》《洛阳怀古》《北邙山怀古》等。这些怀古曲意绪苍凉，以极大的悲悯之心流露出对人民苦难的深切同情，和对历史兴亡的慨叹。由于篇幅所限，我们不能将九首一一介绍，这里只选择其中的三首进行解读。

第一首，自然是《潼关怀古》。

zhōng lǚ shān pō yáng tóng guān huái gǔ
中吕·山坡羊·潼关怀古

fēng luán rú jù bō tāo rú nù shān hé biǎo lǐ tóng
峰峦如聚，波涛如怒。山河表里潼
guān lù wàng xī dū yì chóu chú shāng xīn qín hàn jīng
关路。望西都，意踌蹰。伤心秦汉经
xíng chù gōng què wàn jiān dōu zuò le tǔ xīng bǎi xìng
行处，宫阙万间都做了土。兴，百姓
kǔ wáng bǎi xìng kǔ
苦！亡，百姓苦！

这首《潼关怀古》是九首怀古散曲中最有名的一首，最后两句“兴，百姓苦！亡，百姓苦”成为千古绝唱。这两句是全曲的主旨，道出了历代百姓被统治阶级压迫的本质，亦是朝代兴亡的本质。

潼关在华山山腰，下临黄河，地势十分险要。因此作者开篇用“峰峦如聚，波涛如怒”的语句写登临潼关所见之景，突出华山的雄伟，好像有集聚一切的力量，水的汹涌奔腾，有震慑所有的气势。紧接着又一句“山河表里潼关路”，说明潼关外面是险峻的华山，里面是波涛怒吼的黄河，这样的地势本应是坚不可摧的，可是秦、汉，甚至六朝都在这里灭亡，原因何在？这就为下文的述说埋下了伏笔。

“望西都，意踌躇。伤心秦汉经行处，宫阙万间都做了土”，作者的笔锋由高亢忽而转为无奈、伤感。秦朝的都城咸阳与西汉的都城长安都在陕西潼关的西面，所以称“西都”，望着秦汉故都遗址，张养浩不禁思潮起伏，曾经金碧辉煌的万间宫殿如今都已化作黄土一片。

这里有“山河表里”的有利地势，但消逝在历史尘埃中的六朝统治者只知道讨伐外族，攻占城池，享受富丽堂皇的宫舍，过歌舞升平的生活，却不关心黎民百姓的生死安危。没有心系苍生的责任感和使命感，必然面临灭亡的结局。事实上，这也是在影射元朝统治者的昏庸。

“兴，百姓苦！亡，百姓苦！”一朝兴盛，百姓受苦；一朝灭亡，还是百姓受苦。无论朝代如何更替，百姓的苦难却从来不曾消除。最后的感叹表现了作者对广大人民的无限同情，亦是千古不覆的真理。这一句深化了全曲的主题思想。

作者开篇由写景入手，描写山河的雄伟壮丽，为全曲奠定了雄浑豪放、悲壮沉郁的情感基调。接着借景抒情，最后直抒胸臆，一层层揭示道理，一步步加深感情，由衷地抒发了对统治阶级的不满。张养浩在怀古伤今的同时，不忘百姓疾苦。他以深邃的目光看待历史兴亡，使作品的立意略高一筹。这首小令散发着作者的思想光辉，具有强烈的艺术感染力。

中吕·山坡羊·骊山怀古

骊山四顾，阿房一炬，当时奢侈今何处？只见草萧疏，水萦纡，至今遗恨迷烟树。列国周齐秦汉楚。赢，都变做了土；输，都变做了土！

骊山是秦朝宫殿所在之处。当年，秦始皇下令修建阿房宫，费尽人力、物力和财力，金块珠砾之盛，富丽豪奢之极，无以言喻。但秦仅存二世，公元前207年秦朝灭亡，项羽攻入咸阳，将阿房宫付之一炬。如今，作者登临骊山，回想起这段历史，放眼四顾，昔日的华丽宫殿、舞榭歌台、奇珍异宝早已被焚毁，一切繁华瞬间变成焦土，巨大的变化令作者心生感慨，不禁发出“当时奢侈今何处”的喟叹。

前面“怀古”三句自然引出了下面的“伤今”三句，“只见草萧疏，水萦纡，至今遗恨迷烟树”。眼前只见萧索的疏草和回旋迂曲的河水，迷雾缭绕着苍绿的树林，一片凄凉荒芜的景象，秦朝当年的繁华都已消逝在烟云之间。这样的结局令人遗憾，却也是秦暴政的必然结局。

秦朝因暴政亡国，可在其之后的历史中因暴政或类似暴政亡国的又岂止秦朝。“列国周齐秦汉楚”，这些国家的帝王或为了贪图享乐尽情奢侈，或为了天下征战杀戮不断，都抱有败亡的遗恨。这里感叹历史，也暗讽当时的元朝统治者夺得天下后，任意妄为，挥霍无度，压制黎民，弃百姓生死于不顾的行为。元朝不吸取前代教训，其结果必然像前朝一样，自取灭亡。就像杜牧在《阿房宫赋》中所说的："后人哀之而不鉴之，亦使后人而复哀后人矣。"

最后，作者道出了语义浅显而道理深刻的一句话，"赢，都变做了土；输，都变做了土"，使全篇得到升华。争夺权力和土地，或是建设繁华的宫室，无论是输还是赢，最终的结局无非"都变做了土"，这一总结式的评论辛辣地批判了统治者的残忍和浪费。

《骊山怀古》以史为鉴，告诫王朝统治者：输赢成败都逃脱不了灭亡的命运，这是作者对朝代更迭、历史兴亡的必然规律的理性思考。张养浩这首怀古小令没有晦涩、华丽的辞藻，在朴拙的文字和这些浅显的史实中，可以看出作者质朴的情怀、雄浑博大的胸襟和开阔的视野。

zhōng lǚ shān pō yáng běi máng shān huái gǔ

中吕·山坡羊·北邙山怀古

bēi fēng chéng zhèn huāng yān mái hèn bēi míng cán quē
悲风成阵，荒烟埋恨，碑铭残缺
yīng nán rèn zhī tā shì hàn cháo jūn jìn cháo chén bǎ fēng
应难认。知他是汉朝君，晋朝臣？把风
yún qìng huì xiāo mó jìn dōu zuò běi máng shān xià chén biàn
云庆会消磨尽，都做北邙山下尘。便
shì jūn yě huàn bú yìng biàn shì chén yě huàn bú yìng
是君，也唤不应；便是臣，也唤不应。

《山坡羊·北邙山怀古》与其他怀古作品的内容略有不同，其他几首怀古小令的内容多是批判历代统治者的奢侈浪费，感叹朝代兴亡更迭给百姓带来的苦难，这首小令则是以君臣说话，独有一套见解，别有一番特色。

作品开篇便渲染了悲怆凄凉的氛围，“悲风成阵，荒烟埋恨，碑铭残缺应难认”，这是作者登临北邙山的第一感受。北邙山位于河南洛阳北部，作者站在高山之上，俯瞰洛阳，想到这里自夏朝开始曾是九朝古都，繁华几世，现在却只剩下成群古墓。往日兴盛不再，瑟瑟的悲风吹过，荒烟弥漫碑墓上，无论铭刻的是丰功伟绩还是罪行骂名，都不再重要。历经千百年的风雨后，铭文都已经残缺难认了，又如何知道哪个是“汉朝君”的，哪个又是“晋朝臣”的？

自古以来，君君臣臣都在生前享尽荣华富贵，整日“风云庆会”，死后却不过是北邙山下的尘土。人都免不了一死，死后便再无贵贱尊卑之分——“便是君，也唤不应；便是臣，也唤不应”。这句话语气冷峻悲凉，却蕴含着深刻的人生道理，从中可以感受到作者对历史和生命规律的大彻大悟，读来令人钦佩。

张养浩历经宦海沉浮，早已看透生前身后名。他的曲子立意高远，境界阔达，气势雄浑，寓意不凡，展现出了一个政治家的胸怀和气魄。这首曲子旨在提醒野心横增、挥霍无度的君王和追名逐利的公卿大臣们，应该冷静清醒地审视人生，放下浮躁的心，认真地对待生命和责任。作品中虽透着消极悲观的情绪，但整体上不失为一篇佳作。

张养浩为何要辞官

1320年，51岁的张养浩达到了他政治生涯的巅峰，成为元朝的副宰相。然而，仅仅过了一年，张养浩竟然辞官不干了，这究竟是为什么呢？

事实上，就在1320年，一向重用张养浩的元仁宗去世了，他的儿子硕德八剌即皇帝位，是为元英宗。那么说是因为“一朝天子一朝臣”，新皇帝容不下老臣？其实不是，查资料我们会发现，元仁宗是1320年3月去世的，而张养浩辞官却是在1321年6月，这中间隔了将近一年半的时间。那么，到底发生了什么事，让张养浩非得辞官不可呢？

事情是这样的：1321年的元宵节，英宗打算好好庆祝一番，准备在宫禁之内张挂花灯做成鳌山。张养浩听说这件事之后，急忙上奏疏阻止，奏疏说：“世祖（忽必烈）执政30多年，每当元宵佳节，民间尚且禁灯，威严的宫廷更应当谨慎。皇帝打算在宫禁内张挂花灯，我认为玩乐事小，影响很大；快乐得少，忧患很多。我希望（皇上）把崇尚节俭思虑深远作为准则，把喜好奢侈及时行乐作为警戒。”

以张养浩的身份，没有皇帝召唤是不得入宫的，于是他就把这份奏疏交给了左丞相拜住，拜住将奏疏藏在袖子里入宫谏阻。起初英宗大怒，但看过奏疏后却又高兴地说：“不是张希孟，不敢这样说。”我们前面说过，张养浩字希孟，“张希孟”就是张养浩。结果，皇帝不仅取消了点燃花灯的计划，还下令赐给张养浩钱财布匹，来表彰他的正直。

按理说，皇帝被扫了兴致，不仅没怪罪，还给了赏赐，做得也算可以了，张养浩就更应该兢兢业业为朝廷效力，这怎么还辞职了呢？是不是很奇怪？的确很奇怪。而且，张养浩辞去参议中书省事后，皇帝又任命他为吏部尚书，仍然被他婉拒了。从这点可以看出，张养浩辞职的根本原因不在于皇帝，而在于他自身。我们再来看看张养浩辞职的理由：父亲年迈，需要奉养。这个理由站得住吗？表面上站得住。因为就在张养浩辞官这一年的年底，他的父亲张郁就去世了。没过多久，他的儿子张强也去世了。家中有事，张养浩自然无心办公。可是，为什么我又说表面上站得住呢？这是因为事情后面的发展。

按传统，父母去世儿子应该丁忧三年，但是，丁忧期满之后你就应该回去办公了吧？而且，元英宗其实在位时间只有三年，就算你对领导有意见，领导也早就换人了，你也该回去了吧？张养浩没有。朝廷由于爱惜他的才学，曾先后六次下诏征用，全都被他拒绝了。也就是说，张养浩从辞职那一刻起，就没打算再回朝廷了。那么，张养浩辞官的原因到底是什么呢？我们还是从他的作品中寻找答案吧。

zhōng lǚ pǔ tiān lè

中吕·普天乐

zhé yāo cán yíng chén bài huái gēn mèng jué kǔ jìn
折腰惭，迎尘拜。槐根梦觉，苦尽
gān lái huā yě xǐ huān shān yě xiāng ài wàn gǔ dōng lí
甘来。花也喜欢，山也相爱，万古东篱
tiān liú zài zuò gāo rén lún dào wú chái shān qī zhì zǐ
天留在，做高人轮到吾侪。山妻稚子，
tuán luán xiào yǔ qí lè wú yá
团栾笑语，其乐无涯。

这首《普天乐》，风格清新明快，语调婉转自然，虽然篇幅短小，通篇仅有四十八字，但却极能反映作者遣词造句的功力，典故运用灵活无迹，细节描写恰到好处，淋漓尽致地展现了作者摆脱官场污浊后的轻快心情。

“折腰惭，迎尘拜”，首句通过两个典故说明自己辞官归隐的原因。“折腰惭”出自《晋书·陶潜传》。据记载，陶渊明担任彭泽令时，郡中派遣督邮到彭泽巡查，属吏请求其正衣冠、束冠带迎接督邮，陶潜感慨不已，以为自己终究“不能为五斗米折腰拳拳事乡里小人”，旋即解印还乡，从此不问官场事。

“迎尘拜”这一典故则出自《晋书·潘岳传》。潘岳为人谄媚，依附于贾谧，每次贾谧外出，潘岳皆望尘而拜，极尽卑躬屈膝之丑态。这两则典故，前者表彰陶渊明不为功名富贵屈节的高风，后者则表明自己对官场等级制度的痛恨，将自己为官的痛苦心理活动淋漓生动地描绘了出来，同时表明自己辞官的原因。

“槐根梦觉，苦尽甘来”，第二句中“槐根梦”的典故则来自唐代李公佐的《南柯太守传》，作者将自己为官三十年的经历比作倚着槐树做了一个梦。既然是梦，总有一天要醒来。幸好自己及早从虚幻的梦中醒悟，过上了“苦尽甘来”的生活。视无数人趋之若鹜的官场生活为苦，反倒对平平淡淡的居家生活甘之如饴，可以见作者独具一格、超越世俗的精神境界，也为下文向归家后惬意的生活过渡奠定了基础，转合无痕、过渡自然。

“花也喜欢，山也相爱”，运用了移情入景的写法，赋予了原本没有生命的花、山以人的情感，原本是作者悦意于自然的花草林木、山山水水，却写花草树木钟情于终日泛游其中的作者，匠心独运，与辛弃疾《贺新郎》中“我见青山多妩媚，料青山见我应如是。情与貌，略相似”中所体现出来的意境颇相类似。

下句中的“东篱”用来代指隐逸者的居所，出自陶渊明“采菊东篱下，悠然见南山”的诗句。作者沉浸在隐居生活的欢乐之中，认为唯有隐居才能保持内心的本真自然，使自己的道德节操逐渐升华。“做高人轮到吾侪”一句，直率活泼，气势高昂，隐约可见作者的得意之状，心情欢快不言而喻。

曲终处，作者选取了隐居生活中最为打动人心的一个场面来描写，“山妻稚子，团栾笑语”，妻儿家人欢聚一堂，谈天说地，笑语不断。这一幕“其乐无涯”的场景与前文描写的官场形成了鲜明的对比。

shuāng diào yàn ér luò jiān dé shèng lìng
双调·雁儿落兼得胜令

wǎng cháng shí wèi gōng míng rě shì fēi rú jīn duì shān shuǐ
往常时为功名惹是非，如今对山水
wàng míng lì wǎng cháng shí chèn jī shēng fù zǎo cháo rú jīn
忘名利。往常时趁鸡声赴早朝，如今
jìn shǎng wǔ yóu rán shuì wǎng cháng shí bǐng hù lì dān chí
近晌午犹然睡。往常时秉笏立丹墀，
rú jīn bǎ jú xiàng dōng lí wǎng cháng shí fǔ yǎng chéng quán
如今把菊向东篱。往常时俯仰承权
guì rú jīn xiāo yáo yè gù zhī wǎng cháng shí kuáng chī xiǎn
贵，如今逍遥谒故知。往常时狂痴，险
fàn zhe chī zhàng tú liú zuì rú jīn biàn yí kè huì fēng huā
犯着笞杖徒流罪。如今便宜，课会风花
xuě yuè tí
雪月题。

这首曲子写张养浩做官与退隐两种迥异的生活，作者采用了一句一对比的形式，逐一比较了为官时与退隐后生活上的各种差异，并以此表现辞官退隐后生活的闲适和惬意。通过这种对比，我们也可以略窥作者辞官的端倪。

“往常时为功名惹是非，如今对山水忘名利”，“往常时”便是做官时，“如今”即是讲退隐后。做官的时候，心急气盛，为了一朝之功名，难免与人摩擦，惹是生非。如今退隐江湖之间，纵情山水，方可以忘却那些名利。这一句是总写，接下来，历数一些生活中的事情。

“往常时趁鸡声赴早朝，如今近晌午犹然睡”，做官时天天要趁着鸡鸣时分赶去上早朝，劳心劳力，如今退隐之后，可以酣睡至晌午，无人叨扰。“往常时秉笏立丹墀，如今把菊向东篱”，做官时，手持玉笏，立于丹墀朝堂之上，恭恭敬敬，谨小慎微。如今退隐田园，闲来便东篱采菊，好不自在。“把菊向东篱”用陶渊明“采菊东篱下，悠然见南山”之典故，亦取其“悠然”之意，与“秉笏立丹墀”的谨慎小心相对照。

“往常时俯仰承权贵，如今逍遥谒故知”，写做官时，在权贵大人面前阿谀奉承，常常忤悖己意。如今放歌山水，逍遥自在，行止皆在一己之愿，拜访故人，也都是随兴而来，兴尽而归。“往常时狂痴，险犯着笞杖徒流罪。如今便宜，课会风花雪月题。”往常时的作为，简直像是一个痴狂者，险些触犯了刑法，经历棍杖、贬斥之罪，流放之苦。如今事事便宜，安定舒适，挂在心上的，不过是风花雪月的高风雅致而已，甚得道心。

“往常时狂痴”“如今便宜”，是对所有这些对比的总结。往常做官时的那些作为，看似利己利家，其实违背真心，毫无理智可言。如今这些自在的作为，才是作者真正想要的生活。这一句对比鲜明地体现了张养浩对现今“对山水”“逍遥”“便宜”生活的喜爱和对“往常时”生活的厌烦。张养浩退隐之后，下定决心放身山水。

从艺术上来讲，这首词的结构极具特色。张养浩用逐句对比的方法来表现对退隐生活的坚持和对为官生活的厌恶，在语气和语势上都起到了逐层叠加的效果。另外，开头和结尾都暗藏在层层对比之中。以“往常时为功名惹是非，如今对山水忘名利”为始、“往常时狂痴”“如今便宜”为终，看似排比的对句中实际上暗含了简单的逻辑关系。这支散曲在结构、编排上颇具匠心，更值得称道的是作者用简单的文字和结构，含蓄又充沛地表达了自己真切的感情。

shuāng diào · chén zuì dōng fēng
双调·沉醉东风

bān dìng yuǎn piāo líng yù guān 。 chǔ líng jūn qiáo cuì jiāng
班定远飘零玉关。楚灵均憔悴江

gān lǐ sī yǒu huáng quǎn bēi lù jī yǒu huá tíng tàn
干。李斯有黄犬悲，陆机有华亭叹。
zhāng jiǎn zhī lǎo lái zāo nàn bǎ gè sū zǐ zhān cháng liú le
张柬之老来遭难，把个苏子瞻长流了
sì wǔ fān yīn cǐ shànggōngmíng yì lǎn
四五番。因此上功名意懒。

张养浩这首《沉醉东风》历数了6位历史人物的不幸，且句句以“飘零”“憔悴”“悲”“叹”这种带感情色彩的形容词来烘托气氛，表现作者对古人的同情，同时也带有引以为戒的意味。这种内在逻辑最终推出的结果便是“因此上功名意懒”，很直白地表明了自己辞官的原因。

“班定远飘零玉关”，讲的是东汉时期的名将班超。班超是东汉著名的军事家和外交家。他早年投笔从戎，出使西域，长年在西域塞外处理各方事宜，为平定西域立下了汗马功劳，后官至西域都护，封定远侯。步入古稀之年后，班超思乡之心甚重。71岁高龄时，他终于被召还京师，但因为年老体衰，不久便病故了。

“楚灵均憔悴江干”，讲的是战国晚期楚国名臣、大诗人屈原。屈原在其诗《离骚》中自云名正则，号灵均，所以张养浩在这里以“楚灵均”称之。屈原虽忠于楚怀王，却屡遭排挤。怀王死后，又因顷襄王听信谗言而被流放，最终投汨罗江而死。

“李斯有黄犬悲”，说的是秦国名相李斯。李斯是战国时期著名的政治家、文学家和书法家。他协助秦始皇帝扫灭六国，统一天下。秦统一之后，他参与了制定法律，统一车轨、文字、度量衡等一系列重要工作。李斯在秦始皇死后，与赵高合谋立少子胡亥为二世皇帝，终为赵高所忌，被腰斩于咸阳之市，并诛三族。《史记·李斯列传》记载了他在被腰斩之前，“谓其中子曰：‘吾欲与若复牵黄犬俱出上蔡东门逐狡兔，岂可得乎！’遂父子相哭”的事迹。

“陆机有华亭叹”，说的是晋朝的才子陆机。陆机是西晋著名的文学家、书法家，曾历任平原内史、祭酒、著作郎等职，世称“陆平原”。他后来死于“八王之乱”，被夷三族。《晋书·陆机传》记载，他在军中因遭人诬陷而被执时，曾有“华亭鹤唳，岂可复闻乎”的悲叹。

“张柬之老来遭难”，说的是唐代名相张柬之。张柬之在武则天时代受到狄仁杰的推荐，平步青云，做了宰相。神龙元年（705）正月，张柬之与桓彦范、敬晖等趁武则天重病发动政变，复辟唐朝国号。因功擢天官尚书，封汉阳郡公，后升为汉阳王。但是不久之后，他就遭到同僚排挤，被流放边疆，于82岁高龄，气愤而死。

最后一例，“把个苏子瞻长流了四五番”，说的是宋代大文豪苏轼。苏轼艺术成就甚高，但在官场上却一直郁郁不得志，备受排挤。他的一生经历了数次流放，且所承担的罪名都与其不甚相关。

田园闲居真美好

张养浩从51岁赋闲故里，前后8年多时间。没有公堂事务的烦扰，张养浩的日子可谓悠然自得。他在大明湖边建造了一所住宅，命名为“云庄”。白天与三五好友泛舟湖上，饮酒赋诗唱曲，夜里秉烛思读，简直过着神仙般的悠闲生活。

张养浩少年得志，一生为朝廷劳碌，闲下来之后方才有时间创作。事实上，他的大部分作品，都是在这一时期创作的。张养浩的散曲集就叫《云庄闲居自适小乐府》，简称《云庄乐府》，共收录他的散曲作品150多首。

张养浩闲居时期的这段美好时光，也被他用曲子记录了下来，下面我就给小朋友们介绍两首。

中吕·普天乐·闲居
zhōng lǚ pǔ tiān lè xián jū

hǎo tián yuán jiā shān shuǐ xián zhōng zhēn lè jǐ gè
好田园，佳山水。闲中真乐，几个
rén zhī zì zài shēn cóng yín zuì yí piàn xián yún wú jū
人知？自在身，从吟醉。一片闲云无拘
xì shuō shén xiān qià shì zhēn de rèn jī chóng shī dé
系，说神仙恰是真的。任鸡虫失得，
kuí xián duō guǎ péng yàn gāo dī
夔蚿多寡，鹏鷃高低。

《闲居》描绘了一片安静祥和的田园风景，表现了作者对恬淡闲适的隐逸生活的喜爱和满足。作者开篇便赞叹道“好田园，佳山水”，“好”和“佳”两个字极为直观简洁地表现了田园山水的清新美好。山水如诗如画，这也是作者欣赏眼前美景后自然流露出的感受，也只有在这样的世外桃源中，才可能得到超脱一切烦恼的真正乐趣。身在这种“真乐”之中，回想往日在官场上的风雨忧愁，作者不禁要以一种骄傲的口吻讥讽自己的过去。自己的过去正是许多人的现在，那些争名夺利的人还未感受过这种快乐，所以作者感叹“闲中真乐，几个人知”。

如今身无官职的张养浩是“自在身”一个，吟诗、饮酒，随性而为，如蓝天上一片幽幽的闲云，再无拘束，这样的生活恐怕只有神仙才能领略了。“说神仙恰是真的”一句以口语入曲，朴实通俗，与作者居住的、恬淡淳朴的环境相契合，摆脱了官场羁绊，张养浩已经完全融入了这闲云野鹤般的生活。

“任鸡虫失得，夔蚿多寡，鹏鷃高低”三句则极写作者归隐后淡泊的心境，得与失在他的心中如鸡虫般微小；对于人情世故，他也不再多费心力，任其秉承自然属性，不必以己之有无而意人之有无；生活无论高低，都可以自得其乐，不需要过多刻板的要求。仅三句话，一个释然的隐者形象顷刻跃然纸上。

shuāng diào · yàn ér luò jiān dé shèng lìng · tuì yǐn

双调·雁儿落兼得胜令·退隐

yún lái shān gèng jiā，yún qù shān rú huà，shān yīn
云来山更佳，云去山如画，山因
yún huì míng，yún gòng shān gāo xià。yǐ zhàng lì yún shā，
云晦明，云共山高下。倚仗立云沙，
huí shǒu jiàn shān jiā。yě lù mián shān cǎo，shān yuán xì yě
回首见山家。野鹿眠山草，山猿戏野
huā。yún xiá，wǒ ài shān wú jià。kàn shí xíng tà，yún
花。云霞，我爱山无价。看时行踏，云
shān yě ài zán。
山也爱咱。

这首《双调·雁儿落兼得胜令·退隐》，题名为退隐，曲中却无半句进退之语。曲子几乎所有笔墨都落在写云和山的美景上，气氛淡然、愉悦，自然地流露了作者离开官场、放情山水的快乐。

“云来山更佳，云去山如画”，写云气的运动与山峦构成的景致变化。云气缓缓行来，挡住了山峰的一角，半遮半掩，使山峦的景色更加美丽妖娆。云气飘散，山色就像刚刚洗净铅华一般，明媚如画。“山因云晦明，云共山高下”，写山间的色彩明暗因为云的去来而变化多端，云气的走势随着山势的形状而高下不定。

这四句《雁儿落》主要写云与山的互动。云变化不羁，山沉稳高峻。不羁的云气，要依山势前行；威武的山峦，也因云气的装饰显得妖娆多姿。山的衬托，使云的形态更缥缈；云的隔阻，

使山的景貌更灵动。作者在这里用的是画家“横云断山”的笔法，用文字写出了云与山在动静间的姿态。下文《得胜令》，写的是作者亲身进入这番云山妙境中的感受和体味。

“倚仗立云沙，回首见山家”，写张养浩拄着拐杖，独自前行。“云沙”即云海，“沙”是比喻，凸显云海渺渺无疆、变化无端的特点。作者独立于云海之中，像是站立在茫茫的幻境里。“回首见山家”，意为一旦回首，看到的是山间人家，又将诗意拉回了云和山的主题里。云和山、缥缈与沉稳的两种意象再一次形成对比。

“野鹿眠山草，山猿戏野花”，可以理解为回望之景，亦可理解成山间自在之景。行文布局中，这两句起到了跳跃画面、调整焦点距离的作用。美丽的野鹿悠闲地在茂盛、翠绿的野草间休憩，活泼的山猿们成群结队在野花丛中玩耍。场景中包含了作者对安逸和自由的向往。

“云霞，我爱山无价。看时行踏，云山也爱咱”，末四句写拄杖行路的由衷感受。眼见自然美景，张养浩心中涌起对云、山，对大自然的喜爱之情。这四句可以互为前后、没有一定的顺序。在“行踏”间，欣赏着云霞与山峦，幻想着自己与云山相交相容的仙境般生活，作者心中的欢喜可想而知。

“我爱山无价”，其实张养浩何止爱山，他爱云，爱山，爱这山和云代表的整个大自然，更爱这种理想中的自由生活。因为有着强烈的、与自然融为一体的愿望和情感动力，所以他觉得“云山也爱咱”——云、山和这大自然中的一切，一定也像作者热爱它们一样，爱他，接纳他。

参透人生才逍遥

我们知道，很多官员退隐山林其实是无奈之举，他们仍然心系朝堂，一待时机成熟仍愿复出。这样的人，看似逍遥，实际内心是矛盾且痛苦的。我把这种退隐称为“假退”。那么，张养浩是不是这种假退呢？这个问题历来都有争议。因为后来张养浩确实又复出了，所以很多人都觉得他并不真的想要退隐。

不过，我个人却觉得，张养浩并不是假退，他是一个聪明而且豁达之人，他参透了人生，真正享受退隐的生活，而后来又选择复出，也并不是想要建功立业，而是为了解救百姓疾苦。如果你不信的话，我们就从他的作品中来寻找证据。

shuāng diào gū měi jiǔ jiān tài píng lìng
双调·沽美酒兼太平令

zài guān shí zhǐ shuō xián，dé xián yě yòu sī guān，zhí
在官时只说闲，得闲也又思官，直
dào jiào rén zuò yàng kàn。cóng qián de shì guān，nǎ yí gè bú
到教人做样看。从前的试观，那一个不
yù zāi nàn：chǔ dà fū xíng yín zé pàn，wǔ jiāng jūn xuè wū
遇灾难：楚大夫行吟泽畔，伍将军血污
yī guān，wū jiāng àn xiāo mó le hǎo hàn，xián yáng shì gān
衣冠，乌江岸消磨了好汉，咸阳市干
xiū le chéng xiàng。zhè jǐ gè bǎi bān、yào ān，bù ān，
休了丞相。这几个百般、要安，不安，
zěn rú ǎn wǔ liǔ zhuāng xiāo yáo sǎn dàn。
怎如俺五柳庄逍遥散诞。

这支曲子由《沽美酒》（前五句）和《太平令》（后八句）两个小令组成，以讨论出世（归隐）还是入世（为官）这个困扰中国文人2000多年的问题为主题。张养浩的态度更倾向于出世。

这个观点，作家在曲子中运用平白流畅的语言和丰富的历史实证展示出来。

“在官时只说闲，得闲也又思官，直到教人做样看”，写的是张养浩矛盾的心情。做官在位的时候，经常向往闲暇的生活；辞官不做、终得闲暇之后，又日日夜夜思念当时做官的岁月。心中虽然这样迷茫不定，在人前还要故作镇定的样子，真是苦痛不已。这三句是张养浩心声的真情流露，其中包含着无奈的喟叹。

“从前的试观，那一个不遇灾难”，看看从前的那些忠臣良将，有哪一个没有遇着灾难、能够善终呢。虽然说“得闲也又思官”，但仔细想想，历史上做官为将的人都没有好结果，还是退隐吧。这个疑问表现了张养浩在出世、入世问题上的态度，也引出了下面的举例。

“楚大夫行吟泽畔，伍将军血污衣冠，乌江岸消磨了好汉，咸阳市干休了丞相”，这四句举了四位古代忠臣良将遇害的例子，来说明上文“从前的试观，那一个不遇灾难”。

“楚大夫行吟泽畔”，战国时期楚国大夫屈原，被楚怀王贬斥，只能行吟于江边，抒发心中的愤懑，最后郁郁而终；“伍将军血污衣冠”说的是战国时期被楚王抄家逼逃的伍子胥；“乌江岸消磨了好汉”，秦末时期，西楚霸王项羽，一世英雄，最终自刎于乌江畔；“咸阳市干休了丞相”说的是秦国丞相李斯，他为秦国鞠躬尽瘁，最后被小人诬陷而死。张养浩历数古人遭遇，在无限同情之中流露出对官场的幻灭之感。

“这几个百般、要安，不安，怎如俺五柳庄逍遥散诞”，张养浩总结发出感叹，表明态度。这些人虽然曾经风光无限，但人生道路坎坷曲折，最终难免一死，结果何其悲凉，又怎么比得上自己逍遥散淡的生活呢。“五柳庄”用东晋陶渊明《五柳先生传》的典故。陶渊明归隐田园后，在门前种柳树五棵，自称“五柳先生”，后人即以“五柳”象征隐士和归隐田园的生活。最后这两句是作者经过一番思量后断言：与其向他们那样历经坎坷，不如抛弃对一时风光的追求，回归田园，宁静终老。

shuāng diào hú shí bā
双调·胡十八

zhèng miào nián bù jué de lǎo lái dào sī wǎng cháng sì
正妙年，不觉的老来到。思往常，似

zuó zhāo hǎo guāng yīn liú shuǐ bù xiāng ráo dōu bù rú
昨朝。好光阴流水不相饶。都不如

zuì le shuì zháo rèn jīn wū bān fèi xīng wǒ zhǐ tuī bù
醉了，睡着。任金乌搬废兴，我只推不

zhī dào
知道。

时光如流水，韶华易逝、年华老去不由人，伤心也罢，无奈也罢，这是每个人都要经历的过程。作家文人有感于此，常常心生感慨。这篇《双调·胡十八·正妙年》即是张养浩感慨流年的产物。

“正妙年，不觉的老来到”，恍恍惚惚，仿佛还是妙龄少年，倏忽间却发觉，自己已经老态龙钟了。“思往常，似昨朝”是上文的补充。按照时间顺序，也可以说是张养浩发觉“老来到”后的反思，“不觉的老来到”使他颇有些吃惊。接受了年华逝去的事实后，回顾往昔，所有一切就像发生在昨天一样。晕眩彷徨间，时间的永恒，个人的渺小，似乎在这一刻被放到了最大。

如果说“思往常，似昨朝”是张养浩内心活动的真实写照，那么“好光阴流水不相饶”则是对上文的继续阐发，同时也是他发自内心的感叹：大好的光阴年华就像流水一样，无奈地逝去。

以上五句写对时光流逝、岁月不等人的深切感受。下面的四句写对待这一事实的态度，也体现了年老经事之后，张养浩的世界观和人生观。

“都不如醉了，睡着”是承上启下之句。上文写“好光阴流水不相饶”，这句是对光阴似流水的应对。作者看到了人的渺小与自然的永恒之间永远无法缩小的距离，既然无法改变，他的态度是：不如逃避、沉醉。“醉了，睡着”之后，万事皆不关我心，万物自行其道，亦与我无交。“任金乌搬废兴，我只推不知道”，意思是：任凭时光流逝，兴废盛衰自生自灭，我只推作沉睡不知便了。

张养浩是一个关心国计民生的父母官，中年后却无心于世事，其处世态度的变化一方面折射出岁月蹉跎、催人身心俱老的哲理，一方面可以看出黑暗的社会、复杂的人际关系给他带来的巨大身心负担。

岁月流逝，人心易老是文学艺术中永恒的主题，也是现实世界中人们永远无法摆脱的困境。再美丽的花朵，终有凋亡的一天；再繁盛的王朝，终有衰落的一日——这是再平常不过的规律。人们能够在理智上认识到这种规律，但当这种种无奈触及纤弱的心灵时，还是会一次又一次地引发无限哀叹和感慨。张养浩这首《胡十八》即是在这种心境下作成的。从艺术上来讲，这支曲子虽然没有什么特别值得称道之处，但语言通俗流畅，能用平白的词句道出深刻的主题，并且语义通顺、层层推进没有重复，堪称优秀。

心系百姓成大文

张养浩辞官后，在老家过着逍遥日子，朝廷六次下诏征用他都不为所动。然而，当朝廷第七次征诏时，他却立即放下一切前去赴任。这是为什么呢？难道这个花甲老人闲散了8年之后又重燃了建功立业的雄心吗？当然不是，大家接着往下看就全都明白了。

天历二年（1329）正月，陕西大旱，朝廷特拜张养浩为陕西行台中丞。2月，60岁的张养浩接到任命后，立即将家中财产分给村里穷人，然后登车向陕西进发，碰到饥饿的灾民就赈济，看到饿死的灾民就埋葬。3月，张养浩路过华山，到西岳庙去求雨，哭拜在地上爬不起来。古代科技不发达，遇到旱灾就只能向神仙祈求，这虽然是迷信，但对于张养浩心系百姓的精神我们仍然要称赞。

到了4月1日，下雨后，张养浩简直欣喜若狂，写下了《双调·得胜令·四月一日喜雨》《南吕·一枝花·咏喜雨》等作品以表达激动之情。前一首是小令，后一首是套曲，下面，我们就把这两首作品介绍给大家。

shuāng diào dé shèng lìng sì yuè yī rì xǐ yǔ

双调·得胜令·四月一日喜雨

wàn xiàng yù jiāo kū, yì yǔ zú zhān rú. tiān dì huí
万象欲焦枯，一雨足沾濡。天地回

shēng yì, fēng yún qǐ zhuàng tú. nóng fū, wǔ pò suō yī
生意，风云起壮图。农夫，舞破蓑衣

lù; hé yú, huān xǐ de wú shì chù.
绿；和余，欢喜的无是处。

生活在农业社会中的人们，辛勤耕作，与自然共生息。对这些靠天吃饭的人们来说，雨水自然是最重要的。在中国古代文人们的手中，及时雨常常是被歌颂的对象。这一首小令，明白地题名为“喜雨”，是对春雨及时到来的赞叹。

首句“万象欲焦枯，一雨足沾濡”表现作者对这一日春雨到来的感激和欢欣之情。世间万物都将要焦黄、枯死，这一滴春雨，似乎就足以沾润万物、焕发生机了。春日是庄稼生长的时节，偏偏又是雨水极少的时节。旱苗盼春雨，就好像诗人盼望春季的勃勃生机。

“天地回生意，风云起壮图”，天地恢复了生机，风云涌起，万象更新。这既是对春雨的到来、“一雨足沾濡”的夸张描述，又是对大自然生机萌发、万物苏醒的期盼。张养浩在春雨带来的生机与变化中，感受到了强烈的希望和激情。

“农夫，舞破蓑衣绿；和余，欢喜的无是处。”农夫们披着绿蓑衣，在田埂中欢乐地舞蹈；连作者自己，都欢喜快乐地无处可去。这四句回到了“喜雨”的原因和根本。春季旱灾频发，农夫们是春旱的直接受害者。他们因春雨到来欢欣，蓑衣的“绿”因欢乐的舞蹈而“破”，整个画面充满生机。写“和余”是将自己也放进了农夫们欢庆的队伍中，与农夫们一起“欢喜的无是处”。

农夫因春雨而得的快乐，张养浩感同身受。这里写春雨的“喜”，主要也是立足于春雨带给农夫们的便利和对本年好收成的向往，是极富功利性的赞誉。因此，作者的喜乐在农夫之后。他说自己“欢喜的无是处”，亦是暗自欢喜之意，其程度远不及“舞破蓑衣绿”。作为一个旁观者，张养浩极力地想要融入农夫们“舞破蓑衣绿”的狂欢中去。

从艺术上讲，这首曲子分两个部分，从“万象欲焦枯”到“风云起壮图”写春雨的到来给大自然带来的变化，淅淅沥沥的春雨，滋润了干枯、焦渴的植被和土地。天地为之勃发，风云为之变色。这样生动的描写与张养浩的仔细观察和深情关注密不可分。

“农夫，舞破蓑衣绿；和余，欢喜的无是处”是第二部分，写春雨到来后人们的反应。先是“农夫”后是“余”，“舞破蓑衣绿”的“绿”，在“舞破”后，色彩感顿时加强，为整首曲子向上、积极的情感添砖加瓦。

张养浩心系生民，与生民同情同心，能够真正地融入百姓的生活中去，与百姓同甘苦、共哀乐。这使得他在描述百姓生活时，能够更加自然、深刻地表现百姓真正的情感与想法。

nán lǚ yì zhī huā yǒng xǐ yǔ
南吕·一枝花·咏喜雨

yòng jìn wǒ wèi mín wèi guó xīn qí xià xiē zhí yù zhí
用尽我为民为国心，祈下些值玉值
jīn yǔ shù nián kōng pàn wàng yí dàn suì zhān rú huàn
金雨。数年空盼望，一旦遂沾濡。唤
xǐng jiāo kū xǐ wàn xiàng chūn rú gù hèn liú mín shàng zài
省焦枯。喜万象春如故，恨流民尚在
tú liú bú zhù dōu qì yè pāo jiā dāng bù de yě lí xiāng
途。留不住都弃业抛家。当不的也离乡
bèi tǔ
背土。

hèn bu de bǎ yě cǎo fān téng zuò shū sù
【梁州】恨不的把野草翻腾做菽粟，
chéng hé shā dōu biàn huà zuò jīn zhū zhí shǐ qiān mén wàn hù
澄河沙都变化做金珠。直使千门万户
jiā háo fù wǒ yě bù wǎng le shòu tiān lù yǎn qù zhe zāi
家豪富，我也不枉了受天禄，眼觑着灾
shāng jiào wǒ méi shì chù zhǐ luò de xuě mǎn tóu lú
伤教我没是处，只落的雪满头颅。

qīng tiān duō xiè xiāng fú zhù chì zǐ cóng jīn
【尾声】青天多谢相扶助，赤子从今
bà tàn xū zhǐ yuàn de sān rì lín yín bù tíng zhù biàn xià
罢叹吁。只愿的三日霖霪不停住，便下
dāng jiē shàng sì wǔ hú dōu yān le jiǔ qú yóu zì xǐ bú
当街上似五湖，都淹了九衢，犹自洗不
jìn cóng qián shòu guò de kǔ
尽从前受过的苦。

这套三首曲子组成的南吕调《一枝花·咏喜雨》，主题是对国计民生的深切关注，和对穷苦百姓的无限同情。

“序曲”即讲人民生活的艰辛，先有天灾，后有人祸，黎民百姓个个落得个背井离乡的悲惨结局。首先从祈雨讲起，“用尽我为民为国心，祈下些值玉值金雨。数年空盼望，一旦遂沾濡”，张养浩倾尽其为民为国的赤胆诚心，为农民祈雨。在农业社会，雨水是农作物种植的必需品，是老百姓的命根子。干旱之年，若能有些雨水，对百姓来讲真乃“值玉值金”。就这样，空盼几年后，终于等到了雨润万物的一天，“唤省焦枯。喜万象春如故”。

天灾过后，本以为可以过上好日子了，谁知官员的腐败、社会的混乱，让本该得到安置的流民“尚在途”，还在奔波、流浪。原来，天灾不是最大的敌人，社会、政治的病入膏肓才更令人绝望，“留不住都弃业抛家。当不的也离乡背土”，眼看着这些惨状，张养浩虽然内心焦灼，却也束手无策。

《梁州》曲是对这些穷苦流民的同情之词。他们无食可餐，更不用说拥有金银钱财和安定的生活了。因此，张养浩恨不得把路途上那些尫羸的野草都变作粮食，把河川里那数不尽的沙砾都化作金珠。直要“使千门万户家豪富”，才不枉受了百姓的税钱、朝廷的俸禄。

可这终究只是无奈的抱怨，天灾人祸岂是凭作者一己之力就能力挽狂澜的？“眼觑着灾伤教我没是处，只落的雪满头颅”，最后张养浩也只能眼睁睁地看着人民受苦，空白了一头乌发。

《尾声》是这组曲子的结尾，也是作者无奈中最后的呼喊。“青天多谢相扶助，赤子从今罢叹吁”，若是老天爷快快来相助，救平民百姓度过这种种苦难，一心为民的张养浩就可以不再日日悲叹了。“只愿的三日霖霪不停住，便下当街上似五湖，都淹了九衢，犹自洗不尽从前受过的苦”，只希望下三天三夜的大雨，让这城中街道、九衢通途，都淹成了五湖。就算这样，也洗不尽人们曾经受过的苦。

张养浩真是一个心系百姓的好官，他到陕西做官四个月，从没有回到家里住过，一直住在官府，晚上便向上天祈祷，白天就出外救济灾民，没有丝毫懈怠。当时，有不少奸商污吏相互勾结大发国难财，张养浩想尽办法打击他们，使得朝廷的赈济真正能够落到百姓身上。与此同时，他还率领富户出卖粮食。张养浩听说民间有人为了奉养母亲而杀死自己儿子，为此大哭了一场，并拿出自己的钱救济了这户人家。

张养浩毕竟是一位花甲老人了，如此工作强度终于使他的身体吃不消了，死在了任上，享年60岁。

1331年，元朝廷下诏追赠张养浩摅诚宣惠功臣、荣禄大夫、陕西等处行中书省平章政事、柱国，追封滨国公，谥文忠。因此，后人尊称他为张文忠公。

卢挚 珠帘秀

忽必烈的贴身侍从

红颜知己珠帘秀

卢挚的田园梦

自古诗酒不分家

怀古只因伤今

忽必烈的贴身侍从

在元代文人中，卢挚的命运可以说是相当不错的。他的父亲卢顺是元世祖忽必烈的近臣，因为这层关系，所以卢挚有机会就读于大都国子学，并于1263年被选为怯薛歹。有资料称，卢挚于1268年由进士入仕，据考证这是错误的。

怯薛，又称怯薛军，是由成吉思汗亲自组建的一支禁卫军。怯薛成员称怯薛歹，主要由贵族、大将等功勋子弟构成，他们有着严格的纪律，同时也享有非同一般的特权，一个普通怯薛歹的地位甚至高于千户官，这支怯薛军构建了蒙古帝国的统治基础。进入元朝以后，怯薛歹成为朝廷高级军政官员的最主要来源，而官员也以怯薛出身最为显贵。

当然，怯薛歹也分高低贵贱，最显贵的怯薛官可以一开始就授予一品大员，但阀阅低微的怯薛歹也有个别出任九品小官的。而且，不平等的民族政策在怯薛歹入官时同样存在，汉族怯薛歹一般不受重用。不过，卢挚却有一个特殊的本事，他靠着这个本事受到元世祖忽必烈的赏识，成为皇帝的贴身随从。卢挚的这个本事就是下棋。唐桂芳在《江东行卷序》中说："公与疏斋先生俱任风纪，而卢始以谈棋遇知圣主，号为国手。"

"疏斋"是卢挚的号，他还有另外一个号，叫作"嵩翁"；他的字也有两个，一字处道，一字莘老。卢挚原籍涿郡（今河北保定涿州）人，其生卒年说法不一，目前较为普遍的说法是生于1235年，卒于1315年。如果是这样的话，那么卢挚成为怯薛歹那一年已经29岁了。

受到皇帝赏识，官运自然亨通。据史料记载，卢挚在世祖时先后担任太府监令史、集贤院属官、江东建康道提刑按察副使、陕西道揭开按察副使、河南路总管等职。1294年，忽必烈卒，第二年他的孙子铁穆耳继位，是为元成宗，卢挚仍然为侍从。

1296年，卢挚被授予集贤学士，两年之后，他以集贤学士就任燕南河北道提刑按察司。这时，卢挚已经64岁了，想到自己年事已高却仍为功名四处奔走，不由得产生了退隐之念。

南吕·金字经·宿邯郸驿
nán lǚ jīn zì jīng sù hán dān yì

mèng zhōng hán dān dào yòu lái zǒu zhè zāo xū bú shì
梦中邯郸道，又来走这遭。须不是

shān rén suǒ jià gāo shí zì cháo xū míng wú chù táo shuí
山人索价高，时自嘲，虚名无处逃。谁

jīng jué xiǎo shuāng qīn bìn máo
惊觉？晓霜侵鬓毛。

这首小令是卢挚就任燕南河北道提刑按察司途中于邯郸驿站夜宿时写成的。“梦中邯郸道，又来走这遭”，一个“又”字点出卢挚故地重游，再次走上邯郸官道的事实。此处引用唐代小说《枕中记》中的典故，卢生在邯郸道遇吕翁，枕着吕翁赠送的瓷枕入梦，在梦中历经荣华富贵，一觉醒来却发现主人灶上的黄粱尚未蒸熟，由此领悟得失富贵不过是一场梦的道理。这个典故也是成语“黄粱一梦”的由来。

对这一典故的引用，同作者自身经历密不可分。卢挚在燕南任官之前，曾任皇帝的侍从之臣、按察使、廉访使等要职，可以说是享尽了荣华富贵。此次赴任恰好经过“黄粱一梦”故事中的地点，故事主人公的姓氏又与他相同，这些巧合促使他产生了过尽铅华、豁然梦醒的感觉。

接下来“须不是”三句，承接上文，表达自己并非无归隐之心，而是无法抗拒名利的诱惑。其中“山人索价高”意为，山中人索要高价才允许作者入山归隐，联系前面“须不是”三个字来看，直白地道出他的自嘲之意：他深知并不是归隐的代价太高，而是因为“虚名无处逃”。这五个字用风趣的笔法交代了他无法归隐的原因，即功名的引诱让人无处可逃。

“谁惊觉？晓霜侵鬓毛”两句作为结尾，将卢挚已经这把年纪还不能看淡名利的自我感伤表达得淋漓尽致。“谁惊觉”三个字写出了光阴流逝之快，也写出了他蓦然回首有所感悟却无力改变现状的无可奈何。全曲有很明确的主题性，语句上下承接，脉络清晰，但所表达的情绪却是矛盾的。卢挚用自我嘲讽的笔法写出他在归隐和继续为官两种选择之间摇摆的心情，这在那个时代很有代表性。

如果此时的卢挚还能够自嘲的话，那么一年之后当他被任命为岭北湖南道肃政廉访使时，就只剩下压抑了。这种情绪体现在他在赴任途中所写的《黄钟·节节高·题洞庭鹿角庙壁》中。

huángzhōng jié jié gāo tí dòng tíng lù jiǎo miào bì
黄钟·节节高·题洞庭鹿角庙壁

yǔ qíng yún sàn mǎn jiāng míng yuè fēng wēi làng xī
雨晴云散，满江明月。风微浪息，
piān zhōu yí yè bàn yè xīn sān shēng mèng wàn lǐ bié
扁舟一叶。半夜心，三生梦，万里别，
mēn yǐ péngchuāngshuì xiē
闷倚篷窗睡些。

“题洞庭鹿角庙壁”点明了这首小令的写作地点。鹿角是洞庭湖滨的一座小镇，卢挚途经此处突然风雨大作，湖面上惊涛怒号，卢挚触景生情，感怀于自己的身世遭遇，心中满是惆怅。所幸天色稍晚以后，阴雨天气逐渐平息，目睹这前后一阴一晴的变化，诗人感慨万分，遂提笔写成这首小令。

“雨晴云散，满江明月。风微浪息，扁舟一叶。”起首描写风雨过后的湖面景色：天上是拨云见月，水上是满江月华，流金溢彩，当此时，晚风习习，一望无垠的八百里洞庭湖面上只有诗人的一叶扁舟。宋代张孝祥《念奴娇·过洞庭》云“洞庭青草，近中秋，更无一点风色。玉鉴琼田三万顷，着我扁舟一叶”，意境便与此近似。

小令在前四句交代了情景与环境，接下来便转向抒情。“半夜心”形容夜阑人静之时诗人油然而生的离情别绪。“三生”是佛教用语，意指人的前生、今生与来生。“三生梦”则是化用了唐代高僧圆泽禅师的典故。相传圆泽禅师在圆寂之前，曾与友人李源许下来生之约，定于12年后重会于杭州天竺寺三生石前。卢挚在此引用这个典故，意在表达今日一别，自己与亲友恐将此生不复有重逢机会，只能托以来生再约。

三生轮回的说法充满宿命之感，诗人因遭遇坎坷，不禁由此生联想到前生，思索自己的上辈子到底是何种下场，才会历经这辈子的因果轮回。古代文人常以前人自比，如白居易就曾在《赠张处士山人》诗中以巢父、许由等隐士自许道：“世说三生如不谬；共疑巢许是前身。”卢挚在小令中虽然没有明确提出其自比对象，但是在其另外一首作品《蟾宫曲·长沙怀古》中，曾以同样被贬湖南的屈原、贾谊自况。可见这里的“三生梦”对他而言，充满了百般无奈与苍凉。

万里一别，挥别的不仅是亲友，更是一去不复返的美好时光与一腔忠诚的报国之志，原来人生的际遇就像今晚遭遇的这场暴风雨一样，阴晴难定，瞬间万变。思绪至此，诗人悲从中来，只能“闷倚篷窗睡些”，希望在梦乡中暂且忘却一切烦忧，求得片刻的安宁。然而，内心刚刚经历了一番波折的诗人，此刻又怎能平静心绪安然入梦呢？更何况是客居在外，漂泊舟中，漫漫长夜恐怕只能辗转反侧。

此曲虽然短小，却深刻表现了三组不同的对比：天上的皎月与诗人心情的阴霾，湖面的宁静与诗人心中的波折，以及从前的欢聚与如今的离别。这三组对比分别从不同的角度与维度，将一个被贬诗人的痛苦形象刻画得更为立体，也因此丰富了这首抒情小令的内涵，使其意蕴更为深远。

红颜知己珠帘秀

元朝时，戏剧演出频繁，是百姓闲暇时最为喜爱的娱乐。夏庭芝在《青楼集志》中曾云："内而京师，外而郡邑，皆有所谓勾栏者，辟优萃而隶乐，观者挥金与之。"在讲关汉卿时，我们曾经提到一位戏剧名伶，叫作珠帘秀。她不仅有花容月貌，而且有着绝世的才艺及不凡的气度，因而赢得许多才子的倾慕，除了关汉卿，还有胡祗遹、王涧秋、冯子振等，卢挚也是其中之一。

关于卢挚与珠帘秀相遇的时间，一般都认为是在1303年，因为在这一年，卢挚被授予翰林学士，从湖南回京，途中曾绕道扬州，在吴越一带游历。然而，结合其他一些史料，却发现这是不可能的。

据记载，关汉卿老年后打算回祁州伍仁村，途经扬州时曾经遇到过珠帘秀。这时的珠帘秀已经退出梨园多年，嫁给了道士洪舟谷，关汉卿问："听说四姐儿嫁了个洪姓先生，他对你可好？"珠帘秀只是点头，含泪不语。我们知道，关汉卿是在1300左右去世的，最晚不超过1307年。这样推测的话，珠帘秀在1303年早就嫁作人妇了，如何与卢挚相遇呢？而且，有资料显示，卢挚比珠帘秀约大20岁。1303年，卢挚69岁，那么珠帘秀也应该已经将近50岁了，早已是人老珠黄。

那么，卢挚和珠帘秀到底是在什么时候相遇的呢？个人推测应当是在至元十九年，即1282年。这一年，48岁的卢挚被任命为江东建康道提刑按察副使。建康就是南京，而我们知道，珠帘秀一生最主要的活动场所是扬州，两地相距不远，卢挚在工作之余慕名而至是极有可能的。按时间推算，这一年的珠帘秀大约28岁，正是风华绝代的年纪。

卢挚官居显位，且又才华卓越，是当时有名的文士，诗文与刘因、姚燧等人齐名。珠帘秀名声在外，卢挚对她心向往之，便慕名去听她的戏。不料，此番相见，让他们的一生都结下了说不清的情缘。前面我们讲了关汉卿写给珠帘秀的《南吕·一枝花·赠珠帘秀》，卢挚自然也不甘人后，写下了《双调·蟾宫曲·醉赠乐府珠帘秀》。

shuāng diào chán gōng qǔ zuì zèng yuè fǔ zhū lián xiù

双调·蟾宫曲·醉赠乐府珠帘秀

xì xíng zhōu shuí qiǎn qīng qīng ài lín xià fēng zī

系行舟谁遣卿卿，爱林下风姿，

yún wài gē shēng bǎo jì duī yún bīng xián sǎn yǔ zǒng

云外歌声。宝髻堆云，冰弦散雨，总

shì cái qíng qià lǜ shù nán xūn wǎn qíng xiǎn xiē ér xiū

是才情。恰绿树南薰晚晴，险些儿羞

shā tí yīng kè sàn yóu tíng chǔ diào jiāng chéng zuì mèng

杀啼莺。客散邮亭，楚调将成，醉梦

chūxǐng

初醒。

头三句介绍珠帘秀的风姿和高超的歌技。“系行舟谁遣卿卿”，其中“卿卿”指的是珠帘秀，“系行舟”是指作者在扬州停留，“谁遣”二字，体现出卢挚见到珠帘秀后的高兴之情。

“爱林下风姿”直言他对珠帘秀的欣赏。其中“林下风姿”原是《世说新语》中赞扬谢道韫的说法：“神情散朗，故有林下风气”，指的是谢道韫有大家闺秀之风范。卢挚化用此句来赞美一位梨园名伶，谓其清雅而无脂粉气，足见他对珠帘秀的评价之高。

“云外歌声”，化用《列子·汤问》中的“声振林木，响遏行云”，赞扬其歌声之上云霄，似天籁之音，大有绕梁三日的意味。

接下来三句细说珠帘秀的高超技艺，傲人才情。“宝髻堆云”指演出时的装扮，“冰弦散雨”化用《琵琶行》中所述“大弦嘈嘈如急雨”，称赞其操琴技艺高超，由此得出“总是才情”的结论。

“恰绿树南薰晚晴，险些儿羞杀啼莺”，这两句细说珠帘秀的声音婉转，如夜莺一样动听，形容她的歌声如春风拂面，就连善歌的黄莺听到，也羞于开口。这两句对仗工整，很有美感。

末尾三句“客散邮亭，楚调将成，醉梦初醒”，写曲终人散，作者仍在余音中回味，久久不能自拔。“客散邮亭”应了开头“系行舟”，“楚调”则指的是这首曲子，因其作于扬州，所以称之为“楚调”，这首曲子正是他在醉中初醒时一气呵成的。

作者用细腻的文笔描绘出一位举止样貌有闺秀风范、歌技琴艺高超、声音婉转悦耳的女子。这样一位女子自然会成为文人争相歌咏的对象，正如胡祗遹在帮珠帘秀的诗集作序时所说：“以一女子，众艺兼并，见一时之教养，乐百年之升平。”

卢挚虽然被珠帘秀的才貌所倾倒，但他毕竟是朝廷命官，而珠帘秀不过是卖艺的伶人，两人地位相差悬殊，感情得不到社会的承认，不可能走到一起，于是卢挚离任之时，便是两人分别之日。不过，卢挚的感情是真挚的，对于两人的分别极是难舍，故而写下了一首《双调·寿阳曲·别珠帘秀》。

shuāng diào · shòu yáng qǔ · bié zhū lián xiù
双调·寿阳曲·别珠帘秀

cái huān yuè, zǎo jiān bié, tòng shà shà hǎo nán gē shě。huà chuán ér zài jiāng chūn qù yě, kōng liú xià bàn jiāng míng yuè。

才欢悦，早间别，痛煞煞好难割舍。画船儿载将春去也，空留下半江明月。

“别珠帘秀”点出了这首小令的主题。卢挚将别离的一刹那写得直白动人，满是感人肺腑不加修饰的真情实感，惜惜话别的不舍自然流露，直击阅读者的内心深处。

“才欢悦，早间别，痛煞煞好难割舍。”心中的不舍太过强烈，以至于他“好难割舍”的心情脱口而出。这种直露的表达，使情感显得深刻、真挚、强烈。虽然未加修饰，却能够“化俗为雅”，给人别样的艺术感受。清代金圣叹说：“诗非异物，只是人人心头舌尖所万不获已必欲说出之一句说话耳。”真正的佳句是当情感难以自制时脱口而出的话语，只有这样才显得自然，才能体现诗歌的感染力所在。

“画船儿载将春去也，空留下半江明月。”前三句还运用白描的手法直抒胸臆，这两句却化用宋人俞国宝的“画船载取春归去，余情付湖水湖烟”的诗句，使诗境一下子变得朦胧含蓄，原本不加掩饰的孤寂之感陡然变得韵味深藏，字里行间隐含着难言的惆怅不舍，文字雅致到了极点。

珠帘秀的离去，好似带走了整个春天，诗人一人在江边徘徊，与明月相伴，思念佳人。离别的情绪一霎到达了高潮，末尾婉转的表达使感情更加动人。欲抑先扬的手法，前后的雅俗对比，更成了独具匠心的设计，让浮于表面的情感得到沉淀。

我们知道，珠帘秀既是伶人，也是才女，她自己也会作曲。

不过，可惜留传至今的作品不多，只有两首，其中一首就是写给卢挚的，叫作《双调·寿阳曲·答卢疏斋》。

shuāng diào shòu yáng qǔ dá lú shū zhāi
双调·寿阳曲·答卢疏斋

shān wú shù yān wàn lǚ qiáo cuì shà yù táng rén
山无数，烟万缕，憔悴煞玉堂人
wù yǐ péng chuāng yì shēn ér huó shòu kǔ hèn bù dé suí
物。倚篷窗一身儿活受苦，恨不得随
dà jiāngdōng qù
大江东去。

很明显，这首小令是回应卢挚那首《双调·寿阳曲·别珠帘秀》的。与卢挚的作品相同，珠帘秀的这支《答卢疏斋》同样充满了绵绵情意，淡淡的哀怨，体现了作者对卢挚的一片痴心。

珠帘秀的《答卢疏斋》按照见景生情的思路，先勾画出一幅烟云笼罩群山的景象，“山无数，烟万缕”，这是离别时的情景，同时也象征着有情人为无数的青山所阻隔，“烟万缕”仿佛相思苦楚绵绵不绝。此情此景，连身为“玉堂人物”（即翰林学士）的卢挚也禁受不住，“为伊消得人憔悴”。这三句与卢挚原作中的“才欢悦，早间别，痛煞煞好难割舍”紧密呼应，一来道出离别之苦，二来也反映了卢挚对珠帘秀的一片真情。

接下来两句是珠帘秀对自身处境和感受的描写。“倚篷窗一身儿活受苦”活灵活现地展示了情人间刚离别就开始思念的揪心。而且，从原作里“画船儿载将春去也，空留下半江明月”二句可以得知，两人的这次分离，可能是永世之隔，有情人再难相见，以后只剩下回忆相伴。这样的处境令珠帘秀怨道：“恨不得随大江东去。”这种宁为情死的表达，虽然沉重，但却哀而不伤，反显出几分慷慨，它也反映了作者为追求美好爱情无所畏惧的情怀。

我们知道，卢挚与珠帘秀之所以未能终成眷属，根本原因还是两人身份地位过于悬殊。所以，此句也暗含了作者对封建等级制度的强烈控诉与不满。整首曲子也因这句而达到了情感上的高潮。

全曲感情真挚热烈，如水银泻地般明快直爽。双方的离愁别恨在短短的几句中得到充分的表现，即使在今天的人读来，依然能够深切体会到那份离别之情和对爱情的执着。如此女子，如此佳作，也不枉关汉卿形容她：“十里扬州风物妍，出落着神仙。”

卢挚的田园梦

钱锺书说过：“婚姻就像一座围城，围城外的人想进来，围城里的人想出去。”事实上，“围城”的困境不仅存在于婚姻，而是贯穿于整个人生。对于古代那些学子来说，官场就是他们的“围城”，没进去之前削尖了脑袋往里面钻，而一旦当官之后却又想着隐居田园。

卢挚自29岁以怯薛歹的身份踏入仕途，虽然也略有波折，但总体来说一生还是仕途坦荡的，至69岁时官拜翰林学士，作为一名汉人，可以说已经是难能可贵了。1307年，成宗去世，1308年他的侄子海山即位，是为元武宗。此时，74岁的卢挚已经是三朝元老了，为朝廷效力一生的他终于累了，因此在第二年，即1309年选择退休。

退休后的卢挚终于过上了闲居的田园生活，而对于这样的生活，他早已心向往之。在卢挚晚期的作品中，有对这种生活的描写，我们从中可以看出他的惬意与喜乐。

shuāng diào chén zuì dōng fēng xián jū
双调·沉醉东风·闲居

qià lí le lǜ shuǐ qīng shān nà dá zǎo lái dào zhú lí
恰离了绿水青山那答，早来到竹篱
máo shè rén jiā yě huā lù pàn kāi cūn jiǔ cáo tóu zhà
茅舍人家。野花路畔开，村酒槽头榨。
zhí chī de qiàn qiàn dá dá zuì le shān tóng bú quàn zán bái
直吃的欠欠答答。醉了山童不劝咱，白
fà shàng huáng huā luàn chā
发上黄花乱插。

卢挚曾以《闲居》为题创作出三篇佳作，描述归隐山水的乐趣，这里选取的是其中第二首。这首小令描绘的是田园山水之美，描述主人公游玩山水之中，放荡不羁、无视规矩的举动。头两句“恰离了绿水青山那答，早来到竹篱茅舍人家”，写主人公恋恋不舍地作别青山绿水的美景，来到竹林深处的院落人家。这两句对仗工整，所描绘的景物既包含了自然的山水，又有村野气息浓郁的小小村落，让读者感受到山水田园的双重美感。

小路上盛开着五颜六色的小野花，惹人怜惜想去采摘，村边的小酒馆里，酒槽里现榨的酒香气宜人，这正是“野花路畔开，村酒槽头榨”所描绘的画面。跟随作者的描述，读者的视觉嗅觉都得到满足。随后，酒的香气勾起了主人公肚子里的馋虫，惹得他想要去品鉴一番，于是有了下文的“直吃的欠欠答答”。叠字的运用，把主人公吃得心满意足，带着些醉意踉跄离开的形象写得惟妙惟肖。

“醉了山童不劝咱，白发上黄花乱插”，酒醉之后，看着路边的菊花，主人公突然兴起了插花的念头。随后，他乘着酒意摘取菊花乱插在白发上。熟悉了解主人秉性的童子，任由其胡乱插花，也不劝阻。白发苍苍的主人公做出这样的举动，着实让人忍俊不禁。插花本是雅事，但人老了还往头上插花，就显得可笑。

苏轼就曾说，“人老簪花不自羞，花应羞上老人头”，但这种可笑的举动背后，却蕴含着一种旷达通脱的情怀。

从随性饮酒到醉后乱插花，卢挚所写的隐居生活充满了豪放和随心所欲的意味。就卢挚而言，正是因为他此前在官场浮沉中身心太受拘束，才如此向往自由、隐居的日子，才能写出这样形象又美好的曲子来。

退隐后的卢挚，身心都是放松的，完全将自己融入了田园生活之中。下面这首《蟾宫曲》写的就是他眼中田园生活的美与乐。

shuāng diào · chán gōng qǔ

双调·蟾宫曲

shā sān bàn gē lái chā ！ liǎng tuǐ qīng ní ， zhǐ wèi lāo xiā 。

沙三伴哥来嗏！两腿青泥，只为捞虾。

tài gōng zhuāng shàng ， yáng liǔ yīn zhōng ， kē pò xī guā 。

太公庄上，杨柳阴中，磕破西瓜。

xiǎo èr gē xī xián lá ta ， lù zhóu shàng yān zhe gè pí pa 。

小二哥昔涎剌塔，碌轴上渰着个琵琶。

kàn qiáo mài kāi huā ， lǜ dòu shēng yá 。 wú shì wú fēi ，

看荞麦开花，绿豆生芽。无是无非，

kuài huo shà zhuāng jiā 。

快活煞庄家。

卢挚在这支小令中，不用任何生僻的词汇，也没有引经据典，只用质朴活泼的民间生活口语描绘出一个活灵活现的田园生活片段。

“沙三伴哥来嗏”，其中“嗏”是句末语气词，这种口语化的表达，是元曲的一大特色。“沙三”和“伴哥”是对农村少年的常用称呼。开篇第一句就乡土气息十足，让人一下子就能想象出一幅村野乡情的图卷。

“两腿青泥，只为捞虾。”为了捞虾，也不在乎河底的青泥

是否沾在裤腿上，经由这种描述，两个农家少年的形象变得立体。“太公庄上，杨柳阴中，磕破西瓜。”捞虾之后又热又渴的两个少年，来到太公的庄子上，找一块阴凉的地方，磕破西瓜边纳凉边解渴。这一描写生动形象，十分符合农家生活特点。

“小二哥昔涎剌塔，碌轴上淹着个琵琶。”一个名叫小二哥的孩子，躺在用来碾脱谷粒的大石磙上，看着狼吞虎咽吃着西瓜的沙三伴哥，口水直流。这个少年的模样好不可笑，他身子瘦瘦的，肚子又鼓起来，看上去就像个琵琶。“看荞麦开花，绿豆生芽。无是无非，快活煞庄家。”远处是一望无际的田野，田园生活没有纷争，坐看荞麦开花，绿豆发芽，日子好不快活。

整首曲子刻画了三个人物，捞虾归来在树荫下磕破西瓜解渴的沙三和伴哥，以及吃不到西瓜，躺在石磙上口水直流的小二哥。无论哪一个都显得滑稽，富于喜剧色彩，作者在描写的时候抓住了人物最有代表性的神态，使自己笔下的人物具有浓郁的农村少年的特征。口语的运用，也为人物形象增色不少。乡土气息浓郁的用词使描写的场景合理化，也让语言显得更加生动。曲中所描绘的这幅村野图画，安逸舒适，远离纷争，寄托了卢挚对隐居生活的向往，包含返璞归真的意趣。

自古诗酒不分家

中国是一个酿酒、饮酒的国度，也是一个赋诗、吟诗的国家。很久以前，诗与酒便结下了不解之缘。中国第一部诗歌总集《诗经》中，有44首诗涉及酒，比如“以御宾客，且以酌醴”“君子有酒，酌言献之”“我有旨酒，以燕乐嘉宾之心”，等等。到了唐宋，诗与酒的结合更加酣畅淋漓，李白“一斗诗百篇”，苏轼“醉时吐出胸中墨”，从中可见一斑。

到了元代，诗情依然离不开酒意。对于卢挚来说，尤其如此，他的很多散曲都是乘着酒兴写出来的。前面那首《沉醉东风·闲居》，已经让我们见识了一个醉态百出却出口成章的老顽童，下面我们再介绍他两首写饮酒的曲子。

shuāng diào diàn qián huān

双调·殿前欢

jiǔ bēi nóng yì hú lu chūn sè zuì shān wēng yì hú lu

酒杯浓，一葫芦春色醉山翁，一葫芦

jiǔ yā huā shāo zhòng suí wǒ xī tóng hú lu gān xìng bù

酒压花梢重。随我奚童，葫芦干、兴不

qióng shuí rén gòng yí dài qīng shān sòng chéng fēng liè zǐ

穷。谁人共，一带青山送。乘风列子，

liè zǐ chéngfēng

列子乘风。

“酒杯浓，一葫芦春色醉山翁，一葫芦酒压花梢重。”开篇三句渗透着浓浓的醇香，满目春色尽在酒中。醉后的卢挚品味出欧阳修“醉翁之意不在酒，在乎山水之间也。山水之乐，得之心而寓之酒也”的意趣来。一杯接一杯的美酒，蕴藏着生机勃勃的大地和花枝叶茂的美景。酒“钓”出了春景和醉趣，作者将酒葫芦挂在枝丫上，显示出自己率真自然的醉翁情态。

“随我奚童，葫芦干、兴不穷。”卢挚和书童两人，就算喝尽了葫芦中的美酒，兴致也依然高昂。这时候酒已非必要的存在，作者因酒兴而诗意大发，畅游山水间，忘记了俗世的杂念，变得无拘无束。

“谁人共，一带青山送。”此时他已与自然融为一体，达到物我合一的境界，于是有了“乘风列子，列子乘风”这样的妙句。列子名列御寇，是传说中得道的“至人”，他的事迹多见于《庄子》，被后人列入道家，奉为道家经典，是“任真脱俗”的代表。此处作者借用列子的故事来表现自己饮酒之后所达到的冲而不薄，淡而有味的精神境界。

卢挚正如其笔下的醉翁一般，不追求“桃花源”式的理想，且他所表现出来的超然也并不是另有寄托，别有怀抱。官运尚算亨通的他，并没有矫揉造作强诉愁思，而是表达了一种纯净无忧的情怀。他饮酒不为了排解忧郁，而是为了享受独酌的乐趣。

以“酒”贯穿全篇，是这首小令的特色。卢挚处处将情绪的表达与“酒兴”结合起来，使整首曲子读来酣畅淋漓。最后两句句式反复，又增加了几分洒脱之趣。整首曲子带有浓厚的元代散曲前期“清丽派”的特点，又有着豪放派的大气超然，让人感受到“酒”中的“任真”之美。

双调·沉醉东风·对酒
（shuāng diào chén zuì dōng fēng duì jiǔ）

对酒问人生几何，被无情日月消磨。炼成腹内丹，泼煞心头火。葫芦提醉中闲过。万里云山入浩歌，一任旁人笑我。

（duì jiǔ wèn rén shēng jǐ hé, bèi wú qíng rì yuè xiāo mó. liàn chéng fù nèi dān, pō shà xīn tóu huǒ. hú lu tí zuì zhōng xián guò. wàn lǐ yún shān rù hào gē, yí rèn páng rén xiào wǒ.）

从题目中的“对酒”可知，这是卢挚在饮酒时所作。开头“对酒问人生几何”化用曹操“对酒当歌，人生几何”的诗句，改动不大，“问”与“当歌”比较而言，很明显后者更激昂，前者则更深沉。卢挚强调的是光阴的无情流逝，以及人生的苦短。“被无情日月消磨”，这句是对前一句的补充。人生短促，转眼间翩翩少年已满脸光阴的痕迹，变成白发苍苍的老人。两句加起来，惆怅的意味更加明显。

“炼成腹内丹，泼煞心头火”两句借用道家的说法来表达卢挚的希冀。他希望能够超然物外，熄灭心中对现实的不满和愤懑之火。道家有主张修炼内外丹以修仙的一派，其中“内丹”就是把人体自身当作鼎炉，用体内的“精、气”作为原料，用“神”烧炼，聚结成“内丹”。这两句话的表层含义是：作者希望能皈依道家修道炼丹，修炼成仙，离开这纷乱是非的俗世凡尘。但实际上，他并非真的想要修道礼忏，其主要用意在于寄托自己无法吐露、强自压抑的不甘和愤慨。

“葫芦提醉中闲过”，“葫芦提”即酒葫芦，“醉中闲过”即希望能够一醉解千愁。笔锋一下子从希望修道排解抑郁转回喝酒，但他想表达的思想却并没有发生改变，无论是修道还是喝酒，都是为了解愁。从以上三句不难看出卢挚对现实的不满，更能看出他希望超脱世俗的心情。

最后两句“万里云山入浩歌，一任旁人笑我”，情感基调再次发生变化。从原来愤懑无法排解的状态到“万里云山入浩歌”的狂荡不羁，作者幻想纵情山水，引吭高歌，归隐山间，任由他人嘲笑，再不理红尘万丈中的是是非非。最终，压抑的情感便通过这样的方式得到了释放。

怀古只因伤今

怀古，自古以来都是文人墨客抒发抱负时钟爱的主题，即通过评价古人古事，表达自己对今人今事的看法或感慨。卢挚的作品，传世的只有小令，共计120首，有的写山林逸趣，有的写田园诗酒，而“怀古”题材也不在少数。

作者登临凭吊，往往吐露对于时势兴衰的感慨，调子比较低沉。其中，《京口怀古》在卢挚传世的诸多作品中，被公认为成就最高。

shuāng diào · chán gōng qǔ · jīng kǒu huái gǔ · zhèn jiāng
双调·蟾宫曲·京口怀古·镇江

dào nán zhái qǐ shí lóu sāng。hé xǔ yīng xióng，jīng dǎo sūn láng。
道南宅岂识楼桑。何许英雄，惊倒孙郎。
hàn dǐng cái fēn，liú yán jìn sòng，tán zhǐ xiāo liáng。
汉鼎才分，流延晋宋，弹指萧梁。
zhāo dài chē shū sì fāng，běi míng yú fú hǎi tūn jiāng。
昭代车书四方，北溟鱼浮海吞江。
lín tiào cāng máng。zuì yǐ gē huán，yín duàn hán chuāng。
临眺苍茫。醉倚歌鬟，吟断寒窗。

在这首曲子中，诗人通过回顾刘备、周瑜与孙权的历史旧事，表达他对历史变迁的感叹。头三句将历史事件娓娓道出。“道南宅岂识楼桑”，第一句就接连用了两个典故。“道南宅”代指周瑜，出自《三国志·吴志·周瑜传》：“（孙）策与瑜同年相友善，瑜推道南大宅以舍策，升堂拜母，有无通共。”“楼桑”代指刘备，典故出自《明一统志》：“楼桑村，在顺天府涿州西南一十五里，即汉昭烈（刘备）故居。东南隅旧有桑高五丈许，如车盖然，人异之，因号其里曰楼桑村。”

周瑜曾上疏孙权，劝他不要将刘备放归蜀中，孙权未听从这一规劝。“道南宅”一句即代指此事，意为周瑜岂能了解刘备的志向。“何许英雄，惊倒孙郎。”其中“孙郎”指的是孙权，“英雄”则是指刘备，意为刘备的才识风度让孙权为之倾倒。这三句涉及的历史事实是发生在“京口”（今镇江）的往事。据说三国时候，京口城是吴国所在，因而作者遥想历史往事，表达了自己对刘备的敬重之情。

接下来的三句概括了神州大地从统一到分裂，朝代更替变化的规律。“汉鼎才分，流延晋宋，弹指萧梁。”其中“鼎”是王室的象征，“汉鼎”即汉王朝，“萧梁”指的是南朝皇室。从魏蜀吴三方霸主割据而治，到东晋和南朝坐拥此地，京口历经的历史纷争寥寥几笔就交代得很清楚。

“昭代车书四方，北溟鱼浮海吞江”，这两句是观京口之景的感慨，历史风云变化，江山几度易主，当年秦始皇一统天下，看似盛世却危机四伏。那些兴风作浪的“北溟鱼”，即怀有雄才大略的人，永远都不甘沉寂，所以历史的车轮就在“合久必分，分久必合”的规律推动下滚滚前行。

结尾三句则是诗人心中的感慨，忧虑和无奈之情一下子倾诉出来。“临眺苍茫。醉倚歌鬟，吟断寒窗。”凭栏远眺，望着历经沧桑的大地，即使天下太平，也难保这样的太平不会被打破，既然无所作为，不如以酒解忧，及时行乐。整首曲子从开篇的奋发、昂扬、积极到结尾处饮酒作乐寻求解脱的消极，这一转变透露出元代混乱政局下文人的典型心理状态。

讲完《京口怀古》之后，下面我再给小朋友们介绍一首《长沙怀古》。

双调·蟾宫曲·长沙怀古·潭州
shuāng diào chán gōng qǔ cháng shā huái gǔ tán zhōu

zhāo yíng zhōu mù yǐ hú bīn, xiàng héng lù xún shī, xiāng shuǐ xún chūn。zé guó rèn lán, tīng zhōu qiān ruò, shuí yǔ zhāo hún？kōng mù duàn cāng wú mù yún, àn huáng líng bǎo sè níng chén。shì tài fēn fēn, qiān gǔ cháng shā, jǐ dù cí chén！

朝瀛洲暮舣湖滨，向衡麓寻诗，湘水寻春。泽国纫兰，汀洲搴若，谁与招魂？空目断苍梧暮云，黯黄陵宝瑟凝尘。世态纷纷，千古长沙，几度词臣！

这首曲子作于卢挚外放湖南之时，此时的卢挚虽然保留着学士的头衔，却远离庙堂，再没有接近帝王建功立业的机会，满腔的失望之情铸就了这首曲子。

“朝瀛洲暮舣湖滨”，“瀛洲”乃上古仙境之意，这里是指元代的集贤院。当时，皇帝时常在集贤院与学士探讨政事、学问，身为大中大夫、集贤学士的卢挚曾经是集贤院的一员，在当时的文人眼中，得到这种荣耀就和到达仙境一样，故此处称“瀛洲”。首句译为：早上还在集贤院侍奉皇帝左右，晚上就来到了洞庭湖边。“朝”与“暮”自然是夸张的说法，意在说明境遇改变之迅速。

“向衡麓寻诗，湘水寻春”交代卢挚到访洞庭一带的目的，在秀丽的山水中寻找快乐，表达他随遇而安、自寻快乐的积极人生态度。

“泽国纫兰，汀洲搴若，谁与招魂？”这三句与屈原密不可分。“泽国纫兰”出自《离骚》中的诗句“纫秋兰以为佩”；“江洲搴若”出自《湘夫人》中“搴汀洲兮杜若”；“谁与招魂”中的“招魂”指的是宋玉为屈原所作的《招魂》。作者徘徊在湘水之滨，隔着悠久的岁月，向沉江而死的屈原致敬，其中也包含着对屈原处境与遭遇的深切理解。

“空目断苍梧暮云，黯黄陵宝瑟凝尘。”暮色沉沉，苍梧黄陵山被晚霞笼罩，极目远望，苍梧山上的陵墓、黄陵庙中的湘妃宝瑟已经覆满尘土，令人心生感伤。“世态纷纷，千古长沙，几度词臣！”世态变化万千，长沙千百年来停留过多少遭逐的文人墨客，他们不受皇帝赏识被贬至此，只能用文字诉说心中的抑郁和愤懑。这样的历史至今仍在反复。可见作者名为吊古，实际上是在倾诉自己内心的感慨。他歌颂屈原，歌颂那些历史上同他一样徘徊湘水不得志的词人忠臣，实际上也在为自己明志。

姚燧

元朝的“文坛盟主”

大国朝臣的风度

诗韵总在山水间

自古才子多风流

元朝的“文坛盟主”

在元朝的汉人当中，卢挚的官职已经不算小了，但还有比他官职更大的，这个人就是姚燧。姚燧官至荣禄大夫、集贤大学士、翰林学士承旨，知制诰兼修国史，其中荣禄大夫是从一品的文官，而翰林学士承旨则是翰林兼国史院的长官。卢挚最高的官职是翰林学士，也就是说，姚燧是他的顶头上司。那么，姚燧到底有什么本事，能在蒙古人统治的元朝成为一品大元呢？

当然，首先还是起点高。姚燧出生于1238年，字端甫，号牧庵，洛西（今属河南洛阳）人，祖籍营州柳城（今属辽宁朝阳）。他的祖先在辽金两代都做过高官，他的伯父姚枢在金朝灭亡后加入元世祖忽必烈的幕府，是元初著名的汉臣。姚燧的父亲在他3岁时就去世了，于是他的伯父收养了他，并使他接受了极严格的教育。

其次，还有名师指导。姚燧13岁那年，认识了元代大儒、著名理学家许衡，18岁正式拜师，学习理学。许衡这人不仅学问大，而且很会教学，姚燧在他的因材施教下，再加上自己的刻苦努力，学问大有长进。1274年，37岁的姚燧在许衡的推荐下，被任命为秦王府文学，从此走上了仕途。

俗话说，“师父领进门，修行在个人”，姚燧能够成为元朝的一品大员，最根本的原因还是他自己能力强，本事大，心系百姓。在成为秦王府文学之后的数年中，姚燧跟着元军到地方去安辑人民，兴办学校，致力于抚平元宋战争遗留下来的创伤。1280年，姚燧除陕西汉中道提刑按察副使，对无罪误人和连累关押在狱者，“皆纵释之”，“人服其明决”。三年后，姚燧转任山南湖北道按察副使，又过了一年他前往澧州赈灾济民，兴利除弊，“孜孜如弗及”。1286年夏，朝廷以翰林直学士征召姚燧。此后他又陆续担任过大司农丞、翰林学士、江东廉访使和江西行省参政等职，都以尽职尽责著称。

1307年冬，姚燧迎来人生中最大也是最后一次转机：元廷仿照汉朝征用四皓的事例，起用姚燧为荣禄大夫、集贤大学士、翰林学士承旨，知制诰兼修国史，主修《成宗实录》《武宗实录》。我们知道，宋朝的欧阳修、苏轼都是当时的文坛盟主，而姚燧久居文坛，又获得如此高位，便被文人们奉为元朝的文坛盟主，许多当时的文学名士如张养浩、贯云石、孛术鲁翀、李泂、谢端、李之绍、刘自谦等，都出自他的门下。

不过，文坛盟主可不是那么好当的，如果仅仅官阶高，就算当时的人趋炎附势，把你奉为盟主，后人也不会认账。身为文坛盟主，还得有像样的作品，下面就给小朋友们介绍两首姚燧的作品，大家可以评一评，他到底够不够格做元朝的文坛盟主。

zhōng lǚ zuì gāo gē gǎn huái

中吕·醉高歌·感怀（其一）

shí nián shū jiàn cháng xū yì qǔ pí pa àn xǔ yuè

十年书剑长吁，一曲琵琶暗许。月

míng jiāng shàng bié pén pǔ chóu tīng lán zhōu yè yǔ

明江上别湓浦，愁听兰舟夜雨。

《琵琶行》讲的是白居易贬官到江州，一次去江边送客，碰到一位琵琶女。听了她绝妙的演奏以后，诗人产生思想共鸣，心有所感，便作一首《琵琶行》送给她，其中有“同是天涯沦落人，相逢何必曾相识”之句。

《琵琶行》的故事在姚燧所处的时代，已经从“同是天涯沦落人”这类惺惺相惜的故事，发展成马致远的杂剧《青衫泪》中白居易与琵琶女二人相知相恋相守的爱情故事。这一演变也让人们对姚燧此曲中“琵琶暗许”四字生出些许猜测。

“十年书剑长吁，一曲琵琶暗许”，书剑指作者的仕途，“十年”就是多年的意思。多年宦海沉浮，此刻作者恍惚间觉得自己进入《琵琶行》的场景中，可是，“莫辞更坐弹一曲，为君翻作《琵琶行》”的琵琶女又在何方呢？白居易尚有琵琶女与之“相逢”，姚燧却感叹无人可共“天涯”。白居易当年写作《琵琶行》时，已是难解的惆怅，两相比较，姚燧的感慨更加令人动容。

“月明江上别湓浦，愁听兰舟夜雨。”“湓浦”恰是《琵琶行》诗序中的“湓浦口”，白居易当年被贬江西，作者此时也恰好拜官江西，一个是江边送客，一个是江边作别，时间空间都与白居易当年何其相类，二人的心境恐怕也相差不远。不过沦落的白居易尚有一曲琵琶可听，与友人话别的姚燧却只能在小小兰舟中，听着淅淅沥沥的夜雨，忧闷伤怀。

作者提及白居易与琵琶歌女故事中“相遇暗许”的情节，其中是否包含他对自身往事的感慨，这一点不得而知。多年仕途蹭蹬，着实让作者唏嘘不已，感慨万千。泛舟江上，听着一夜愁雨，让心头的愁思抒发一些，稍加排解，是他唯一能做的。此曲咏古抒怀，含而不露，千古流传的一曲《琵琶行》，倒成了衬托它的“绿叶”。

zhōng lǚ · zuì gāo gē · gǎn huái

中吕·醉高歌·感怀（其二）

shí nián yān yuè gē shēng, jǐ diǎn wú shuāng bìn yǐng. xī

十年燕月歌声，几点吴霜鬓影。西

fēng chuī qǐ lú yú xīng, yǐ zài sāng yú mù jǐng.

风吹起鲈鱼兴，已在桑榆暮景。

这是作者的年迈思归之作，主要抒写作者远离家乡的离愁别绪，表现了其对于家乡和亲人的思念，也流露出作者因时光流逝而产生的惆怅和无奈之感。

作者在前两句中追述了自己半生的生平经历，句子的意思是说，自己在京城为官和生活的数十年主要在赏月听歌中度过，来到吴地之后，因为操劳和愁苦而两鬓斑白，就像是染霜了一样。句中的“十年”形容时间很长，并不是确指。姚燧前半生的官宦生涯是比较顺利的，曾经官至翰林学士等职，常年在京城大都为官，生活得十分滋润。可从大德五年（1301）之后，他便被调离大都，赴江东任职，此后，他不仅生活远不如以前惬意了，还饱受着思乡之苦的折磨。这两句既是作者生平的写照，也在今昔的对比中，蕴含着人世沧桑的感慨，表达了作者内心的凄凉和愁苦。

“西风吹起鲈鱼兴”中化用了晋代吴地人张翰因看到秋风起而思念家乡，最终辞官还乡的典故。这句话表面上写的是古人，实际上却寄寓了作者自己的思乡之情。“已在桑榆暮景”则是作者对于自己身处晚年的委婉说法。作者年事已高，也厌倦了宦游于他乡的生活，所以才会突然想起张翰的故事，又想到自己已经处于晚年，思归的情绪便更加迫切了。

大国朝臣的风度

姚燧既受到当时人们的推崇，又赢得后人的尊重，自然不仅仅是因为他文章写得好，还因为他的官做得好，有大国朝臣的风度。对于这一点，我们从小两个小故事中可以略窥端倪。

话说，自从姚燧做了翰林学士承旨后，可谓名动京师，很多文人名宦都向他求取诗文，得到的人就觉得光荣，得不到的就感到羞愧。当时，高丽是元朝的藩属国，高丽忠宣王王璋被元朝封为沈阳王，联姻帝室，用财货结交朝臣，许多大臣都为之所动。这位沈阳王附庸风雅，也向姚燧求取诗文，并赠送财宝。姚燧既鄙视朝臣的贪婪失志，也瞧不上沈阳王的贿赂行径，便没有答应。结果朝廷降旨要姚燧作文，无奈之下，他只好勉强应付了事。沈阳王得文后非常高兴，赠送币帛、金玉、名画等多至五十筐。作为一代名儒，姚燧平时很喜欢搜集古玩字画，但这次他却将沈阳王送的全部分送给了属官、胥吏和侍从，剩下的金银送给翰林院做了费用，自己一件也不留。有人感到疑惑，他说："彼藩邦小国，唯以货利为重，吾能轻之，使知大朝不以是为意。"

这件事充分反映了姚燧作为一个大国朝臣的器识与风度，后世修史者称赞他"器识豪迈过人"。这是对外，对内姚燧也是气度不凡，我们再来看下面这个故事。

当时，姚燧正任御史台监察御史，某天有一位御史大夫问他："皇上因为你贤能，所以提拔你为高官、充当皇上的耳目。如今已经过去一年多了，还没有听你说过一句兴利除害的话，只是忙着举荐人才，这是为什么呢？"姚燧回答道："我已经荐举了一百多人，他们都是治国的干才，无论在中央还是在地方，都能对皇上治理国家大有帮助，这样，我对皇上的恩德便是尽了心力，为什么非得说些兴利除害的话，才算尽到监察御史的责任呢？"这位御史大夫听后赞叹道："这可真是宰相的气度啊！"

古人云，"文以气为"。气度不凡，写出来的文章自然也不凡，大家请跟我来看下面这两首作品，是不是这么回事。

zhōng lǚ yáng chūn qǔ
中吕·阳春曲

bǐ tóu fēng yuè shí shí guò yǎn dǐ ér cáo jiàn jiàn
笔头风月时时过，眼底儿曹渐渐
duō yǒu rén wèn wǒ shì rú hé rén hǎi kuò wú rì bù
多。有人问我事如何，人海阔，无日不
fēng bō
风波。

姚燧一生宦海沉浮，体验过仕途风波的变化莫测。在这首小令中，诗人面对元代社会上层内部倾轧、民族关系严重隔阂的现实，慨叹为人处世之艰难。

“笔头风月时时过，眼底儿曹渐渐多”，随着笔下的风花雪月一年一年地消逝，跟前的儿女子孙也一个一个多了起来。时光荏苒，转眼间诗人已到暮年，儿孙满堂。“风月”即清风明月，指美好的景色和时光。“儿曹”在这里指儿孙们、后辈们。这两句是明显的对句，无论从词性、句子的结构，还是从平仄搭配上看都对仗工整，而且构思巧妙，前句从多说到少，后句从少说到多。

前面两句以平常的口吻、简单的文字描绘了一幅宁静、恬淡的生活景象，实际上是为后面的“无日不风波”做铺垫。平静的背后潜藏着跌宕起伏的“风波”，这种情绪上的反差，正是作者别出心裁的设计。

“有人问我事如何”一句以设问引起转折，问的是仕途的命运与家事的前途。从上面对时光流逝的感慨转为对广阔人生的思考。最后两句“人海阔，无日不风波”是对设问句的回答，同时也是他对一生仕途生活的总结。人海茫茫，社会广阔，人事纷争，无时无刻不是在各种“惊涛骇浪”中颠簸，随时可能身陷危机，这一略显消极的总结体现出作者对现实的不满之情。

zhōng lǚ pǔ tiān lè
中吕·普天乐

zhè jiāng qiū, wú shān yè。chóu suí cháo qù, hèn yǔ
浙江秋，吴山夜。愁随潮去，恨与
shān dié。sài yàn lái, fú róng xiè。lěng yǔ qīng dēng dú shū
山叠。塞雁来，芙蓉谢。冷雨青灯读书
shè, pà lí bié yòu zǎo lí bié。jīn xiāo zuì yě, míng zhāo
舍，怕离别又早离别。今宵醉也，明朝
qù yě, níng nài xiē xiē。
去也，宁奈些些。

这是一首写离别送行的小令，是姚燧的代表作品之一，在当时就颇有名。前八句写离愁别恨。开头两句同很多以送别为主题的诗词一样，用以交代大概的时间和地点。“浙江”指新安江流经杭州入海一段，也叫钱塘江，秋天多潮，以壮观著称。“吴山”，在杭州西湖东南，左瞰钱塘江，右临西湖。钱塘江美丽的清秋，吴山月明的夜晚，这是诗人和友人送别的场景。

“愁随潮去，恨与山叠”写愁如钱塘江潮，无有终期；恨似吴山峰峦，重重叠叠。这一动一静的描写，道出作者的离愁别恨排山倒海，无从排遣。“塞雁来，芙蓉谢”，大雁从塞北飞来南方过冬，荷花在萧瑟的秋风里凋谢。感物候之变迁，伤韶光之易逝，更增别离之苦。心苦景凄，情怨境冷。“冷雨青灯读书舍，怕离别又早离别”，屋外下着冰冷的雨，青灯映照着读书舍，害怕离别偏又这么早离别。一“冷”一“青”的冷感和冷色衬托出书舍凄凉悲伤的氛围。这部分大篇幅描写离别的伤感。

“今宵醉也，明朝去也，宁奈些些”，最后三句，作者安慰行者，同时也自我宽解：“今宵与你同饮同醉，明朝你将离去，还是暂时把离愁按下，忍耐一些吧。”既然离愁无从避免，不如珍惜眼前相处的时光，畅快痛饮，相与一醉。“宁奈”指忍耐，

“些些”即一些儿，为元人口语。“宁奈些些”，这最后一笔，似压实纵，体现作者与友人感情之真挚。

此曲文笔细腻，写离愁别绪令人愁肠百转，悲从中来，结尾三句更显放达本色。周德清在《中原音韵》中赞此曲“造句、音律、对偶、平仄皆好”。

诗韵总在山水间

与大多数古代传统文人一样，姚燧在闲暇之余也喜爱游历山水。他一生南北迁徙数次，足迹几乎遍布全国，目前可以考知的有长沙、武昌、龙兴、九江、彭蠡、铜陵、湖口、岳阳、金陵、杭州、旌德、江州、会稽、吴城、扬州等地，其中武昌、龙兴、吴城等地他都到过多次。秀丽多姿的山水风光和丰富多彩的民俗风情不但扩大了他的视野，丰富了他的社会阅历，还陶冶了他的情操和品格。

在游历中，姚燧留下了大量的文学作品，也使他的散曲小令带上了民间色彩，下面我们就来看其中的两首。

zhōng lǚ mǎn tíng fāng tiān fēng hǎi tāo

中吕·满庭芳·天风海涛

tiān fēng hǎi tāo xī rén céng cǐ jiǔ shèng shī háo wǒ
天风海涛，昔人曾此，酒圣诗豪。我
dào cǐ xián dēng tiào rì yuǎn tiān gāo shān jiē shuǐ máng máng
到此闲登眺，日远天高。山接水茫茫
miǎo miǎo shuǐ lián tiān yǐn yǐn tiáo tiáo gōng yín xiào gōng
渺渺，水连天隐隐迢迢。供吟啸，功
míng shì liǎo bú dài lǎo sēng zhāo
名事了，不待老僧招。

这首小曲为记游之作，作者通过写游览时所见到的美景，表达了作者对大自然的热爱和渴望功成身退的情感。

“天风海涛，昔人曾此，酒圣诗豪。”意思是说，狂风呼啸，卷起了巨大的浪涛，前人曾经在这里饮酒赋诗抒壮志豪情。作者在这里以“天风”和“海涛”等景物渲染出水天茫茫的壮阔图景，显示了宏大的背景，同时又以前人饮酒赋诗的豪情来暗喻自己伟大的理想抱负，意蕴深刻。

接下来的两句，作者说自己也很想效仿古代先贤，于是就到这里登高远眺，看到天空寥廓，日远天高。“日远天高”是写景的句子，这处描写更加突显了环境的壮阔和山河的美丽，而“闲登”则形象地点出了作者此时悠闲而轻松的心情。“山接水茫茫渺渺，水连天隐隐迢迢”两句对仗工整，不仅写出了山水相接的缥缈景象，使得作品勾画的背景富于朦胧的美感，而且这样广阔的景象还暗示了作者豁达的胸襟和伟大的志向，蕴意深刻。

作品的最后几句说，这样的美景不禁令人心旷神怡，想要吟诗作赋。等到功成名就之后，不用召唤，自己也会想要到此隐居。这几句流露了作者对于自然美景的热爱之情和想要归隐的情趣，看似与前面远大志向有所矛盾，实际上却是元朝时期文人矛盾心理的真实反映。这里写出了作者一方面渴望建功立业，另一方面又因为厌倦官场而想要出世归隐的复杂心理。

zhōng lǚ zuì gāo gē gǎn huái
中吕·醉高歌·感怀（其三）

àn biān yān liǔ cāng cāng, jiāng shàng hán bō yàng yàng.
岸边烟柳苍苍，江上寒波漾漾。

yángguān jiù qǔ dī dī chàng, zhǐ kǒngxíng rén duàncháng.
《阳关》旧曲低低唱，只恐行人断肠。

从“岸边”“江上”“《阳关》”“行人断肠”这些词语中

可以看出，这是一首送别小令，写的是一个送别的场景。

江岸送别，总是让人想到李白《黄鹤楼送孟浩然之广陵》中的那句“故人西辞黄鹤楼，烟花三月下扬州”，不同于后者的波澜壮阔，此曲细腻哀婉。开篇一句“岸边烟柳苍苍”，通过满目烟柳的情境，渲染出浓厚的离愁别绪。“江上寒波漾漾”，友人的离去，让诗人觉得江上的波纹都清冷了许多。柳树，江水，都是极平常的眼前景，古人却恰恰常将其和羁愁别恨联结在一起，于是这些平常的景物便传达出黯然销魂的感情调子。

《阳关》即《阳关三叠》，又名《渭城曲》，最为人熟知的便是诗中那句“劝君更尽一杯酒，西出阳关无故人”，古人的离别不同于现代，交通的不通畅，通信的落后，使得“一转身就是一辈子”这种情形经常发生。《阳关》此曲低唱的效果，无疑是将细柔的愁丝加入了沉甸甸的重量，更显离别之时的情深义重。

前三句似乎早已道尽此情此景，最后一句“只恐行人断肠”，看似赘余，其实不然，行人此去，愁可断肠，然而感觉到“恐”的人却是送行人。离别诚然令人惆怅，送行的人往往担心更多，而此曲恰恰描述的是行人欲走未走之时，无疑将这种“恐”“愁”在时间上无限延伸，使离愁别绪产生绵绵不绝之感。小令语言精练直白，笔调舒缓，情感沉郁，一幅江岸送别图宛若天成，跃然纸上。

自古才子多风流

作为一代文豪，姚燧并非古板的腐儒，他在朝堂之上气度不凡、公事公办，而工作之余又有风流洒脱的一面。宴席之上，酒酣神爽，赋诗酬文，他都表现得颇为豪放洒脱，流露出风流疏宕的个性。

受世俗风气影响，姚燧有时也会出入秦楼楚馆。不过，他对那些歌姬们充满了同情与尊重，不仅理解她们的不幸处境，还为她们鸣不平。在大都任翰林学士承旨时，姚燧有次遇到一位秀丽娴雅的歌姬，说话带有南方口音，详问之下才知道，她竟是宋代名儒真德秀的后人，因为父亲官职低微俸禄稀薄，无力偿还公债，从而被迫卖身。于是，姚燧便派人请求丞相为其落籍，成功后又把她以自己女儿的身份许配给自己熟悉的一名史官。

在姚燧的散曲之中，有不少是描写男女情感的，风格以风流蕴藉为主，反映着他风流洒脱的个性。下面，就给大家介绍两首。

yuè diào · píng lán rén

越调·凭阑人

mǎ shàng qiáng tóu piē jiàn tā， yǎn jiǎo méi jiān tuō dòu zán。

马上墙头瞥见他，眼角眉间拖逗咱。

lùn wénzhāng tā ài zán， dǔ yāoráo zán ài tā。

论文章他爱咱，睹妖娆咱爱他。

“马上墙头”出自白居易《井底引银瓶》诗：“妾弄青梅凭短墙，君骑白马傍垂杨。墙头马上遥相顾，一见知君即断肠。”与姚燧同时代的白朴所做杂剧《墙头马上》便是源于此。古代少女养在深闺，自由恋爱不易，因此“墙头马上”的情形才让人充满遐想。

这一情景让人心领神会，而“瞥”在这里用得恰到好处，“瞥见”不仅符合特定的情境，也符合才子佳人初遇时的心理。墙头马上，闺中少女让才子见到，才子若冒冒失失盯着未出阁的少女，便显得无礼。在这种情况下，只瞥一眼，双方“眼角眉间”相交那一刹那，佳人丢掉羞怯“拖逗咱”，这比公然的调情更能让人感觉到爱情的甜蜜。此时，爱情的火花迸发，情根深种。

“论文章他爱咱，睹妖娆咱爱他。”自古以来，“才子佳人”总是在诗词中出现，词尚含蓄，使得故事总带有一层朦胧和含蓄。而曲尚直率，因此采用了率直的白话，对爱情本身做出了大方的诠释。爱情原本就不是必须遮掩的事，无须忸怩作态。既然上天安排二人相遇，那么，“你爱我文章，我爱你妖娆”便足够了。

那个时代，“万般皆下品，唯有读书高”，才子对自己的魅力自然毫不怀疑。才子的自信，对爱情的坦白，在曲中表现得很到位。才子的直白，也毫无轻薄之意，反倒是落落大方。整首曲子，也因为才子形象的丰满而更具感染力。

前两句描绘了才子佳人墙头马上戏剧性的惊鸿一瞥，后两句心理描写迅速将人带入才子佳人的美妙爱情之中，曲中人物鲜活生动，打动人心。在浩如烟海的“才子佳人”诗词中，这首小令无疑别具一格。

yuè diào píng lán rén jì zhēng yī
越调·凭阑人·寄征衣

yù jì jūn yī jūn bù huán, bú jì jūn yī jūn yòu hán。jì yǔ bú jì jiān, qiè shēn qiān wàn nán。

欲寄君衣君不还，不寄君衣君又寒。寄与不寄间，妾身千万难。

古人一旦离别便很难再见，但是在乱世，有征戍，在盛世，有徭役，古代男子出门远行又往往不能携带家眷，“思妇”这一群体因此出现。自己的丈夫被迫离开家乡，远离自己，这对很多留守家中的妇女来说是很大的打击。她们对远在异乡的征夫游子的思念日益深重，而这就为思妇诗最初的产生提供了素材和依据。

《诗经》中的《卫风·伯兮》和《王风·君子于役》等，是先秦思妇诗的开端。思妇诗到唐朝已成为诗歌中独立的一种艺术题材，从内容上看，基本可以分为三类：征人妻、商人妻和举子妻；从思想感情上看，有抒发在乱世中被迫妻离子散、家破人亡的感慨的，也有间接表达作者自己仕途坎坷、怀才不遇的。总体上，思妇诗多注重描写思念之苦和盼归之意。

小令截取了思妇替征夫寄衣这样一个极小的生活片段，几句白描，写她在“寄与不寄间”的思前想后、踌躇反复，最终以一个“难”字结尾。看似平白如话的语言，却写尽了闺中少妇思念征夫时千回百折的愁肠，了无痕迹，如神来之笔。

征夫游子，年久不归，妻子担心丈夫在外另结新欢。“欲寄君衣君不还，不寄君衣君又寒”两句将妻子的这种担忧和对丈夫的关切交织在一起。想寄去寒衣，但是担心他穿暖和了会不想着回家；不寄，又怕丈夫在外挨冻受寒。少妇犹豫不决，难以抉择。这两句语意上的反复，把少妇对丈夫既思念又担忧的微妙心理刻画得入木三分，惟妙惟肖。“寄与不寄间，妾身千万难”，彷徨在寄与不寄的矛盾中，思妇伤透脑筋，千难万难。“千万难”强调了她心中存有思念、关切和痛苦交织的复杂感情。

诗人以其丰富的生活积累，捕捉了思妇心理活动的每一个细节，并以巧妙的构思、简练的文字，表现妻子对丈夫的一往情深。卢前在《论曲绝句》中评论此曲“熨帖温存，缠绵尽致”。

yuè diào píng lán rén liǎng chù xiāng sī wú jì liú

越调·凭阑人·两处相思无计留

liǎng chù xiāng sī wú jì liú， jūn shàng gū zhōu qiè yǐ lóu， zhè xiē lán yè zhōu， zěn zài rú xǔ chóu？

两处相思无计留，君上孤舟妾倚楼，这些兰叶舟，怎载如许愁？

“凭阑人”一般指独自凭栏的人，古语中的“阑”通“栏”，意为“栏杆”。此曲并无标题，但作为曲牌名，“凭阑人”隐喻题意，正好符合了早期的词牌与内容有紧密联系的古意。姚燧这首《凭阑人》，即写闺中少妇的离愁别恨，语言清丽，古朴自然，无半点雕琢之感。

命运将少妇和自己的情人分隔两地，纵然相思亦无可奈何，只能发出“两处相思无计留”的悲叹。“两处相思”是离别后的想象，“无计留”是对分离百般无奈的哀叹。简单的一句话，却深刻地表达出这对被命运分开的恋人心中强烈的痛苦。“君上孤舟妾倚楼”，情人乘舟远去，自己却独自倚楼眺望，这是分别时的景象。曲首这两句写尽离愁之深重，二人情意之缠绵。

“这些兰叶舟，怎载如许愁”两句是写情人对少妇的无限思念，这么一只兰木小舟又怎么载得动这许多忧愁？“这些”即这般、这么。“兰叶舟”即兰木小舟，是对轻舟、小舟的一种美称。结尾这两句巧妙化用李清照《武陵春》之“只恐双溪舴艋舟，载不动许多愁”，把少妇无形的相思离愁具体形象化。小令写得曲折有致，吸取前人诗词的营养，以极简的语言表达了丰富的情感，同时在其中积淀了丰厚的文化底蕴。

张可久

一生只得“半纸虚名”

对于“张可久”这个名字，大家可能不是很熟悉，但实际上他在元曲界的名气是很大的。他与张养浩合称为“二张”，与乔吉并称“双璧”。张养浩我们在前面已经讲了，乔吉也是一位曲坛大家，后面会讲到。明代的李开先对张可久和乔吉给予了极高的肯定，将他们比作杜甫和李白，称“乐府之有乔、张，犹诗家之有李、杜”。不过，明代曲论家王骥德大概觉得李开先的说法有些夸张了，辩称：“夫李则实甫，杜则东篱，始当；乔、张，盖长吉、义山之流。”意思是说，把王实甫比作李白，马致远比作杜甫才恰当；乔吉和张可久，不过是李贺与李商隐之流。即使按照王骥德的说法，将张可久比作李商隐，那也是很高的评价了。此外，明代的朱权还在《太和正音谱》中称张可久为“词林之宗匠”。

在元代220多位作家当中，有散曲集传世的只有3人，分别为张养浩、乔吉与张可久。不过，前两位的作品都是在他们临死前或去世后才刊行于世的，而张可久在世时便已有四本散曲集传世，即《今乐府》《吴盐》《苏堤渔唱》《小山乐府》。不仅如此，在元曲选集《阳春白雪》和《乐府群英》中，张可久入选的作品也是最多的，甚至连元武宗在皇宫赏月时也令宫女传唱他的散曲。这一切都说明，张可久的作品在元代已得到了广泛的认可。

然而，即便是这样一位重要的作家，他的生平事迹依然是模糊不清的。不仅是生平，甚至连他的名字都搞不清楚。有人说他叫张可久，也有人说他叫张久可，此外还有如伯远、仲远、小山、大可等诸多说法。对此，学术界有很多争论，这里就不给大家一一介绍了，只说现在大家普遍认可的结论：张可久，名久可，字可久，号小山。

小朋友们应该还记得，北宋的晏几道的号也是小山，大家要注意区分。据专家们分析，张可久给自己取“小山”这个号，并不是因为仰慕晏几道，而是跟他的家乡有关。张可久是庆元（今浙江宁波）人，而就在庆元城的北面有一个陡然隆起的小山包，当地人都称之为“小山”，张可久便以此为号。

可想而知，张可久的生卒年也不确切，据人们推测，他大约生于1270年，卒于1350年，如果真是这样的话，他应该是活过了80岁，在当时算是高寿了。不过，这样的高寿对张可久本人来说，却未必是一件好事。

元在1279年灭了南宋，根据前面介绍的元朝的等级制度我们知道，此后生在浙江的张可久自然会被划入大元王朝地位最为低下的“南人”，这就决定了他一生的命运。据推测，张可久的家庭有可能是宋代的科第之家，这使他从小生活在一个充满文化气息的环境中，没有衣食之愁，并且有机会读书，所以长大后才能以儒为业。

20岁左右，张可久带着满腹诗书离开家乡，开始一边游历山川景物，一边投谒仕宦权门、结交文士名流，期待以声誉求得进身之阶。那时科举被废止，想要进入仕途，这是一条捷径。然而，“南人”身份最终成了他的绊脚石，他虽然才名越来越大，而且也结交了不少当时有名的官人和学士，却没有一个人愿意举荐他。结果，直到40多岁，他仍然未能走上入仕之路。

1315年，元仁宗下诏重开科举，使得沉寂70多年的科举选拔人才的制度得以恢复。张可久和当时的许多读书人一样，满怀着期望进入了考场，然而作为一个没有根基的“南人”，等待他的只有名落孙山。多年的努力，换来的只有一场空，这时家底也已经耗尽，为了生计，摆在张可久面前的也只有充任胥吏这一条路了。

我们之前说过，在传统的眼光中，官与吏可谓天差地别，官为劳心治人的“君子”，而吏却是供人役使的“小人”。因此，出而为吏，多为一般文人所不齿。然而，一家老小活命要紧，此时的张可久已经顾不得这些了。

据考证，张可久是在1320年前后由绍兴路吏踏入仕途的，此后他的一生都是在“时吏时隐”中度过的，他相继做过衢州路吏、婺州路吏、桐庐典史、徽州监税等下级官吏，而等他70多岁的时候，还在昆山县（今江苏省昆山市）做过幕僚。可想而知，他以古稀高龄仰人鼻息，只能是为了生计。

对于自己的一生，张可久有太多的遗憾，他将这些遗憾化作一声长叹，全都写进了下面这首《中吕·齐天乐过红衫儿·道情》中。

zhōng lǚ qí tiān lè guò hóng shān ér dào qíng
中吕·齐天乐过红衫儿·道情

rén shēng dǐ shì xīn kǔ wǎng bèi rú guān wù dú shū
人生底事辛苦，枉被儒冠误。读书，
tú sì mǎ gāo chē dàn zhān zhe zhě yě zhī hū qū
图，驷马高车，但沾着者也之乎。区
qū láo luò jiāng hú bēn zǒu zài shì tú bàn zhǐ xū
区，牢落江湖，奔走在仕途。半纸虚
míng shí zǎi gōng fu rén chuán liáng fǔ yín zì xiàn
名，十载功夫。人传《梁甫吟》，自献
cháng mén fù shuí sān gù máo lú bái lù zhōu biān
《长门赋》，谁三顾茅庐？白鹭洲边
zhù huáng hè jī tóu qù huàn xī nú kuài lú yú hé
住，黄鹤矶头去。唤奚奴，鲙鲈鱼，何
bì móu zhū fù jiǔ hú lu zuì mó hu yě yǒu ān pái
必谋诸妇。酒葫芦，醉模糊，也有安排
wǒ chù
我处。

这首曲子分为两部分，第一部分尽书读书人的辛苦，感叹空有才华无人赏识，第二部分为碌碌无为的读书人指出另一条道路，道尽隐居生活的快乐。

“人生”两句奠定沉重的语言基调。人活着究竟为了什么辛苦奋斗，白白被头上的儒冠耽误青春。作者通过自问自答的形式感叹读书无用，这一观点与杜甫在《奉赠韦左丞丈二十二韵》中表达的“纨绔不饿死，儒冠多误身”一致。

接下来三句作者以司马相如为例，谈历朝历代书生不变的抱负。“读书，图，驷马高车”，读书人读圣贤之书，希望能够位居高位，一展抱负。“驷马高车”指由四匹马拉的高盖马车，代指达官显贵。司马相如入仕之前，在路过成都升仙桥时曾在桥柱上题词“不乘高车驷马不过此桥”。作为读书人追随的榜样，司马相如的期望也是读书人共同的期望。

六至十句写书生为达成目标所付出的努力。“但沾着者也之乎。区区，牢落江湖，奔走在仕途。”但凡书生终日沉溺于“之乎者也”的书海之中，四处奔走再没有别的寄托，只为了能在朝廷谋得一官半职。接下来两句写读书人的失望，数十年的寒窗苦读，跋涉赴考的辛苦无以言表，最终只获得“半纸虚名”。

“人传”三句作者列举东汉的诸葛亮，西汉的司马相如，感叹生不逢时。喜欢作《梁甫吟》的诸葛亮得到刘备的赏识，司马相如自献《长门赋》助陈皇后获得汉武帝的喜爱，也因此得以重用。就算书生才识过人，学富五车，在这样的时代又有哪个君王有识人的慧眼，肯三顾茅庐呢。

至此，作者笔锋一转开始大书特书隐居的欢乐。“白鹭洲边住，黄鹤矶头去。”住在白鹭洲边也好，到黄鹤矶头也罢，作者以为无论在哪个山青水秀的隐居之地居住，都是一件值得开心的事儿。接下来三句写隐居生活的好处。“唤奚奴，鲙鲈鱼，何必谋诸妇。”临渊垂钓，鱼儿上钩就可呼唤侍从将其烹制，没有必要与妇道人家商量，多么轻松。

最后三句写隐士与酒葫芦为伴，成天喝得酩酊大醉，这就是天公为读书人安排的归宿。张可久悲愤不已，一肚子牢骚，却挣脱不了现状，他只好自我安慰，决定去隐居。整首曲子由牢骚转入放达，至此点题。总的说，作者宣扬了消极遁世的虚无思想，但他骨子里何尝没有读书人不能施展才能的愤慨呢！

写散曲最多的人

古语有云，“失之东隅，收之桑榆”。张可久虽然在官场没有收获，但在文坛却成翘楚。他的一生创作颇丰，流传至今的有小令855首，套数9篇，占现存元散曲总数的五分之一，成为古今写作散曲最多的人。

如同宋词分为豪放派和婉约派，元曲也分为豪放派和清丽派，豪放派以马致远称首，而清丽派则以张可久为魁。张可久的作品以辞藻华丽、对仗工整、格律严谨见长。他善于把诗词的辞藻、句法、声律等吸收到散曲中去，使散曲诗词化，是典型的文人创作。可以说，元曲到张可久，已经完成了文人化的历程。因此，他在散曲史上具有划时代的意义。

下面，我为大家介绍两首张可久的代表作品，小朋友们可以拿来和马致远的《天净沙·秋思》进行对比，看看有何不同。

越调·天净沙·江上

yuè diào tiān jìng shā jiāng shàng

yōng yōng luò yàn píng shā, yī yī gū wù cán xiá,
嗈嗈落雁平沙，依依孤鹜残霞，

gé shuǐ shū lín jǐ jiā xiǎo zhōu rú huà yú gē chàng rù
隔水疏林几家。小舟如画，渔歌唱入
lú huā
芦花。

元人写秋景用“天净沙”的牌子，在当时乃是一种潮流。秋天色彩丰富，不同的诗人、不同的心境往往能在秋天的图画中获得不同的灵感，抒发他们细腻的感情。张可久的这首《天净沙·江上》是一首以“天净沙”曲牌写秋江，抒发因自然的美丽意境而感之情的小令。

首句起，即入手写秋江。“嘒嘒落雁平沙”，讲的是“嘒嘒”啼鸣的大雁，降落在江边平坦的沙滩上。“嘒嘒”，拟大雁啼鸣之声。大雁的鸣声，长远悠扬。这里将“嘒嘒落雁”并提，是描绘雁群下落的同时，还有“嘒嘒”声在四处回荡的物境。“平沙”是雁落之处。秋日江河多枯水，夏日里被江水覆盖的区域，此时显露了出来。这样形成的沙滩，因常年经流水打磨，细沙成顷，故曰“平沙”。首句大雁点缀江滩的景色，已现三分秋暮之美了。

“依依孤鹜残霞”，继续写秋日傍晚的江景。孤鹜依依，飞翔在水天一线的残霞上下，茜色的残霞将江水与天空连成一幅完整的图画，一只孤零零的水鸟更为如此秋景增添了几分高远而孤凄的情感色彩。用“孤鹜”写水天暮色，出自唐代作家王勃的名作《滕王阁序》中“落霞与孤鹜齐飞，秋水共长天一色”对赣江水天秋色的描绘。张可久在这里虽然只写“孤鹜残霞”，但这一化用就足以唤起人们对王勃笔下秋江景色的印象了。

如果说“嘒嘒落雁平沙”的境界是小起，“依依孤鹜残霞”是拉大了视野，那么“隔水疏林几家”就在转换视角的同时再度将焦点拉了回来。“隔水疏林几家”讲的是江水弱流处，疏木小林旁有几户人家，依水而建，据水而居，为这幅旷远恬淡的秋江暮色图添上了几笔炊烟。整幅图画的色调也变得更加柔和、朦胧了。

“小舟如画，渔歌唱入芦花”，继续上文“疏林几家”写人。渔夫过客，泛舟江上，在作者眼里便是点活了这幅秋画，此时再有几声渔歌，从那芦花丛中飘飘入耳，在旁观者看来，真是恬美宁静之至了。“小舟”如画，亦“入画”。在前三句景色描写的基础上，加入了“小舟”与“渔歌”意象，使得整幅画面活了起来。又加入了“芦花”意象，芦花也是秋日的时序植物，它与“小舟”和“渔歌”的互动，丰富了画面的色彩，也丰富了整幅秋江图的物事和结构。

雁落平沙，秋光萧瑟本来是极凄清冷寂的境界，但作者从王勃那里获得了灵感，加之自己的细心体味，在秋江、落雁、平沙、人家、渔船和芦花构成的这幅图景中领悟到了田园生活的宁静、恬美和人与自然最协调、和美的生存方式。这时，他再也抑制不住内心与自然融为一体的冲动和满足感，一句“渔歌唱入芦花”，实际上也有更深刻的意思——那声声“渔歌”，象征着自然中的“人”之美，承载了作者对自然、对生活的体悟。

yuè diào　tiān jìng shā　hú shàng sòng bié

越调·天净沙·湖上送别

hóng jiāo yǐn yǐn chuāng shā，zhū lián xiǎo xiǎo rén jiā。lǜ
红蕉隐隐窗纱，朱帘小小人家。绿
liǔ cōng cōng qù mǎ。duàn qiáo xī xià，mǎn hú yān yǔ chóu
柳匆匆去马。断桥西下，满湖烟雨愁
huā。
花。

虽然题名为“湖上送别”，但实际上，这是一首离别之词。作者在杭州时，大概与一位女子关系密切。当其将去之时，女子前来送别，二人伫立西湖边，依依不舍，写下了这首送别之词。

头两句“红蕉隐隐窗纱，朱帘小小人家”，写的是透过红艳的美人蕉，隐隐可以看见绿色的纱窗，小小一户人家，朱帘摆动，引人无限遐想。“蕉”意象历来为诗人所青睐，这是因为这种植物鲜艳可爱，因其生于南方，又往往至冬不谢，就成了诗人们借以描物写人的意象了。“红蕉”既喻美人、明高节，又利于这两句曲词温婉细腻语境的创造。

园中红蕉之后，是淡雅的绿色纱窗，那纱窗中之人何在呢？自然是存在于作者的想象中了。“朱帘”是溢美之词，用“小小”来形容“人家”，结合曲子的送别主题，不用说也是为了表现作者对这绿窗、朱帘人家的喜爱和不舍之情了。“红蕉”“窗纱”“朱帘”三个意象，都与女性形象相关，因此，才猜测在湖上送别作者的，当是一位女子。

“绿柳匆匆去马”，独成一句，讲的是送别的现状。湖边柳下，枝叶正绿。当这春风沉醉的时刻，作者却不能再同这位密友多叙些话了，行色匆匆地引马离去之后，那些个“红蕉隐隐窗纱，朱帘小小人家”的留恋，可能再难一见了。因为这离别的悲伤袭上心头，才有了“断桥西下，满湖烟雨愁花”的哀语。

“断桥西下”，讲的是作者取道白堤行路；“满湖烟雨愁花”，则是作者愁眼所见湖景。“满湖烟雨”，一方面是暗提时序，春天里的西湖柳堤，自然是烟雨迷蒙的景致；另一方面，也是作者满心离愁难以驱散的象征，柔靡的春湖春柳，使得将离密友而去的作者，哀怨之心更添一层。

这层意思在“愁花”二字上体现得再明显不过了。“花”是自然物象，春花初绽，娇弱又充满生机，是风花雪月的绝好象征物。作者将离风花雪月而去，所以说“愁花”，既是“花”的愁，又是作者的“愁”。在“愁花”二字之前，曲词中并没有明白表达感情的词句。作者的“哀情”，也是经历了一个逐渐暗示、逐渐表露的过程才呈现在读者面前的。“匆匆去马”“断桥西下”和“满湖烟雨”，可以说是这一语势的过度和发展，至于“愁花”，终于是直露的抒情了。

作为一首抒发哀情的小令，张可久的这首《天净沙》显得婉约细腻，旖旎无限。表达朦胧无定的爱情，却去描写窗纱朱帘，为全曲的意境加上了些许神秘与模糊。“匆匆去马”和“断桥西下”，稳固地控制了曲词视角的转换和行进。最后的“满湖烟雨愁花”，抒情淋漓的同时，还创造出了言渐尽、情渐远的艺术效果。

张可久的朋友们

张可久早年的经历颇似李白，20多岁离开故乡，一路游历山川，一路广交好友。他虽然最终没有像李白那样受天子赏识、待诏翰林，但确也诗名广播，交友遍天下。张可久的朋友，既有达官显贵如宁玉、卢挚、贯云石，又有文士名流如马致远、赵孟頫，更有山野隐士如鲁卿、虎丘道士等。

不可否认，张可久交友是有功利心的，尤其是与那些达官显贵结交，而且也不能完全说他没有从中获得实惠，张可久后来能够进入胥吏队伍实际上还是靠了朋友的提携。然而，他本质上却是一个知识分子，而非蝇营狗苟一心只想当官的逐利之徒。正因如此，他才没能在仕途中有所斩获；而也正因如此，他才赢得了朋友们的尊重。

张可久结识卢挚是在1303年。我们前面讲过，这一年卢挚被授予翰林学士，绕道扬州返回京城，并在吴越一带游历。此时的卢挚已年近70，而张可久才刚30出头，两人可谓忘年之交。卢挚是个性情随和的人，很看重张可久的才华，曾多次向他索赋，但不知什么原因，张可久最终没能得到卢挚的援引。

在张可久的朋友之中，与他关系最好的应该是贯云石。贯云石的祖父是元朝开国大将阿里海涯，贯云石靠祖荫曾做过两淮万户府的达鲁花赤（一个拥有实际兵权的三品要职），还担任过翰林侍读学士、中奉大夫、知制诰同修国史等要职。同时，他还是元代著名的散曲作家，后面我们会细讲，这里就不再赘述。

贯云石比张可久小10多岁，算是一个小兄弟了，这个小兄弟本来可以帮助张可久，但可惜他们两人相识太晚，那是1314年，贯云石那时已“称疾归江南”，也就是说退隐了。从两人的唱和之曲来看，他们交情颇深，感情真挚，甚至还“快乐开怀”，这在张可久与其他人的唱曲中是少有的。1319年，张可久将自己的散曲结集成册，名为《今乐府》，还专门请贯云石为其作序，这是小山第一本散曲集。贯云石读罢“击节而不自知”，惊呼“何其神也”。

张可久与贯云石两人多有唱和之作，这里为小朋友们介绍一首《殿前欢·次酸斋韵》。

shuāng diào · diàn qián huān · cì suān zhāi yùn
双调·殿前欢·次酸斋韵

diào yú tái, shí nián bú shàng yě ōu cāi. bái yún lái wǎng
钓鱼台，十年不上野鸥猜。白云来往
qīng shān zài, duì jiǔ kāi huái. qiàn yī zhōu jì shì cái, fàn
青山在，对酒开怀。欠伊周济世才，犯
liú ruǎn tān bēi jiè, huán lǐ dù yín shī zhài. suān zhāi xiào
刘阮贪杯戒，还李杜吟诗债。酸斋笑
wǒ, wǒ xiào suān zhāi.
我，我笑酸斋。

酸斋是贯云石的别号，而次韵则是按照原诗的韵和用韵的次序来和诗。也就是说，贯云石先写了一首《殿前欢》，然后张可久据此和了一首。贯云石的原作是这样写的："畅幽哉，春风无处不楼台。一时怀抱俱无奈，总对天开。就渊明归去来，怕鹤怨山禽怪，问甚功名在。酸斋是我，我是酸斋。"此曲表达了他藐视权贵、热爱山林的高尚志趣。张可久受贯云石的影响，也鄙视官场，羡慕自由自在的隐士生活，可他自己又不甘于一直做一个小吏，渴望在仕途上有所发展，这种矛盾的心理也是当时知识分子的普遍心态。

"钓鱼台，十年不上野鸥猜"，作者羡慕在富春江钓鱼终老的隐士严子陵，他自己却有十年不曾到过钓鱼台，这十年他都在官场打拼，官场的钩心斗角让诗人广受猜疑。相传鸥鸟只与淡泊无心机之人为友，"野鸥猜"三字则道连野鸥也会生出猜疑。这两句表达了作者对误入官场的后悔和向往隐士生活的愿望。"白云来往青山在，对酒开怀"直白地表达了作者对恬淡生活的憧憬，在那变幻的白云中来往，与青山为伴，无忧无虑，这是多么畅快，让他忍不住要畅饮几杯，抒发自己那压抑的情怀。

"欠伊周济世才"，接下来三句，作者开始说明自己准备归隐的原因。他在这里自嘲，自己又没有伊尹、周公的王佐之才，何不归去山林。此处作者虽然表达自己归隐是因为无才，然而内在的意思却是怀才而不遇。作者又说自己"犯刘阮贪杯戒，还李杜吟诗债"，即诗人嗜酒贪杯，如那竹林中的隐士阮籍、刘伶，不愿做官，嗜酒如命，如此不如去山中做个隐士。此外，作者又喜爱吟诗作对，如此正好偿还那欠下的诗债。综合以上这三个原因，作者的志向已经非常明确：学贯酸斋归隐，过以饮酒作诗为乐的生活。

"酸斋笑我，我笑酸斋"正好和贯云石《殿前欢》曲子中的

“酸斋是我，我是酸斋”。“酸斋笑我”，酸斋早已体会到退隐之乐，看到我此时既羡慕又扭捏的样子，心领神会，故而不免“笑我”。“我笑酸斋”，这个“笑”字里隐含的情感很复杂。它既是一种畅快的笑：自己受酸斋影响，欲步酸斋之后，自然也就笑出声来；同时，它也是一种羡慕的笑：有多少人能像酸斋那样无忧生活，顺应自己的内心做自己喜欢的事呢？另外，它还是一种含而不露的苦笑：自由是酸斋的，我却必须为了生活继续在宦海淹留。“我笑酸斋”，张可久只是在笑，不着一言，却胜千书。

当然，除了卢挚、贯云石这样的官场中人，张可久结交的山野隐士也不少，其中一些人还曾出现在他的作品中，比如鲁卿和虎丘道士。

yuè diào tiān jìng shā lǔ qīng ān zhōng

越调·天净沙·鲁卿庵中

qīng tái gǔ mù xiāo xiāo, cāng yún qiū shuǐ tiáo tiáo,
青苔古木萧萧，苍云秋水迢迢，
hóng yè shān zhāi xiǎo xiǎo. yǒu shuí céng dào? tàn méi rén guò xī qiáo.
红叶山斋小小。有谁曾到？探梅人过溪桥。

这首《天净沙》题名“鲁卿庵中”，写作者的隐士朋友鲁卿。全曲通过对秋云、秋水、秋木的描写，构建出高远、清幽的境界，营造出静谧的禅境。通过对斋庵及其环境的描写，表现鲁卿高尚、纯洁的品格和自己的向往之情。

头三句写景。首句“青苔古木萧萧”，讲古木萧萧，青苔丛生。“青苔古木”，是构成首句物境的基础。读者可以理解为青苔结生于古木之上，亦可以将青苔、古木理解为并立的意象。“萧萧”一词，一般用来形容木叶肃杀、飘落的情态，这里也是用来衬托秋日山中凄清、古静的气氛。

“苍云秋水迢迢”，写水云状貌。“苍云”是高空长云，有宏阔的气象；“秋水”有平沙落雁相伴，皆染秋色。“迢迢”修饰“秋水”，结构同“萧萧”修饰“古木”一样。“秋水迢迢”突出秋水长空一色的景貌，这里的“迢迢”其实也感染了“苍云”的色彩。

“红叶山斋小小”，写鲁卿山斋所在，有红叶飞落环绕，与肃杀的古木、旷远的云水相比，山斋不过是“小小”的一座。但“山斋”与前二者的不同是，青苔木色、云水长天，都是肃杀清远的“黑白照片”，而环绕“山斋”的“红叶”却是秋季最艳丽的色彩的代表。

前三句用相同的句子结构，由小至大、又由大入小地勾画出秋山云水的样貌。从色彩和结构的丰富性上来讲，“青苔古木萧萧”最肃杀，“青苔”“古木”都是比较死板、幽深的物象；“苍云秋水迢迢”，使境界顿时开阔，色彩也比较明亮；“红叶山斋小小”，一“红”一“小”，与前文形成对比——“红”与“萧萧”“苍云”对照，形成鲜艳的色彩刺激，“小”与“萧萧”“迢迢”对照，实际上是把焦点集中到了“山斋”上来。

“红叶”使得“山斋”成了前三句秋山云水图的中心，但“山斋”之“小”又为后文的继续展开留下了余地。其一，将鲁卿的“山斋”放到了巨大的秋山云水背景中；其二，“山斋”之“小”突出了它的幽深，这就使得下文“有谁曾到”的句子显得十分自然了。

后一部分“有谁曾到？探梅人过溪桥”，写的其实还是鲁卿斋的幽深，不过换了一个角度，并加了一些意思。所谓“探梅人”，指的是作者自己。“梅”不是秋日的物象，但梅的枝劲花清，自古是高士隐者的代表，作者说自己是“探梅人”，就是把鲁卿比作梅一般的高士来赞扬了。

“过溪桥”是一个过程，作者想要探访“山斋”，但还在路上，刚刚踏过小溪上的石板桥。这样的写法，从效果上应和了前文“有谁曾到”的疑问，连诚心探访的作者都只是方过溪桥，他人自然是不知有此处了。

《天净沙》常用来写秋景、抒悲远之情。这首《天净沙》，则是通过秋景的衬托，写高士鲁卿的隐逸。一句“探梅人过溪桥”，带着些许禅意。

zhōng lǚ hóng xiù xié hǔ qiū dào shi
中吕·红绣鞋·虎丘道士

chuán xì shuí jiā gǔ àn rén guī hé chù qīng shān qiě
船系谁家古岸，人归何处青山。且
jiāng shī zuò huà tú kàn yàn shēng lú yè lǎo lù yǐng liǎo
将诗做画图看：雁声芦叶老，鹭影蓼
huā hán hè cháo sōng shù wǎn
花寒，鹤巢松树晚。

如题所示，这首小令写作者行至虎丘一带寻访“虎丘道士”的见闻，借由赠诗委婉地表达心中的所思。

“虎丘”，在江苏苏州西北，相传为吴王阖闾陵墓所在之地，因其葬后三日有白虎踞于陵墓之上得名。虎丘一地常常作为凭吊古迹的所在被文人称颂，如南朝顾野王有“抑巨丽之名山，信大吴之胜壤”的诗句，乔吉的“醉眼悠悠，千古恩仇，浪卷胥魂，山锁吴愁”（《折桂令·风雨登虎丘》）的名曲，作者自己也有“兴亡遗恨，一丘黄土，千古青山”（《人月圆·雪中游虎丘》）的佳作。本曲张可久一改吊古之情的常态，转而歌颂自己与“虎丘道士”之间深厚的友情。

“船系谁家古岸，人归何处青山。”小令以对偶开篇，描绘了一幅清新的山水画。古老的渡口已不知归属，一叶扁舟系在岸边，随着水流浮沉。两岸巍峨的高山树木茂密，苍翠欲滴，倒映在碧水之中，岸头徘徊的行人不知要去往何处。作者前往虎丘寻访“虎丘道士”眼见茫茫苍山，不知要到何处寻访，与贾岛《寻隐者不遇》中的诗句“只在此山中，云深不知处”有异曲同工之妙。

“且将诗做画图看”承上启下，写出前文美景如诗如词，又道出下文佳句如画。作者将自己眼前的美景变成脍炙人口的佳作，借由唱咏让世人也欣赏到自己眼前所见之景。

“雁声芦叶老，鹭影蓼花寒，鹤巢松树晚”，这三句既是作者所见之景，也是他内心世界的真实写照。句句写景，句句映射内心。为了寻访“虎丘道士”的所在，作者在山水中细细觅寻，猛然听到芦苇丛中大雁的叫声，又看到白鹭美丽的身影在蓼花丛中若隐若现，鹤群也伫立在松树枝头，这才意识到光阴流逝之快，已经到了倦鸟归巢、日薄西山之时。作者因专心寻访，不知已走了多远。

整首小令不见作者直接描述与“虎丘道士”友情的诗句，但从最后三句“鼎足对”的形式中自然流露出来。这样的巧思无论古今在许多作品中都有所展现，如李白《黄鹤楼送孟浩然之广陵》中的“孤帆远影碧空尽，唯见长江天际流”，卢挚《寿阳曲·别珠帘秀》中的“画船儿载将春去也，空留下半江明月”等，但是张可久的诗句更显得匠心独具。他把自己的内心世界与禽鸟活动融为一体，句末“老、寒、晚”三字更见巧思，达到了王世贞所说“体贴人情，委曲必尽；描写物态，仿佛如生”的境界。

写不尽的怀古曲

在这里我考考大家：说说你学过的怀古诗，唐诗、宋词、元曲都算上，能不能列出五首来？我感觉应该不是很困难，因为怀古的名作确实还挺多的，最有名的有苏轼的《念奴娇·赤壁怀古》、辛弃疾的《南乡子·登京口北固亭怀古》，还有我们前面刚学的张养浩的《山坡羊·潼关怀古》、卢挚的《蟾宫曲·长沙怀古》，再加上唐朝杜牧的《赤壁》、李白的《夜泊牛渚怀古》，这就有六首了。

大家想过没有，为什么文人墨客都喜欢写怀古诗呢？要回答这个问题，我们得先把概念弄清楚，到底什么是怀古诗？具体来说，怀古诗就是以历史事件、历史人物、历史陈迹为题材，借登高望远、咏叹史实、怀念古迹来达到感慨兴衰、寄托哀思、托古讽今等目的的作品。由此可见，怀古还真的就是因为伤今，无论是感慨兴衰、寄托哀思，还是托古讽今，根源都是对于“今”的不满。

卢挚那样少年得志、官运亨通的人尚且写《蟾宫曲·长沙怀古》，像张可久这样一生不得志的人，自然也少不了怀古之作。下面，我就选择三首最经典的介绍给大家。

zhōng lǚ · mài huā shēng · huái gǔ
中吕·卖花声·怀古

měi rén zì wěn wū jiāng àn， zhàn huǒ céng shāo chì bì shān， jiāng jūn kōng lǎo yù mén guān。 shāng xīn qín hàn， shēng mín tú tàn， dú shū rén yì shēng cháng tàn。

美人自刎乌江岸，战火曾烧赤壁山，将军空老玉门关。伤心秦汉，生民涂炭，读书人一声长叹。

这首怀古之作，通过对秦汉时期历史的追怀，描写了战争给老百姓造成的深重灾难，表达了作者对百姓命运的关心和同情。

这首小令共六句，可分为两个层次。前三句为第一层，内容上侧重于咏史怀古，后三句为第二层，在内容上偏重于追古抚今，抒发感慨。作品的前三句接连运用了三个历史典故，概述了秦汉时期战乱不断的历史，暗示了战争给百姓带来的灾难和痛苦。第一句说的是在楚汉之争中，项羽于垓下被围，与美人虞姬诀别，虞姬拔剑自刎，项羽则趁夜突出重围，谁知在乌江边又被汉军追上，最终自刎而死的历史事件。根据史载，美人虞姬是在垓下自刎辞世的，项羽是在乌江边自刎而死的，可作者在这里却说“美人自刎乌江岸”，实际上这是一种对于典故的灵活用法，由此不仅突显了英雄末路的悲壮和无奈，也说明了战争的残酷和无情。“战火曾烧赤壁山”中说的是三国时期赤壁之战的史实，当时吴国和蜀国联合起来，运用火烧赤壁的方法在这里击败了曹操的百万大军。“将军空老玉门关”句中运用的是东汉大将班超的典故，当时班超为了保家卫国而久戍边疆，年老时非常想要回到故乡，于是就给皇帝写了一封信，说自己希望能在有生之年活着回到关内，能和家人团聚。

作品的后三句在追怀历史的基础上，又抒发了作者深沉的感慨，句子的意思是说：秦汉时期的历史真是令人伤心啊！战争让人民经受苦难，可读书人对于这样的现实却无能为力，只能长叹一声。在作品中，作者并没有褒扬项羽、曹操、班超这三位英雄的历史功绩，而是暗示了他们的功业是以“生民涂炭”为代价，说明了作者认为英雄悲歌固然壮烈，但历史中受难最深、最值得同情的是老百姓，由此表达了他对人民命运的关心和同情。

当然，生民涂炭的也不只是秦汉，结合张可久生活的时代，蒙古铁骑横扫中原，所到之处莫不是一片焦土，所以他最后的这一声叹，其实有着丰富的内涵。

huángzhōng rén yuè yuán shān zhōng shū shì
黄钟·人月圆·山中书事

xīng wáng qiān gǔ fán huá mèng shī yǎn juàn tiān yá kǒng
兴亡千古繁华梦，诗眼倦天涯。孔
lín qiáo mù wú gōng màn cǎo chǔ miào hán yā shù jiān
林乔木，吴宫蔓草，楚庙寒鸦。数间
máo shè cáng shū wàn juàn tóu lǎo cūn jiā shān zhōng hé
茅舍，藏书万卷，投老村家。山中何
shì sōnghuāniàng jiǔ chūnshuǐ jiānchá
事？松花酿酒，春水煎茶。

张可久的散曲辞藻清新，华而不俗。这一曲《人月圆》与其常见的婉约风格有些不同，颇有点豪放的意味。此曲没有用典，而是直抒胸臆，浅显易懂。题为“山中书事”，写的却是怀古。

“兴亡千古繁华梦，诗眼倦天涯”，头两句气势不凡，“千古”“天涯”两个词，显得大气，细细品味又有无以言状的悲凉。千百年来，无论何其兴盛的王朝，何其繁华的过去，都像红尘之中的一场梦。再怎么繁华的梦，一旦醒了，就都会衰败不堪，消失不见。作者厌倦了在尘世里碌碌无为地奔波，也厌倦了在官场里怀才不遇的窘迫。正因为这样的厌倦，才有了后来对“隐居”的渴望。

“孔林”三句，以史为鉴，进一步呼应了“兴亡千古繁华梦”。孔林指的是孔子及其弟子的墓地。即便是曾经有过三千门徒的孔子，若干年后，他们的墓地也是乔木丛生，满目苍凉。“吴宫”指吴王夫差为西施扩建的宫殿。即使是曾经称霸天下的一代君主，经过世代变迁，其宫殿之上也是杂草丛生，不堪入目。“楚庙”指楚国的宗庙。即使是曾经福祉一方的社稷宗祠，事到如今，也遍布栖息的寒鸦，凄清异常。三句话道出了繁华终会落尽的事实。

“数间”三句，承接前面的一个“倦”字：正是因为厌倦，才会对平淡简单的生活心生向往，才更加坚定了寻求淡泊生活、归于平静的信念。此时此刻，在作者眼中，只要有几间小茅舍，有陪伴左右的万卷藏书，能够在村子里悠闲自得地终老，这样就足够了。

“山中何事？松花酿酒，春水煎茶。”山中有什么事情可做呢？当然有。可以畅饮自己用松江木酿的美酒，吟诗作曲，享受生活乐趣。细细品味自己用春水煎的好茶，读万卷书，笑看千古变迁。如此想来，在幽静的山间，简单的茅屋之中，品茶读书，饮酒作曲，悠闲地享受时光，感受淡泊的乐趣，竟是如此惬意。

此曲由历史的兴亡入笔，感叹尘世繁华如梦，进而引出了作者勘破尘世、隐居山林的豁达情怀。笔调清新，语言简单，却道出了人生的某种真谛：繁华终究会归于平静，简单朴实的生活也是一种不错的选择。

huángzhōng rén yuè yuán wú mén huái gǔ
黄钟·人月圆·吴门怀古

shān cáng bái hǔ yún cáng sì, chí shàng lǎo méi zhī.
山藏白虎云藏寺，池上老梅枝。
dòng tíng guī xìng, xiāng gān hóng shù, lú kuài yín sī. bái
洞庭归兴，香柑红树，鲈脍银丝。白
jiā chí guǎn, wú wáng huā cǎo, cháng sì pō shī. kě rén lián
家池馆，吴王花草，长似坡诗。可人怜
chù, tí wū yè yuè, yóuyuàn xī shī.
处，啼乌夜月，犹怨西施。

作为一篇怀古之作，这首小令几乎句句都表达了作者对于时代更迭，朝代兴亡的凭吊之意，切合“吴门怀古”的主题。

“山藏白虎云藏寺”，起句一连用两个“藏”字表现山林密布，云海茫茫的情景。“山藏白虎”暗示作者所在之地为“虎丘”。就在这虎丘山中，远处的寺庙在云海中时隐时现，“池上”则是指虎丘山的剑池，在清澈见底的剑池边长着苍老斑驳的梅树。接下来作者暗用典故，“洞庭归兴”借用范蠡在帮助越王勾践灭了吴国之后退隐的典故，“香柑红树”则用了三国时期陆绩的典故，写柑橘和枫树相互映衬，景色优美。“鲈脍银丝”则是指切成丝的白色鲈鱼，这在吴国是一道著名的美味。作者在这里已经表达出伤怀之感，兴亡之触。

“白家池馆”则是指白居易遗留之池馆。白居易也经常在这虎丘山上游玩，然而如今人也不在了。“吴王花草”指吴王曾在姑苏台种植了各种花草，但在兵败之后被焚烧了。“长似坡诗”是指苏轼曾写过《虎丘寺》一诗，现在的虎丘仍然像当时的诗里写的那样美好，但是写诗的人也已经不在了。作者句句用典，凭吊怀古，感慨朝代更迭。

“可人怜处，啼乌夜月，犹怨西施”，最后，作者呼应上句“吴王花草”，借西施亡吴之恨，抒发朝代兴亡之感慨。同时以“啼乌”“夜月”一组物象深化兴亡之概。全曲大量运用典故，用词精练工整，是张可久“怀古”作品之中的代表作。

张可久笔下的美人

张可久早年游历山川，广结天下文人雅士，而中年又以胥吏入仕途，应酬自然是少不了的，而觥筹交错间美人自然也是少不了的。那么，张可久笔下的美人到底是什么样子的呢？我们就一起来看一看吧。

xiān lǚ jǐn chéng méi
仙吕·锦橙梅

hóng fù fù de liǎn chèn xiá hēi zī zī de bìn duī yā
红馥馥的脸衬霞，黑髭髭的鬓堆鸦。
liào yīng tā bì shì gè zhōng rén dǎ ban de kān miáo huà
料应他，必是个中人，打扮的堪描画。
chàn wēi wēi de chā zhe cuì huā kuān chuò chuò de chuān zhe
颤巍巍的插着翠花，宽绰绰的穿着
qīng shā wù de bù fēng yùn shà rén yě chā shì shuí jiā
轻纱。兀的不风韵煞人也嗏。是谁家，
wǒ bú zhù le tōu jīng ér mā
我不住了偷睛儿抹？

张可久的小令经常借用典故，这则小令并未用典，仍然将一个面容姣好、风姿绰约的美人描写得十分生动。小令开篇直接描写美人的脸颊和黑发。“红馥馥”“黑髭髭”两个叠字词，突出色彩对比，既写出了女子脸颊红润的光泽，又写出了其头发的乌黑亮丽。“脸衬霞”“鬓堆鸦”，是说她的脸颊好似彩霞映衬着，发髻高高地堆起，整个面部的形象顿时显得立体起来。

接着，作者开始对此女子的身份进行猜测：“料应他，必是个中人，打扮的堪描画。”作者以为她一定是歌姬舞女，打扮得像是画中的人儿一样，其实这个猜测也是在表现此女子的美丽，让人忍不住对她产生好奇。

“颤巍巍”“宽绰绰”，作者再次运用叠字形容女子发饰的微微颤动和衣物飘然的姿态，表现女子在走动时姿态优雅、风姿绰约的样子，作者没有直接写女子的动作如何优雅，而是转而描写她头上的发饰和身上穿着的轻纱，由此可见，作者对细节的把握和构思极为精巧。

最后，他描写了自己的反应，“是谁家，我不住了偷睛儿抹？”写自己总是忍不住偷看她，从侧面再次烘托女子的魅力。

这首曲运用白描手法，多次使用叠词，从正面和侧面多角度描写女子的美丽风姿，透过细节的烘托，一个风姿绰约的女子形象跃然纸上。

中吕·普天乐·秋怀
zhōng lǚ pǔ tiān lè qiū huái

huì zhēn shī xiāng sī zhài huā jiān xiàng guǎn diàn hé
会真诗，相思债，花笺象管，钿盒
jīn chāi yàn tí míng yuè zhōng rén zài qīng shān wài dú
金钗。雁啼明月中，人在青山外。独
shàng wēi lóu chóu wú nài qǐ xī fēng yí piàn lí huái bái yī
上危楼愁无奈，起西风一片离怀。白衣
wèi lái dōng lí hǎo zài huáng jú xiān kāi
未来，东篱好在，黄菊先开。

相比善于刻画女子情怀的马致远，张可久笔下的女子别有一番情趣，这首《普天乐·秋怀》正是其描写秋日少女怀春感伤之作。曲中女子复杂微妙的心理活动透过景物细腻真实地传达了出来。

曲子区别于前人，以咏物作为开篇，先描写闺房所见的景物，勾起少女情思。巧妙点出主题。前四句按照情诗、情人、定情信物的顺序把少女心思流转写通透。其中“会真诗”即情诗，“相思债”指闺中少女静坐在微弱的灯光下，摩挲着珍藏的情诗，想起写诗之人，陷入相思之中。“相思债”的说法在元代文人中十分常见，相思如债，让人牵肠挂肚。在徐再思的《清江引·相思》中就有“相思有如少债的，每日相催逼”的说法。

“花笺象管，钿盒金钗”，前者指名贵精致的信笺和笔，后者相传为杨贵妃与唐玄宗的定情信物，今泛指情人之间互赠的定情信物。少女看着案头精致华美的信笺和名贵的笔，深陷过往通信互表情怀的甜蜜之中。打开抽屉又瞧见所思之人赠予的定情信物，情难自抑。

“钿盒金钗”化用白居易《长恨歌》中“惟将旧物表深情，钿盒金钗寄将去”的典故，意境悠远。

“雁啼明月中，人在青山外。”大雁乃是秋日里具有时令代表的景物，点出题目中的“秋”字。明月当空，一行大雁哀鸣着滑过天际，少女思念的情郎却在遥远的青山外。后一句化用欧阳修“平芜尽处是春山，行人更在春山外”（《踏莎行》）的诗句，将欧词中游子想象的闺中人凭栏远眺的场景化为现实。

承接上句的凭栏远眺，下两句直述闺中少女登高远眺的满心愁绪。“独上危楼愁无奈，起西风一片离怀。”少女的视野随着攀爬高楼渐渐开阔，绵延的西风携带少女的情思而去。少女心头的相思如同秋日的西风凛冽凶猛，无法抵挡。这两句颇有晏殊《蝶恋花》“昨夜西风凋碧树，独上高楼，望尽天涯路”的意味。

接下来三句写少女触目所见秋景，无力遣怀，寄托于外物的想法。“白衣未来，东篱好在，黄菊先开。”暗用“白衣送酒”的典故，写少女无友人前来送酒，孤寂一人愁苦难排，只能借眼前先开的黄菊纾解情怀。原本象征秋日生机的花朵，也因为少女的思绪陷入惨淡的氛围之中。不着边际罗列的数种物件，暗藏张可久高明的构思。熟读诗书用情至深的闺中少女形象一下子具有了生命力。

张可久笔下的西湖

张可久一生时官时隐，曾漫游江南之名胜古迹，足迹遍及江苏、浙江、安徽、湖南一带，但他最钟情的地方还是杭州，所以他晚年便选择了在杭州定居。而说到杭州，自然离不开西湖，张可久一生流连时间最长、吟咏最多的地方便是西湖。据统计，他以西湖为题材写作的散曲作品多达百余首，下面我就来给大家介绍其中的两首。

zhōng lǚ pǔ tiān lè xī hú jí shì
中吕·普天乐·西湖即事

ruǐ zhū gōng péng lái dòng qīng sōng yǐng lǐ hóng ǒu
蕊珠宫，蓬莱洞，青松影里，红藕
xiāng zhōng qiān jī yún jǐn zhòng yí piàn yín hé dòng piāo miǎo
香中。千机云锦重，一片银河冻。缥缈
jiā rén shuāng fēi fèng zǐ xiāo hán yuè mǎn cháng kōng lán gān
佳人双飞凤，紫箫寒月满长空。阑干
wǎnfēng líng gē shàng xià yú huǒ xī dōng
晚风，菱歌上下，渔火西东。

西湖的美景自古受文人墨客追捧，遗留下的诗作不计其数。至元代，西湖发展成为罕有的“销金窟”，歌舞升平景色宜人。在《元史》中有，“江浙杭州驿，半岁之间，使人过者千二百余，有桑兀、宝合丁等进狮、豹、鸦、鹘，留二十有七日，人畜食肉千三百余斤”的记载。元代西湖游览的范围较南宋时期扩大，在原“西湖十景”的基础上又增添了“钱塘十景”。

“蕊珠宫，蓬莱洞，青松影里，红藕香中。”行至西湖就仿佛来到传说中的“蕊珠宫”“蓬莱洞”，游人置身于苍翠的松林之中，被荷花簇拥，远远地飘来清香之气。其中“蕊珠宫”和“蓬莱”均为传说中仙人居住的地方，作者一开篇就以仙境作比，吸引读者眼光。

“青松影里，红藕香中”两句描写的是“钱塘十景”中的“九里云松”和“曲院风荷”。前者指的是行春桥至灵隐、天竺期间约九公里长的松林，相传始建于唐，由刺史袁仁敬所建；后者则指南宋在行春桥南湖修建的酿造官酒曲院中栽种的荷藕。

“千机云锦重，一片银河冻”，作者的视角由高低交错的青松红荷移至天幕，只见天边晚霞万里，艳光四射，犹如天女用梭机织成的锦缎，渐渐云霞散去，留下一道清辉的银河，在夜空中熠熠生辉。

“缥缈佳人双飞凤，紫箫寒月满长空。”夜幕之下远远传来远处的笙箫，作者听见那曼妙的曲调，想起萧史弄玉的传说，仿佛眼前看见一对佳人骑着龙凤，乘着乐音奔向寒月，他们的衣袂随风起舞，划过长空。这两句曲词所述虚实结合，如梦如幻，一切在皓月、长空、箫声的基础上随着想象力延展开来。

思绪飘远，渐渐又转回眼前实景。“阑干晚风，菱歌上下，渔火西东”，这三句回归实景，写作者所见，夜晚温和的凉风轻拂庭院中的栏杆，倚栏远眺，只见四面都是星星点点的渔船灯火，采菱人的歌声此起彼伏随着微风传到远处。

行至此处，西湖的美景由傍晚延续到深夜终了，月夜清辉的月光和傍晚艳丽的霞光在人们眼前将美景一一呈现，西湖好似远古的仙人洞府，美景让人流连。张可久一生游戏山水，西湖的美景是他最为钟爱的，他所写的这首吟咏西湖的小令，因其构思巧妙、用词雅正、曲调清新，堪称其诸多作品中的上乘佳作。

yuè diào píng lán rén hú shàng
越调·凭阑人·湖上

yuǎn shuǐ qíng tiān míng luò xiá， gǔ àn yú cūn héng diào chá。cuì lián gū jiǔ jiā， huà qiáo chuī liǔ huā。

远水晴天明落霞，古岸渔村横钓槎。翠帘沽酒家，画桥吹柳花。

这是一首写景流利畅快之作，4句24字，描绘出一幅亮丽通透的春景。作者游船湖上，竟有如此开阔的视野，如此细腻的体味，令人称叹。

“远水晴天明落霞”，湖水延绵，至于天边，水天交接处，落霞浮于其上，天色澄净，无一丝一毫杂色，蓝天白水，唯有落霞红光，将那远天的色彩染得粉红。这一句写景，视界包容性极强。写水、天之色，给读者瞬的震撼。

将“明落霞”缀于句末，有两个好处。其一，“落霞”带给读者鲜艳温和的色彩感，丰富了“远水晴天”单一、冷色调的图像；其二，“落霞”因其色彩、性质与“远水晴天”的大背景不同，在接受过程中极易被看作画面的中心，将其置于句末，保持了画面的统一性。

“古岸渔村横钓槎”，写渔村岸头，有钓槎横泊于水旁。这一句景色，视野有所转换。仍在水天之间，却只讲水旁，作者的关注点渐渐要明晰起来了。“古岸渔村横钓槎”的景色，是整体被包含于“远水晴天明落霞”之中的。

“远水晴天明落霞”这一句，对于全曲来说都是大背景，但这一句本身，有“落霞”这一个中心。“落霞”因其色彩的突出成为“远水晴天”中的前景，又在后文中成为色彩中心。它的暖色调与“远水晴天”的冷色调一道，构成了整幅图画的色彩底子。所以说，我们在理解“古岸渔村横钓槎”这句景色时，不光应当了解到其景当包括在前句轮廓当中，还应当明晰，其色彩氛围亦是由水、天、落霞奠定的。

“翠帘沽酒家”，视角由天水落霞转至古岸水边，又转到了岸上的酒家。翠绿的竹帘，迎风摇展的酒旗，屋后传来竹林应风而动的声响。这一句再写出一种色彩：翠。

前文“落霞”的色彩需要读者自己去想象，或是亮丽的橘黄，或是温和的橙紫，或是绚烂的粉红。相对于“远水”“晴天”“古岸”这些意象，“落霞”那些有待想象的色彩已经很出众了。而这里的“翠”，明白地道出了色彩的性质，明亮的色调压过了落霞，成了曲词中的第二个、也是更突出的一个色彩中心。

“翠”字不但转换了曲子的色调，使曲词的行进更加明快，还为下文做了铺垫。“画桥吹柳花”中的“柳花”，即承此色而来。不止如此，说“画桥”，又说“柳花”，在这最后一句中，全曲意象结构中的色彩性和丰富性得到了爆发性的表现。

从用词上来看，全曲只有三个动词，分别是“明”“横”和“吹”。而“明”是为了表现“落霞”的色彩，“横”是为了表现“钓槎”的状态，两者都是静态的。只有“吹”字真正起到了“动”的作用。“画桥”意象比前面的每一个单独的意象都要丰满，“吹柳花”更将这种丰满与复杂的表现铺排到整个画面，甚至是由这首小令构成的整个审美时空当中去了。

前三句的静物描写，至第三句“翠帘”处方才有些动感，而前面蕴藉沉吟的那些意蕴和作者观得美景的喜悦，终于在最后一句“画桥吹柳花”中优雅地“爆发”出来了。

贯云石

不愿当官的文武全才

“芦花道人”是咋来的

人生最美妙的时光

最深的思念是怕相见

英年早逝的卖药郎

不愿当官的文武全才

一般初识贯云石的人，首先会对他的姓感兴趣。在这里先给大家普及一个小知识点：虽然百家姓里没有“贯”姓，但它确实是汉族姓氏。据记载，商代有贯国，这个国的人原本姓姬，是黄帝的后裔，后来就以国为姓改成“贯”了。姓“贯”的名人有战国时的贯珠、汉代的贯高、晋代的贯志、明代的贯义等。

不过，贯云石跟那个商朝的贯国没有啥关系，他的这个“贯”是从他父亲的名字里摘出来的。贯云石的祖父名叫阿里海涯，是元朝的开国大将；他的父亲名叫贯只哥，也曾担任军政要职。贯云石原来的名字叫小云石海涯，后来他就将他父亲名中的第一个字摘出来作为姓，改成了贯云石。此外，他还像汉人一样，给自己取了字和号，字浮岑，号成斋、疏仙、酸斋。小朋友们注意了，贯云石的父亲可不是姓贯，名只哥，贯只哥仅是他的名。

贯云石出生于1286年，自幼生活在元大都，受着良好而又特殊的教育。他的母亲廉氏是精通汉学的名儒廉希闵的女儿。廉希闵有两个弟弟，也都很厉害，一个叫廉希宪，曾担任宰相，被元世祖称为“廉孟子”；另一个叫廉希贡，是当时著名的书法家。廉家有一座大别墅，叫作“廉园”，里面藏书两万多卷。在贯云石幼时，父亲贯只哥在南方当官，他便随母亲住在“廉园”，在那里修文习武，这使他既有“善骑射、工马槊”的气质，又能“折节读书，目五行下”。因此，说贯云石是文武全才，那是一点也没有夸张。

1306年，21岁的贯云石承袭父爵，出任两淮万户达鲁花赤，这是一个拥有实际兵权的三品要职，很多人征战一生都不可能获得。不久，贯云石又出镇永州。于是，共有11万户百姓归他管辖，7000将士归他统率，真可谓少年得志。史书记载，他“在军气候分明，赏罚必信”“御军极严猛，行伍肃然”，公务之暇，他则写诗作曲，投壶雅歌。然而，干了不到两年，他却突然把爵位、官职、军权都让给了弟弟忽都海涯，自己则只身返回了大都。

对于贯云石让爵的原因，一直以来颇有争议，我们不妨从他的作品中来寻找答案。

zhènggōng sài hóng qiū dài rén zuò

正宫·塞鸿秋·代人作

zhàn xī fēng jǐ diǎn bīn hóng zhì gǎn qǐ wǒ nán cháo
战西风几点宾鸿至，感起我南朝
qiān gǔ shāng xīn shì zhǎn huā jiān yù xiě jǐ jù zhī xīn shi
千古伤心事。展花笺欲写几句知心事，
kōng jiào wǒ tíng shuāng háo bàn shǎng wú cái sī wǎng cháng dé
空教我停霜毫半晌无才思。往常得
xìng shí yì sǎo wú xiá cī jīn rì gè bìng yàn yàn gāng
兴时，一扫无瑕疵，今日个病厌厌刚
xiě xià liǎng gè xiāng sī zì
写下两个相思字。

这首小令开头描绘了一幅凄凉的秋景图，为下文抒情做铺垫。瑟瑟西风本已萧索，高阔的天空中但见几只鸿雁飞过，更添清冷之感。“战”，通“颤”，生动地描写了鸿雁迎着西风向南飞翔时奋力搏击的形象，一方面体现了北雁南飞过冬的决心，一方面展示出西风的凛冽无情，因此，起首的写景之句在一开始就为全文定下了凄苦、灰暗的情感基调。

自古逢秋悲寂寥，多少文人骚客借着写秋一抒自己困苦的心志，这首小令亦不例外。诗人在第二句就直接点明了悲秋之感所为何事，原来乃是“感起我南朝千古伤心事”。

“南朝”是东晋之后宋、齐、梁、陈四个朝代的总称。因南朝战事纷争、盛衰更替频仍，因此在文学作品中，“南朝”意象通常与亡国之恨联系，多用于指代忧国情怀。作者在此感怀南朝的千古伤心事，实际上是委婉地表达了自己对当今国事的忧虑之情。为了宣泄忧国心绪，作者铺展开华丽的纸笺，手握精致的笔毫，希望以笔代言，吐露心声。然而，“展花笺欲写几句知心事，空教我停霜毫半晌无才思”，酝酿了半天，手中的毛笔却依然悬在空中，洁白的纸上依然空空如也，未添一字。

这不是因为作者才思枯竭。从下文“往常得兴时，一扫无瑕疵”可知，他平日写作之时，乃是一气呵成。往日的文思如注与今昔的“无才思”的对照不禁令人思索其中的蹊跷。作者此时“无才思”的原因或有两个：一是这种借古讽今之作很可能含有某些政治敏感因素，在当时的社会环境中也许作者认为不便直接吐露；二是大悲无言，人在过于哀痛之时往往难以诉说，这里暗示了作者对于国事兴亡的担忧程度。在这样的情形下，诗人终于打破僵局，“今日个病厌厌刚写下两个相思字”。原来千古伤心事，都尽在这“相思”二字当中，似有只可意会不可言传之况味。全篇收于“相思”二字，给人留下不解和急促的感觉，余味无穷。

从这首曲子中我们可以得出的结论是，贯云石首先是一个多愁善感的人，其次他还是一个忧国忧民的人。多愁善感让他厌恶军旅生涯，而对朝廷现状的不满则使他产生了沉重的忧虑。因此，无论从自身还是从国家来说，都会让他做出让爵的决定。

事实上，贯云石之所以辞去军职，还因为他有一颗文士的心。说白了，就是所从事的职业与自己的人生理想不符，这样的工作自己干得不开心，那就只好辞职了。贯云石辞官后回到大都，拜当时著名的散文大家姚燧为师，专门攻读汉语文学。

贯云石辞官的1308年，恰是元武宗即位之年。过了几年，元武宗去世，元仁宗上台，他又上了一份万言书给仁宗，建议朝廷选贤用能，修明政治。结果，贯云石的才学被仁宗看中，于1313年任命他为翰林侍读学士、中奉大夫、知制诰同修国史。

贯云石所担任的是一个能直接向皇帝提供政治见解、参与制定国家政令的要职，而他也不辱使命，多次向皇帝提交建言，希望改革弊政。然而，这些建言虽然被仁宗称为“往往切中时弊”，但却没有被采纳，反而触犯了一班反对改革的权贵。此时，姚燧已辞官家居。贯云石深感自危，也清醒了许多，于是便毅然称疾辞归江南，结束了自己的政治生涯。他的一首《双调·清江引》生动地表达了他当时的心情。

双调·清江引
(shuāng diào qīng jiāng yǐn)

jìng gōng míng yǒu rú chē xià pō， jīng xiǎn shuí cān
竞功名有如车下坡，惊险谁参

pò？ zuó rì yù táng chén， jīn rì zāo cán huò。 zhēng rú wǒ
破？昨日玉堂臣，今日遭残祸。争如我

bì fēng bō zǒu zài ān lè wō！
避风波走在安乐窝！

这首曲子是贯云石隐居杭州时写的，全曲语言直白，却包含了作者深刻的人生体悟，因此语虽本色，但境界深沉。作者一改以往描写男女闺情，或者咏物写景的文风，通过描写官场的险恶，表达了他疾恶如仇的正直本性。

本曲以“竞功名有如车下坡”，将官场上竞逐功名的行为比喻成马车下坡，形象直白。官场黑暗，人心险恶难以捉摸，如马车下坡般惊险。作者“车下坡”的用法引自俗语，显示了元曲的通俗本色。

“惊险谁参破？”飞鸟尽，良弓藏几乎是政治圈中的铁律。

这一问句，一来指明历史上参不破这种惊险的大有人在，另一方面也是作者对官场中人的劝诫。接下来“昨日玉堂臣，今日遭残祸”则道破追名逐利的惊险结局：今天的高官显贵，明天就可能遭遇横祸。这两句既是作者总结历史经验的体悟，也是作者的眼见之实。作者所处的元武宗、元仁宗、元英宗三朝，众多“玉堂臣”因皇位之争而“遭残祸”，如元武宗继位后，拥立安西王阿难答的大臣被处死；元文宗继位前后，为排除异己，妄加罪名，杀死丞相、参政等一大批在位权臣。

“争如我避风波走在安乐窝”，指他及时退隐，于自然间寻得快乐真谛。“安乐窝”出自宋代诗人邵雍，他在隐居苏门山时将其住处命名为“安乐窝”。后人用其指代清静、闲逸之处。最后一句体现了贯云石远离是非后的舒心快意。他曾亲历官场倾轧，因此对自己能够及时“参破”这惊险而感到庆幸。

“芦花道人”是咋来的

贯云石的三个号：成斋、疏仙、酸斋，最常用的是酸斋。事实上，除了这三个号，他还有一个别号，叫作“芦花道人”。关于这个别号的由来，还有一个小故事。

1314年的秋天，贯云石辞官南游，途中经过梁山泊。他见当地人民用芦花絮成被子，光亮柔软，洁白晶莹，心中十分喜爱。这时，贯云石碰到一个渔翁，恰好有条崭新的芦花被，于是便想花钱买下来。不料，这渔翁也非等闲之辈，而是一名归隐的高洁之士，他大概听过贯云石的诗名，便说道：“这芦花被可以给你，但不能用钱买，得用诗来换。”

贯云石看看被子，又看看渔翁，略加思索后，随口便吟出了一首七律："采得芦花不涴尘，翠蓑聊复藉为茵。西风刮梦秋无际，夜月生香雪满身。毛骨已随天地老，声名不让古今贫。青绫莫为鸳鸯妒，欸乃声中别有春。"

结果，贯云石不仅得到了芦花被，他的这首《芦花被》诗也广为流传，成为一段佳话。于是，贯云石干脆又取了个"芦花道人"的别号，并写道："清风荷叶杯，明月芦花被，乾坤静中心似水。"从而宣布了自己远离名利场的决心，开始了十年浪迹江湖、专心创作的新生活。

贯云石的新生活到底是怎样的呢？我们从他的两首曲子中来寻找答案。

shuāng diào　shuǐ xiān zǐ　tián jiā
双调·水仙子·田家

lǜ yīn máo wū liǎng sān jiān　yuàn hòu xī liú mén wài
绿阴茅屋两三间，院后溪流门外
shān　shān táo yě xìng kāi wú xiàn　pà chūn guāng xū guò
山。山桃野杏开无限，怕春光虚过
yǎn　dé fú shēng bàn rì qīng xián　yāo lín wēng wéi bàn　shǐ
眼，得浮生半日清闲。邀邻翁为伴，使
jiā tóng guò zhǎn　zhí chī de lǎo wǎ pén gān
家僮过盏，直吃的老瓦盆干。

这首作品题名为"田家"，表面上描写的是一个农民及其悠然自乐的生活，实际上却是作者自己归隐田园后情趣的写照，表达了作者热爱自然、渴望淡泊宁静生活的心情。

作品的前两句以通俗简洁的笔触勾画出一幅美好而宁静的春天农家田舍图：在绿树的旁边有几间茅草搭建而成的房子，农家庭院的后面是潺潺流动的溪水，茅屋的门前就是青山。这样的景物描写，既写出了乡村农家的简朴，充满了乡土气息，又渲染出了一种宁静淡远的氛围。

接下来的三句写站在农家放眼望去，只见山上的桃花和杏花都开了，沉浸在这样的美好春光中，作者的内心十分欢喜，于是忘却了那些凡尘俗世和漂泊生活，静下心来好好欣赏和领略这美好的春光，唯恐美丽的景物白白消失了。这几句话流露出作者对于自然美景的喜爱和赞美之情，也流露出其沉浸于自然之时的愉悦和轻松之感。

最后两句表达了作者觉得光有美景并且独自欣赏还不够，于是就邀请邻居老翁来家中饮酒聊天，一直将自己做的美食吃得盆净碗光。这两句不仅突显了作者喜爱和珍惜春光的情感，同时也写出了他非常享受这种分享之乐的心情和热情好客的性格。

shuāng diào　diàn qián huān　gé lián tīng
双调·殿前欢·隔帘听

gé lián tīng　jǐ fān fēng sòng mài huā shēng　yè lái wēi
隔帘听，几番风送卖花声。夜来微
yǔ tiān jiē jìng　xiǎo yuàn xián tíng　qīng hán cuì xiù shēng
雨天阶净。小院闲庭，轻寒翠袖生。
chuān fāng jìng　shí èr lán gān píng　xìng huā shū yǐng　yáng
穿芳径，十二阑干凭。杏花疏影，杨
liǔ xīn qíng
柳新晴。

贯云石的《殿前欢》共有九首，这是最具特色的一首，历来被广为传颂。春雨过后，主人公到小院倚栏眺望，只见雨后新晴的杏花在风中摇曳，春雨浇灌后的杨柳也更显翠绿。在这支小令中，作者为我们描绘了一幅清新、优雅的雨后庭院图。

“隔帘听，几番风送卖花声”，写刚刚起床的主人公隔着珠帘，忽然听到有人吆喝卖花的声音。开篇的“隔帘听”三字在短促的节奏中提起全篇，读者仿佛能看到，一个刚刚由沉睡中苏醒的人，突然听得卖花声，一下子便从沉梦中醒来。“几番”二字道出卖花声从远处传来，随着风断断续续传入帘中。

接着作者交代了时间和天气状况，即“夜来微雨天阶净”，主人公走出房间，发现夜间刚下过小雨，雨后的台阶洁净如洗。“天阶”原指宫殿的台阶，这里用来指代普通的院落台阶，暗指小院建造考究。

接着两句“小院闲庭，轻寒翠袖生”，写主人公在这恬静的院落里，翠袖中忽然微感一阵寒冷。这里化用杜甫的“天寒翠袖薄”，写春雨过后的微寒，对应前文的“细雨”。

主人公于是沿着花间的小路，登上楼台，凭栏远眺，只见清新的杏花和碧绿的杨柳在风中摇摆。“十二阑干”引自南朝乐府《西洲曲》中的“阑干十二曲”。在古代的诗歌中，“阑干”向来都是用来表现忧愁和思念的，如李清照《点绛唇》中“倚遍阑干，只是无情绪”，此处用“十二阑干”意象，在浓浓春意中添了一笔轻愁，曲意由此更添情味。“杏花疏影，杨柳新晴”二句更显精致。这两句虽不点“春”字，但一派大好春景与春意尽在这八字中。曲子到此，杏花映着卖花声，新晴呼应“夜来微雨”，曲味余韵绵长。

整首曲子脉络清晰，由帘内到小院，又从小院到高楼；感情变化也是由浅入深，先是“听”，然后“寒”，最后“凭阑”。这种含蓄而又独特的表达方式让整首曲子充满诗情画意，别有韵味。元代杨维桢曾言元曲作家中“蕴藉则有如贯酸斋”，含蓄而不外露，这是对酸斋先生非常贴切的评价。

人生最美妙的时光

在《论语》中记录了这样一段有趣的对话。

这天，子路、曾皙、冉有、公西华四个人陪孔子坐着。孔子问："你们平时总说没有人理解自己呀，假如有人理解，你们打算做点什么呢？"

子路说："一个拥有千乘兵车的国家，夹在大国中间，遭遇外国侵犯，接着又遇上饥荒。假如让我治理，只需要三年工夫，就能使国人有保卫国家的勇气，而且还懂得做人的道理。"

冉有说："一个方圆六七十里或五六十里的国家，假如让我治理，只要三年，就可以让老百姓富裕起来。至于振兴礼乐教化的事情，就只能等待贤人君子来推行了。"

公西华说："我不敢说自己能做到什么，但是愿意学着做些东西。宗庙祭祀的工作，或者是诸侯会盟及朝见天子的时候，我愿意穿着礼服，戴着礼帽，做个小小的官员。"

最后，孔子问曾皙，曾皙说："暮春三月，春天的衣服已经穿上了，约上五六个成人，带着六七个小孩，到沂河里洗洗澡，在舞雩台上吹吹风，然后一路唱着歌走回家。"

孔子长叹一声，道："我赞同曾皙的想法呀！"

事实上，不仅孔子赞同曾皙的想法，1800多年后的贯云石也是他坚定的支持者。在贯云石看来，人生最美好的时光，无非就是约上三五知己，一起去喝喝酒，吹吹风，跳跳舞，唱唱歌。大家若是不信，请看下面这首《双调·清江引》。

shuāng diào qīng jiāng yǐn
双调·清江引

qì wēi míng qù lái xīn kuài zāi yí xiào bái yún wài zhī
弃微名去来心快哉！一笑白云外。知
yīn sān wǔ rén tòng yǐn hé fáng ài zuì páo xiù wǔ xián
音三五人，痛饮何妨碍？醉袍袖舞嫌
tiān dì zhǎi
天地窄。

贯云石原本地位显赫，却以旷达之态让爵于弟，并辞官隐去，此曲是其辞官离京途中所作，抒发了他摆脱名利，超然物外的豪放不羁之情。

此曲开头便以“弃微名去来心快哉”直陈主题。视功名为微名，体现了其不追名逐利的性格态度。“弃”是主动放弃，贯云石本是将门勋臣的后裔，年纪尚轻便仕途畅达，将来必定大有作为，他却选择了急流勇退，毅然辞官而去，这种与众不同的选择，自然比平常人的境界要高出一等。

接着，“一笑白云外”正是对“心快哉”的进一层阐释。此时，作者已摆脱了丑恶官场，身处“白云外”，即回归田园，乐享自然之趣。这对于热爱自由的贯云石而言，的确值得放声“一笑”。这五个字承接上文，语气短促，畅快淋漓。

“知音三五人”句中隐含了作者辞官后南游路上与志同道合之人相遇相知之事，其中包括他在梁山泊与渔翁吟诗夜话，在普陀山同诗僧鲁山共赋美景，与各路知音诗酒唱和。摆脱世俗桎梏，回归本性，又兼有好友相伴，作者自然生起“痛饮何妨碍”的豪兴。这几句描写环环相扣，意境浑成，充分展现了作者的自在与痛快。最后一句“醉袍袖舞嫌天地窄”夸张而不张扬，体现了作者率真自然、豪迈奔放的性情。这种酒后流露真性情的描写，更显出作者对自由的追求。

辞官之后，贯云石历览名胜，壮游山河，登扬州明月楼填词，到淮南鲁港驿题诗，西下洞庭览胜境，东临普陀观日出，在凤凰山休暑，到包家山修禅；时而入天目山与中峰禅师论道，时而去城东阿里西瑛的寓所吹奏铁笛，切磋乐律；他常与散曲家张可久一道游湖观潮，饮酒唱和，也不时地同平民百姓一起切磋技艺。明代李开先在他的《词谑》中，记载了贯云石的一则逸事。

一天，杭州的几名儒士到虎跑泉游玩，一边饮酒一边赋诗，以“泉”字为韵。其中有一个人，口中只念“泉、泉、泉……”，很久都没有下文。忽然，有一人曳杖而至，问明原因后，应声道：“泉、泉、泉，乱进珍珠个个圆。玉斧斫开顽石髓，金钩搭出老龙涎。”众惊问：“公非贯酸斋乎？”道：“然、然、然。”于是大家邀其同饮，尽醉而去。

这个故事在杭州流传很广，既说明贯云石的才思敏捷，又说明民众对其创作风格的了解。当然，它也表明了贯云石所向往的生活状态。下面这首《红绣鞋·痛饮》，形象地概括了贯云石摆脱官场羁绊后的生活。

zhōng lǚ hóng xiù xié tòng yǐn
中吕·红绣鞋·痛饮

dōng cūn zuì xī cūn yī jiù jīn rì xǐng lái rì fú tóu
东村醉西村依旧，今日醒来日扶头①。

zhí chī de hǎi kū shí làn nèn shí xiū jiāng tú lóng jiàn diào
直吃得海枯石烂恁时休。将屠龙②剑，钓

áo gōu yù zhī yīn dōu qù zuò jiǔ
鳌③钩，遇知音都去做酒。

①扶头：醉酒的样子。②屠龙：《庄子》说有个叫朱泙漫的，学习了三年，学得了宰龙的技术。后人常以此喻高超的本领。③钓鳌：《列子》载渤海东有大鳌撑负着神山，结果被龙伯国的巨人一气儿钓走了六只。后以“钓鳌”喻远大的抱负或雄豪的举止。

这首小令的最大特点就是把嗜酒醉酒的狂放之态写到了极致，可谓古今夸酒第一篇。开句就是到处醉酒：“东村醉西村依旧”，在东村喝醉了又醉倒在西村，四处聚饮无处不醉。二句则是无时不在醉酒：“今日醒来日扶头”，今天刚从醉中醒来次日要醉到需要旁人来帮助扶头，之所以不是“明日”而是“来日”，说明未来的日子还是要醉，醉酒的事情来日方长。如此还不算，并且要“直吃得海枯石烂恁时休”。

第三句大胆放言，今生跟这酒较上了劲，永远要喝下去，直到大海干涸石头腐烂才能算完。可谓是嗜酒到了极点，大有超越酒仙刘伶之势。既然酒是人生唯一的需求，与朋友在一起狂饮是最大的乐趣，那么便是千金也将用来买一醉。即便是“屠龙剑”“钓鳌钩”这样的宝物，遇上知音也会毫不吝惜地拿去换酒，与兄弟们在一起一醉方休。

从这首曲子中，我们可以看出贯云石对友谊的珍重。但与此同时，我们也不得不警醒，像贯云石这般痛饮，对健康是十分不利的，他后来英年早逝，大概也与过量饮酒有关吧。

最深的思念是怕相见

贯云石的妻子石氏出身于名门望族，她的父亲石天麟与五代时的后晋皇室有渊源。然而，贯云石婚后没过多久，就不得不辞别妻子，前往遥远的江南任职。后来，他又由于向仁宗进言，招致反对者诬陷，不得不上书称病，辞去翰林侍读学士之职。他虽正当有为之年，皇帝却准予了他的辞职。于是，他打点行装，再度南游，直到39岁死，都未能再返大都。因此，他与妻子的这一别实际上便是永别。

在贯云石一生的作品中，思念的曲子有不少，而最著名的便是下面这首《殿前欢·怕相逢》。

双调·殿前欢·怕相逢
shuāng diào diàn qián huān pà xiāng féng

pà xiāng féng pà xiāng féng gē bà jiǔ zūn kōng zuì guī lái
怕相逢，怕相逢歌罢酒樽空。醉归来
zòng yǒu yáng tái mèng yún yǔ wú zōng lóu xīn yuè shān dǐ
纵有阳台梦，云雨无踪。楼心月扇底
fēng qíng yuán zhòng hèn bú sì chāi tóu fèng dōng yáng
风，情缘重。恨不似《钗头凤》。东阳
shòu sǔn xiū duì qīngtóng
瘦损，羞对青铜。

这首小令题为“怕相逢”，实则是“怕离别”，表达的是一种对爱人的思念与眷恋。因作者的情谊未能被情人理解，因此他愁闷不已，人也因思念日渐消瘦。整首曲子写得委婉含蓄，似乎并不见人、见事，而曲中一系列的意象串起来，便可见作者用情之深。这种轻描淡写的描述方式，符合贯云石一贯的风格。

作者明明热切地期望与爱人相逢，却说“怕相逢”。其实他怕的不是“相逢”，而是怕相逢后不久的“歌罢酒樽空”。作者用反语表达了自己对爱人强烈的思恋之情。接着作者写“醉归来纵有阳台梦，云雨无踪”，这是典型的离人愁思。醉酒归来能有“阳台”美梦，而醒来后却“云雨无踪”，作者不禁更加感怀。

“楼心月扇底风，情缘重”写作者登上高楼，独守一轮明月，遥想与爱人相逢的场景。这种思念就像扇底清风让他得到了片刻的慰藉。但思念越深，情缘也越重。怕相思，却反而更加思念，愈加克制却愈强烈，这种感情更容易引起共鸣。

“恨不似《钗头凤》”句中，《钗头凤》有两首，一首是陆游写给前妻唐琬的词，一首是唐琬的和词。陆、唐两人在封建礼教的压制下分手，《钗头凤》代表着陆游与唐琬间凄婉的爱情故事。作者为什么说是“恨不似《钗头凤》”呢？这是因为相爱的双方不能借诗篇互通心曲，其中含有因爱人未能完全理解自己的苦衷而产生的失意感。

最后两句“东阳瘦损，羞对青铜”中，“东阳”指“沈约”，这里指代作者自己。他“为伊消得人憔悴”，人日渐消瘦，都不敢对着铜镜看自己憔悴的面孔。

这首曲子是贯云石因思念妻子而作，写得充满情意，读罢不禁让人感叹作者用情之深。整首曲子用韵恰到好处，再加上典故的引用，增加了曲子内涵。与众多写对爱人思念的曲子相比，此曲没有过分的抒情，也无铺排叙述，在含蓄与婉转中表达的情感却更加动人心魄。

此外，贯云石还有一首《南吕·金字经》，也是离别思念之曲，写得情真意切。不过，《南吕·金字经》的不同之处在于，它是以女子的视角来写的。

nán lǚ jīn zì jīng
南吕·金字经

é méi néng zì xī bié lí lèi sì qīng xiū chàng yáng
蛾眉能自惜，别离泪似倾。休唱《阳
guān dì sì shēng qíng yè shēn chóu mèi xǐng rén gū líng
关》第四声。情，夜深愁寐醒。人孤零，
xiāo xiāo yuè èr gēng
萧萧月二更。

这首作品抒写了女子在与爱人分别之时的离情别绪，表达了其内心的惆怅和悲苦。“蛾眉”是古时对美人的代称，“蛾眉能自惜，别离泪似倾”是说女子虽然理性地认识到不应为了惜别而过于感伤，知道自己应该努力克制这种情绪，但当到了离别那一刻到来之时，还是忍不住眼泪涟涟。所以，还是不要再唱那《阳关》第四声了。《阳关》出自王维的《送元二使安西》。此诗入乐府后名《渭城曲》，为送别之曲。人们在临行送别的时候，会反复咏唱这首诗，故该诗又被称为《阳关三叠》。《阳关》第四声便是人们最为熟悉的那句“劝君更尽一杯酒，西出阳关无故人”。

小令的前三句描写离别之时的情景，后两句转入描写离别之后。“情，夜深愁寐醒”，白天一别，经过一番哭啼，总算慢慢平静下来，然而到了夜深人静之时，满腔离情愁绪又再涌上心头，辗转反侧难以入眠。好不容易浅睡片刻，又忽而惊醒。“人孤零，萧萧月二更”，主人公就这样睡睡醒醒，一直到了二更时分，月亮已经升至中天，整个世界似乎只剩下月亮陪伴着孤单的自己。

虽然作者没有描写后来的情形，但是读者仿佛已经可以想象到，主人公萧瑟伤怀直到天明的情景。作者巧妙地留白，更利于读者延伸想象，从更深层次上理解这种离别的孤苦凄凉。

这支小令由离别时的心理状态与送别情景，转入描写离别后夜深思念的苦闷，这种谋篇方式带有明显的时空置换过程，使得所抒发的感情更具有层次性，加深了全诗的意蕴。

英年早逝的卖药郎

辞官后的贯云石由于名气太大，就像现在的偶像明星一样，无论走到哪都有一众追捧者。他不仅诗名广播，而且书法也很棒，于是“士大夫从之若云，得其片言尺牍，如获拱璧”。为了能够真正归隐，他改名易服，定居在钱塘（今杭州）正阳门外，靠卖药为生。于是，一代名士，摇身一变，成了个卖药的郎中。

在秀丽的西子湖畔，贯云石度过了一生中创作散曲最旺盛的时期。他自幼性格豪爽，不拘形迹，又多才多艺，工书画，通音律，精鉴赏，既善于学习前代各家之长，还能注重从民间吸取营养，这就不仅使他的散曲创作形成了“如天马脱羁”的独特风格，也呈现出丰富多样的艺术特色。

贯云石除了创作散曲，在唱曲方面也很有研究。据说，他对于元朝盛极一时的海盐腔的发展，做出了重大贡献，其影响在我们今天看到的昆曲，甚至京戏里，还依然可见。不幸的是，这位艺术天才英年早逝。1324年，正当壮年的贯云石病逝于杭州，享年39岁。他的好友张可久写了一首《为酸斋解嘲》的散曲来总结挚友的一生：君王曾赐琼林宴，三斗始朝天。文章懒入编修院。红锦笺，白苎篇，黄柑传。学会神仙，参透诗禅。厌尘嚣，绝名利，近林泉。天台洞口，地肺山前，学炼丹。同货墨，共谈玄。兴飘然，酒家眠。洞花溪鸟结姻缘，被我瞒他四十年，海天秋月一般圆。

客观来说，贯云石作为一个封建统治阶级的官吏，当他意识到现状污浊，又无力改变现状的时候，采取弃官归隐，不仅是可以理解的，而从个人的品格来说，也是高尚的。他的反抗精神，虽然不及屈原那样强烈，但比起陶潜来，是并无逊色的。最后，我们还是用他的两首作品来纪念这位元朝作家吧。

shuāng diào · diàn qián huān · chàng yōu zāi

双调·殿前欢·畅幽哉

chàng yōu zāi, chūn fēng wú chù bù lóu tái. yì shí huái

畅幽哉，春风无处不楼台。一时怀

bào jù wú nài, zǒng duì tiān kāi. jiù yuān míng guī qù lái,

抱俱无奈，总对天开。就渊明归去来，

pà hè yuàn shān qín guài, wèn shèn gōng míng zài. suān zhāi shì

怕鹤怨山禽怪，问甚功名在。酸斋是

wǒ, wǒ shì suān zhāi.

我，我是酸斋。

这首曲子前面讲张可久的时候提到过，此处为大家细讲。

贯云石热爱田园风光，“畅幽哉，春风无处不楼台”是他发自内心的赞叹。面对着幽雅的自然风光，作者突然感到无比的舒畅，这才是自己的归宿。然而想到自己的处境，他不禁感叹“一时怀抱俱无奈，总对天开”，自己的理想无法实现，这真是令人无奈。他明明有抱负，想要入仕有一番作为，却偏偏世事污浊，无奈隐于田园。他的这种矛盾心理也展示了元代文人普遍的精神矛盾。在这种矛盾中，作者最终选择“就渊明归去来，怕鹤怨山禽怪，问甚功名在”，意思是说跟着陶渊明归隐吧！若归隐田园再眷恋着世俗名利，恐怕会招致野鹤山禽的埋怨，管他什么功名利禄！句中的“鹤”和“山禽”即指代如陶渊明般节操高尚的隐士。“问甚功名在”表示作者下定决心，彻底与世俗划清界限。

最后一句可谓是作者坦率、真诚性格的真实写照，他自号酸斋，“酸斋是我，我是酸斋”看似重复，实则表达了作者坚定的态度，翻译过来就是：“我就是我，我不是别人，我是贯酸斋。”这就是真正的贯云石。

这首小令写得酣畅淋漓，字字珠玑，既有作者无奈的感叹，也有坚定的呐喊，展现了元朝时知识分子的普遍遭遇。

shuāng diào diàn qián huān chǔ huái wáng
双调·殿前欢·楚怀王

chǔ huái wáng zhōng chén tiào rù mì luó jiāng lí sāo
楚怀王，忠臣跳入汨罗江。《离骚》
dú bà kōng chóu chàng rì yuè tóng guāng shāng xīn lái xiào yì
读罢空惆怅，日月同光。伤心来笑一
cháng xiào nǐ gè sān lǘ qiáng wéi shèn bù shēn xīn fàng cāng
场，笑你个三闾强，为甚不身心放。沧
làng wū nǐ nǐ wū cānglàng
浪污你，你污沧浪。

这首曲子中既有对历史人物及事件的评价，也有作者自身对人生态度的思考，蕴含了丰富的人生感慨。

楚怀王昏庸无道，听信小人谗言，屈原悲愤之余，自沉汨罗江。作者首句便将矛头指向了楚怀王，一句“楚怀王，忠臣跳入汨罗江”凭空而起，突兀非常，似乎是对所有昏庸无能、不能任用贤才的封建君主的呵斥。作者读罢屈原的名作《离骚》后，更是惆怅不已，他认为屈原的精神可与日月同光。“日月同光”出自司马迁之“可与日月争光”，而贯云石却用“同光”，可见诗人对屈原的赞誉之高。

“伤心来笑一场，笑你个三闾强，为甚不身心放”三句看似讥讽屈原不知变通及自投汨罗行为，可是其中的“伤心”与“笑”则表明事实并非如此。作者伤心的是，像屈原这样的有识之士，却被逼沉江；这“笑”却是苦笑，笑屈原的坚持和倔强，却也笑自己的惨淡遭遇。从这几句，实际上也可以看出元代知识分子的人生态度。他们在黑暗的社会现实中，追求的是超脱与豁达，这并不代表作者就否定屈原。

最后两句“沧浪污你，你污沧浪”，看似只是简单的文字变化，却也隐含了作者的深意。“沧浪污你”，是指屈原清洁高尚，反而被浊水玷污；“你污沧浪”是诗人认为屈原大可以如《渔父》中的渔夫那样“沧浪之水清兮，可以濯我缨；沧浪之水浊兮，可以濯我足”，所谓“遇治则仕，遇乱则隐”，用豁达的心态面对人生。

这首小令可视为作者对三闾大夫屈原的凭吊，同时，从本曲中也可以清晰地看到作者的人生哲学和态度。作者从屈原的遭遇想到自己，因而感慨万分，他在曲中两“笑”，是调侃，是凝重地笑。他故作旷达，而洒脱中却又有几分难言的悲伤和愤懑，这滋味需要读者仔细品尝。

乔吉

元朝的“柳三变”

一个“南漂”的苦闷

一针见血的讽刺曲

渔夫是世上最好的职业

乔吉也写怀古曲

写给歌姬的曲子

元朝的“柳三变”

读到这里，小朋友们对元曲作家应该也有个大致的了解，像姚燧、卢挚这样在朝中做过高官的人，生平资料还有一些记载，而像郑光祖、张可久这样“门第卑微，职位不振”的，史料记载就已经很少了。相比之下，乔吉就更惨了，他不仅门第卑微，而且一生浪迹江湖，甚至连个小吏也没有做过。因此，关于他的生平事迹，后人只能从故纸堆里翻找只言片语进行考证了。

经过专家学者们的多方考证，我们目前能够得到这样一些资料：乔吉（？～1345），一作乔吉甫，字梦符（或作孟符），号笙鹤翁（一作鹤笙翁），又号惺惺道人，山西太原人，年轻时曾在大都待过，后来南下流寓杭州。

关于乔吉的事迹也几乎没有记载，但钟嗣成在《录鬼簿》中的几句评语却很有意思：“美姿容，善词章，以威严自饬，人敬畏之。”短短数语，一个才华横溢、容貌俊朗的美男子便站在我们面前了。

有了“美姿容”，而且又“善词章”，自然也就衣食无忧了。我们知道，宋朝的柳三变（即柳永）曾以给歌姬们写词为生，而乔吉可以说是柳三变的继任者，以给歌姬们写曲为业。这位元朝的大帅哥，醉心于风花雪月、倚红偎翠之中，也乐意用其生花妙笔写尽歌姬之貌、之饰、之态，之爱恨情长。

乔吉一生的作品很多，其散曲后人辑有《惺惺道人乐府》《文湖州集词》，今存小令209首，套数11篇，数量之多仅次于张可久。此外，他还著有杂剧11种，今存《扬州梦》《两世姻缘》《金钱记》3种。在乔吉的散曲中，有一些涉及了自己的人生经历，从中我们可以多少知晓一些他的生活状态。

双调·折桂令·自述

shuāng diào zhé guì lìng zì shù

huá yáng jīn hè chǎng pián xiān tiě dí chuī yún zhú zhàng chēng tiān
华阳巾鹤氅蹁跹，铁笛吹云，竹杖撑天。
bàn liǔ guài huā yāo lín xiáng fèng ruì jiǔ shèng shī chán
伴柳怪花妖，麟祥凤瑞，酒圣诗禅。
bú yìng jǔ jiāng hú zhuàng yuan bù sī fán fēng yuè shén xiān
不应举江湖状元，不思凡风月神仙。
duàn jiǎn cán biān hàn mò yún yān xiāng mǎn shān chuān
断简残编，翰墨云烟，香满山川。

抒写自己的隐逸生活，是乔吉散曲作品中的重要题材。他的这部分作品，除了一贯的清丽飘逸，风格更偏重于豪放直率，语言表达多直白生动，但却不失其奇巧俊丽。

柳三变在《鹤冲天·黄金榜上》中自称“白衣卿相”，乔吉在这首曲中则称自己为“江湖状元”，二者具有异曲同工之妙，所不同的是，柳三变说的不过是一时的气话，后来又多次参加科举考试，以求入仕，而乔吉却真心地享受浪迹江湖的生活，在他生活的时代元朝已经重开科举，而他却不屑一顾。

“华阳巾鹤氅蹁跹”，“华阳巾”指道士所戴的头巾，“鹤氅”是一种用鸟的羽毛所制作的外衣，多为道士所穿着。魏晋南北朝之时便有戴华阳巾、穿鹤氅的记载，这两种事物都象征着一种自由飘逸的隐士生活。到了宋元时期，华阳巾和鹤氅更是当时文人所追求的一种穿着打扮，例如王禹偁《黄冈竹楼记》中就有这样的记载：“公退之暇，披鹤氅，戴华阳巾，手执《周易》一卷，焚香默坐，消遣世虑。”而“蹁跹”二字写出了鸟飞翔时飘逸的姿态，这个词的使用更突出了自由生活的闲适。

“铁笛吹云”一句出自宋代理学家朱熹《铁笛亭诗序》中隐士刘君兼吹铁笛穿云裂石的故事，后来“铁笛”则代指那种深藏不露的隐士形象。接下来的“柳怪花妖”“麟祥凤瑞”分别指的是歌伎和江湖中的奇人异士，这些人都和世俗之人不同，和乔吉这种不谙功名的酒圣、诗禅正属一列，故并列称之。

“不应举江湖状元，不思凡风月神仙”一句则是作者对自己生活的描述，也是全曲的点睛之句，表达对自己远离仕途道路的肯定。乔吉在否定功名利禄的同时也完成了自己对超脱和放达的追求。这种自我欣赏的超然情怀，形诸笔端。

在这之后，作者便用简短的三句表达了自己对这种“批风抹月”生活的喜爱。“断简残编”，指零落不全的书简，泛指古书；而“翰墨云烟”则指挥毫泼墨进行创作时的潇洒姿态，那种书香和墨香飘散开来，将山川都染遍。这首《折桂令》共十一句，全篇曲词错落有致，四字句多用“仄仄平平”的格式，第二节的三个四字句对仗也十分工整，读起来朗朗上口，别有一番韵味。

正宫·绿幺遍·自述

zhènggōng lǜ yāo biàn zì shù

不占龙头选，不入名贤传。时时酒圣，处处诗禅。烟霞状元，江湖醉仙。笑谈便是编修院。留连，批风抹月四十年。

bú zhàn lóng tóu xuǎn, bú rù míng xián zhuàn. shí shí jiǔ shèng, chù chù shī chán. yān xiá zhuàng yuán, jiāng hú zuì xiān. xiào tán biàn shì biān xiū yuàn. liú lián, pī fēng mò yuè sì shí nián.

与前一首一样，乔吉这首曲题也为“自述”，意为叙述自己的生平志向，可看作他落魄江湖的自我写照。

曲子开篇有“不占龙头选，不入名贤传”两句，“龙头选”意为中状元，而“名贤传”则指记载历代德才兼备的朝官之书。“名休挂齿，身不属官”，这是乔吉在自己的另一首作品《满庭芳·渔夫词》中的句子，这两句曲词和“不占龙头选，不入名贤传”一样，都直截了当地表明了乔吉与一般读书人不同的志向，他不热衷于科举功名，更不愿在朝为官，他向往的是一种自由自在、无拘无束的文人生活。

接下来，乔吉描述了自己四十年来纵情山水诗歌，放浪形骸的生活。诗仙李白《月下独酌》中有言“所以知酒圣，酒酣心自开”，乔吉自诩为酒圣，诗酒不分，饮酒便有佳作，这也正是他狂放不羁性格的体现。他虽于功名无欲，却想做那“烟霞状元，江湖醉仙”。和“浪子班头”关汉卿一样，乔吉也是生于北方，后游历于广阔的山水之中。在他几十年客居江南漂泊流浪的生涯中，乔吉醉心于大好河山，用他的妙笔描画出一幅幅山水画卷，也不愧为红尘四海中的状元了。

“笑谈便是编修院”，“编修院”，意即翰林院，是历朝历代读书人追求和向往之地。但在不重利禄的乔吉看来，在山水江湖之中笑谈古今之事便等同于进入翰林院编修史籍，这是何等狂傲豁达的心性。关汉卿的自述作品《一枝花·不伏老》中有言：“则除是阎王亲自唤，神鬼自来勾，三魂归地府，七魄丧冥幽，天那，那其间才不向烟花路儿上走”，正体现了他对世事狂放不羁的态度，而乔吉“留连，批风抹月四十年”之句，与之可谓有异曲同工之妙。

乔吉是元曲大家，但与豪放派的关汉卿、马致远等人不同的是，他的作品较为含蓄婉约，词句清丽，自成一家。“蕴藉包含，风流调笑，种种出奇，而不失之怪；多多益善，而不失之烦；句句用俗，而不失其文”（明代李开先评乔吉语），这一说法很好地概括了这首小令的精髓。乔吉虽然有着强烈的愤世嫉俗之感，却能够巧妙地将这种感情隐藏于曲词之中。

在这首“自述”中，乔吉更多地表现出了一种随遇而安的闲适之情，其中也颇具无可奈何之意，甚至有一种笑谈人生的游戏之态。总的来说，这支曲词生动形象地描绘出了一位不谙功名利禄，一生寄情于诗酒，遨游于山水的文人形象，虽然简短，却余味盎然，从中足可以体会到作者心性。再加之语言上雅俗并用，生动活泼，平仄转换也较为巧妙，更使得其成为一篇韵味悠长的佳作。

一个“南漂”的苦闷

我们都知道“北漂”，实际上在元朝更多的是“南漂”，我们前面介绍的关汉卿、马致远、郑光祖等都是“南漂”，乔吉自然也是其中之一。他一生未仕，客居江南，放荡江湖，在漂泊无依的境遇中，即使心胸豁达，也难免愁苦与辛酸。这些，全都写在了他的曲中。

越调·凭阑人·金陵道中
yuè diào píng lán rén jīn líng dào zhōng

瘦马驮诗天一涯，倦鸟呼愁村数家。扑头飞柳花，与人添鬓华。

shòu mǎ tuó shī tiān yì yá, juàn niǎo hū chóu cūn shù jiā. pū tóu fēi liǔ huā, yǔ rén tiān bìn huá.

《凭阑人》是北曲中常用的曲牌名，体制虽然短小，但四句句句押韵，是一种难度较大的曲牌。乔吉这首小令声调虽然平缓，但也不失婉转有致。这是一首描写羁旅苦情的佳作，也是乔吉自身漂泊生涯的写照。起句“瘦马驮诗天一涯，倦鸟呼愁村数家”，便将读者带入一种苍凉孤苦的情境中。这两句几乎是用意象叠加起来，瘦骨嶙峋的老马，疲倦的飞鸟和稀稀落落的人家。

“瘦马”与“倦鸟”相对应，“瘦”和“倦”二字凸显了旅途的困苦。鸟虽疲倦，但终究可以归巢，但马上之人却四处漂泊，无处为家，这种辛酸是常人所不能理解的。“天一涯”对应“村数家”，村舍虽然零落，但终究是离人归来之所，但作者只能和诗歌为伴，在天涯之中游荡，这二者的对比让人落泪断肠。

读至此，读者很容易联想到元代散曲名家马致远的名作《天净沙·秋思》，“枯藤老树昏鸦，小桥流水人家，古道西风瘦马”一句所营造出的氛围，与此曲类似。但乔吉这首曲子景中有人，乃是一种由我及物的写法。“瘦马驮诗天一涯”指诗人自己漂泊的旅程，可能是因为景色苍凉，他才有了哀愁之感，或许是因为自己情绪失落，眼中的景物也有了倦意和愁感，又或许是二者兼而有之。这样一来，人物的心情和曲中的景物就巧妙地融合到了一起，更添情致和韵味。

“扑头飞柳花，与人添鬓华”，“鬓华”指的是鬓边的白发。柳花飞舞是春日常见之景，但这如雪花般飘扬的柳絮在作者看来却有了生命力，正是它将羁旅在外的游子的头发渐渐染白。由旅行的愁苦联想到时光的易逝，因而作者发出感叹。柳絮虽无情，人却有意，它虽不将青丝染成白发，却在一年年的飞舞中见证了渐渐老去的生命。而在这扑面而来的柳絮中，作者联想到自己如今两鬓斑白，青春不再，感伤之情便油然而生。

《凭阑人》应当是乔吉当年旅居江南，路过金陵时所作，以寥寥数言生动形象地刻画出一个浪迹天涯的作者形象，同时也表达了作者内心对自己漂泊无依境遇的愁苦心情。整首小令用词清丽，注重白描手法的运用，几个意象的使用更使得整首曲朴素自然，情真意切。虽然简短，却层次丰富，耐人寻味，颇有“以少总多，情貌无遗”（《文心雕龙·物色》）之妙。

双调·折桂令·毗陵晚眺

江南倦客登临。多少豪雄，几许消沉。今日何堪，买田阳羡，挂剑长林。霞缕烂谁家昼锦，月钩横故国丹心。窗影灯深，燐火青青，山鬼喑喑。

“毗陵”乃古县名，位于今天的江苏常州，春秋时期是吴季札的封地。这支曲子整体透着一种沉重的悲凉之感，起句“江南倦客登临”便初露端倪。乔吉是太原人，后寓居杭州，一生四海漂泊，故以“江南倦客”自称，而“倦”字正显示了他对于这种漂泊生活的倦怠。

“多少豪雄，几许消沉”，眺望着毗陵的夜景，作者陷入了深思。过往的历史中有多少英雄豪杰，如今都已经“消沉”。这两句从现实之景转入历史之思，一下子拓宽了曲子的境界。

曲中援引了历史上两个著名的典故。“买田阳羡”，语出自宋苏轼《登州谢表》：“坐谪六年……止求自便，买田阳羡，誓毕此生。”“阳羡”指今江苏宜兴市南，苏轼一生仕途坎坷，被贬谪之后终于悟出世事皆虚幻的道理，到晚年再不倾心于官场，只求在田园中度过余生。人生如梦，曾经的美好最终也难逃过历史尘埃的掩埋，这也是古往今来仁人志士共同的心绪和愤慨。

“挂剑长林”，“长林”指茂密的树林，指春秋时季札为祭奠亡友，将宝剑挂在其坟上的故事。根据《史记·吴太伯世家》

中的记载："季札之初使，北过徐君。徐君好季札剑，口弗敢言。季札心知之，为使上国未献。还至徐，徐君已死，于是乃解其宝剑，系之徐黎君冢树而去。"也有说乔吉此句是化用晋代许逊挂剑长松的典故。许逊是旌阳县的县令，后因为世道大乱，投身道门，最后修炼成仙。据《名山记》中所记载，建昌县冷水观前的一株松树便是许逊成仙后遨游此处的挂剑处。如此解释似乎与上句更为相符，与整首曲的基调也更为呼应。

"霞缕烂谁家昼锦，月钩横故国丹心"，这两句对仗工整。"霞缕烂"指早晨灿烂的朝霞，"昼锦"则是用来比喻朝霞。《史记·项羽本纪》有云："富贵不归故乡，如衣锦夜行。""昼锦"乃衣锦荣归之意，宋有韩琦所建别墅也名曰"昼锦堂"，其中富丽堂皇，极尽人间之乐事。作者在"霞缕烂"和"昼锦"之间，插入"谁家"二字，一下子使自己与这种富贵、耀眼的景象隔绝：这富贵不过是别人家的，与自己毫无关系。

朝霞已去，夜晚到来，残月如钩，"故国丹心"句是化用周密《一萼红》中"故国山川，故园心眼，还似王粲登楼"的句意，意指岁月如梭，人鬼殊途，对故国的一片丹心都是过去式了。窗影深深，夜已经深了，灯火也归于黯淡。遥望窗外，山野间"燐火青青，山鬼喑喑"。残灯喻指生命之灯，一切的一切最终都将化为泡影，都逃不过生死天命，让人倍感凄凉和肃然。

如果说乔吉那些表达归隐之心的作品是他寻找解脱和心灵慰藉的产物，那么这首《折桂令·毗陵晚眺》则进一步展现了他内心对于一生漂泊、无法超脱命运的痛苦。诗歌这种艺术形式只有和诗人内心深处的灵魂结合才具有审美的意义，而乔吉的散曲便很好地做到了这一点。通过阅读这支小令，可以清楚地感受到作者内心深处的痛苦和感伤：他清楚地看着这个现实，却一直无法接受，这也是其痛苦和矛盾的根源。

一针见血的讽刺曲

我们虽然无法考证乔吉的出身，但他确实一生都在社会底层摸爬滚打，因而对于封建社会的世态炎凉可谓深有体会。我们在前面说过《录鬼簿》中对乔吉的评价："以威严自饬，人敬畏之。"这说明，他虽然以为伶人写曲为生，却不是一个轻薄儿，而是一个威严到令人敬畏的人。因此，我们也就不难理解他作品的另一种风格了：对社会的不良现象进行猛烈抨击，对世俗的丑恶进行无情鞭挞。对于这一类作品，我称之为"讽刺曲"。

中吕·山坡羊·寓兴

zhōng lǚ shān pō yáng yù xìng

péng bó jiǔ wàn yāo chán shí wàn yáng zhōu hè bèi qí lái guàn shì jiàn guān jǐng lán shān huáng jīn bú fù yīng xióng hàn yí piàn shì qíng tiān dì jiān bái yě shì yǎn qīng yě shì yǎn

鹏抟九万，腰缠十万，扬州鹤背骑来惯。事间关，景阑珊，黄金不富英雄汉。一片世情天地间。白，也是眼；青，也是眼。

"山坡羊"，又名"山坡里羊"，为曲牌名，北曲中吕宫、南曲商调，都有此曲牌，在南曲中较为常用，而在北曲中常用作小令，结构较为简单。"鹏"，乃大鸟也。《庄子·逍遥游》有言："鹏之徙于南冥也，水击三千里，抟扶摇而上者九万里。""鹏抟九万"即出于此，用鹏鸟振翅高飞九万里意指一种笑傲天地的凌云壮志。"腰缠十万"，"扬州鹤背骑来惯"则和"鹏抟九万"不同，指的是一种世俗的富贵和得道成仙后的逍遥自在。这三种不同的人生追求看似格格不入，但乔吉将其并列称之，实则另有深意。

贪婪乃是世俗之人的本性，而在这贪婪之心中又充斥着化解不了的矛盾。《五灯会元·中竺中仁禅师》篇中记载了中仁禅师的一段偈语，曰："秤锤搦出油，闲言长语休；腰缠十万贯，骑鹤上扬州。"《说郛》中也记载了这样一个故事，说有客相从，大家便各言所志，有人说愿为扬州刺史，有人说愿多富多贵，也有人说愿骑鹤升仙，但有一人说愿"腰缠十万贯，骑鹤上扬州"，三者欲兼之。首句将看似矛盾的三种志向放在一起，将升官、求财、成仙三种追求合而为一，则是巧妙运用典故道出了人心的贪婪。

世事险恶，在经历了艰难险阻，尝遍了人生困苦之后，才猛然发觉任何一件事都不是想象中的那么简单，这也正是作者发出"事间关，景阑珊，黄金不富英雄汉"感叹的原因。

这两句过渡十分巧妙，将一开始的豪情壮志陡然转入现实的苍凉，对比强烈。"事间关"意谓道路崎岖、世事艰险，"阑珊"则为凋敝、衰落之意。而"黄金不富英雄汉"意为天下的钱财应有尽有，却终与英雄豪杰无缘。仅此一句，就通过人、事、景三个方面道尽了现实的严峻困苦，这也是这位"烟霞状元"在世间游历数十载的感触。接下来的一句"一片世情天地间"，则是对上述三个方面的总结。

据《晋书·阮籍传》记载，当时的高士阮籍能做青白眼，如若他用青眼看人，则表示对该人敬重，如若用白眼看人，则表示对此人的蔑视。乔吉在此化用"青白眼"的典故，表明他经历了各种人情世故，看透了世间冷暖之后，便能够看破一切，无欲无求。正因如此，他也就能够不在意他人的眼光，对一切都能用一种冷眼旁观的态度处之。也有人说这句是对世间势力小人的无情鞭挞以及对当时社会黑暗的猛烈抨击，将"白，也是眼；青，也是眼”一句称为传神之笔，称其生动形象地勾勒出一个势利小人的嘴脸，但从用典之意来看，该说似有不妥之处。

从整体来看，这支《山坡羊》感情深沉，在揭露世俗丑恶的同时也表达出作者的愤世嫉俗之感。而乔吉之所以会有这种感叹，也与其一生的经历有关。乔吉虽是元曲大家，但一生穷困潦倒，其曲词中更有“事情别，故交绝，床头金尽谁行借”之句，正是他窘困生活的写照。虽然境况如此，但他依然能笑看人生，当年阮籍那种超然物外、与世无争、冷眼观世的态度也正是作者所追求的处世之道。

从艺术手法来看，这支小令最大的特点便在于典故的运用，这也是乔吉散曲作品的一大特色。通过典故的使用，不仅可以使简短的句子被赋予更多的含义，也可以平添一片雅致和趣味。这支《山坡羊》开篇便用“鹏搏九万”“骑鹤上扬州”等典故为引，最后又以阮籍“青白眼”之典收束全篇，更加体现了其曲意蕴深厚、雅俗共赏的特点。

zhōng lǚ shān pō yáng dōng rì xiě huái
中吕·山坡羊·冬日写怀

zhāo sān mù sì, zuó fēi jīn shì, chī ér bú jiě róng kū shì。zǎn jiā sī, chǒng huā zhī, huáng jīn zhuàng qǐ huāng yín zhì, qiān bǎi dìng mǎi zhāng zhāo zhuàng zhǐ。shēn, yǐ zhì cǐ; xīn, yóu wèi sǐ。

朝三暮四，昨非今是，痴儿不解荣枯事。攒家私，宠花枝，黄金壮起荒淫志，千百锭买张招状纸。身，已至此；心，犹未死。

在乔吉现存的散曲作品中，以《冬日写怀》为题的散曲共计三支，曲牌名都为“山坡羊”，这支“朝三暮四”便是其中之一。

“朝三暮四”，本指改名不改实，后引申为反复无常之意。反复无常，贪得无厌，正是世间痴儿的真实写照。“荣枯”意指世事的兴盛和衰败，那些贪财恋色的，既富且痴之人又怎么体会得到人世的变迁呢？

“儹家私，宠花枝”，接下来，乔吉用寥寥数笔勾画出了这些“痴儿”贪恋权贵的嘴脸，他们拼着性命积攒家财，又好色宠妓挥霍无度，而这些色心贪念便是被黄金所激发。人一旦有了金钱便将一切抛诸脑后，只是一味地贪图享乐。正因世间物欲横流，所以官场之上更是荒淫无道，贪官污吏们到处搜刮民脂民膏，只为了求取那一张做官的招状纸。

“身，已至此；心，犹未死”一句更是刻画出世人的贪婪之心，为了钱财和享乐最终落得个身败名裂的下场，但是贪婪之心还是不能禁绝，真是可恨、可笑、可悲。

乔吉借这首《山坡羊·冬日写怀》讽刺了富人的荒淫和贪婪，也批判了社会的道德沦丧，用语老道辛辣，入骨三分。此外，这首小令还从侧面反映出一种福祸相依、因果循环的思想，起句“朝三暮四，昨非今是”正体现了世间万事不可捉摸的道理，那些人人追逐的名利之物，最终也不知是福是祸。但纵使如此，追逐名利之人还是不在少数，这些人为了这些身外之物，身败名裂仍不知悔悟，在乔吉看来，这便是世人的可悲之处。

渔夫是世上最好的职业

即景题咏在古代文人的诗歌作品中占了很大的篇幅，而以渔家乐事之景为主题的作品更是不在少数。这些诗歌作品虽然在内容上描写的是渔家的日常生活，实则是为了抒发文人内心深处厌倦世事，意欲归隐田园享受闲适生活之意。

乔吉一生浪迹江湖，“批风抹月四十年”，对老百姓的生活非常熟悉，其中描写渔夫打鱼生活的散曲就有二十首之多。乔吉的这些作品从各个方面，不同角度细致描绘了渔翁在江上打鱼的悠然自得的生活形态，并含蓄地表达了自己对这种闲适生活的向往之情。在他看来，渔夫是世上最美好的职业。下面，我就选择两首介绍给大家。

zhōng lǚ mǎn tíng fāng yú fǔ cí
中吕·满庭芳·渔父词（其一）

huó yú xuán dǎ gū xiē cūn jiǔ wèn nà rén jiā jiāng
活鱼旋打，沽些村酒，问那人家。江
shān tiān lǐ tiān rán huà luò rì yān xiá chuí xiù wǔ fēng
山天里天然画，落日烟霞。垂袖舞风
shēng bìn fà kòu xián gē shēng hàn yú chá chū gēng bà
生鬓发，扣舷歌声撼渔槎。初更罢，
bō míng qiǎn shā míng yuè jìn lú huā
波明浅沙，明月浸芦花。

zhōng lǚ mǎn tíng fāng yú fǔ cí
中吕·满庭芳·渔父词（其二）

qiū jiāng mù jǐng yān zhī lín zhàng fěi cuì shān píng jǐ
秋江暮景，胭脂林障，翡翠山屏。几
nián bà què qīng yún xìng zhí fàn cāng míng wò yù tà wān
年罢却青云兴，直泛沧溟。卧御榻弯
de tuǐ téng zuò yáng pí guàn de shēn qīng fēng chū dìng sī
的腿疼，坐羊皮惯得身轻。风初定，丝
lún màn zhěng qiān dòng yì tán xīng
纶慢整，牵动一潭星。

《乐府群玉》共收录了乔吉的《渔父词》20首。这些散曲虽不是一时一地之作，但从中足可见其对渔家生活的熟悉程度，这也正和他游历江湖数十载的经历密不可分。

"活鱼旋打，沽些村酒，问那人家"，三言两语，一幅渔家风情图便跃然纸上。接下来，有人入境，角度也从村舍酒家放大到天地之间。日暮迟迟，晚霞满天，万里江山如同一幅天然的画卷，而在这山水画卷之中，最得意的便是过着无拘无束生活的渔家。描景之后，作者笔锋一转，开始写人。

"垂袖舞风生鬓发，扣舷歌声撼渔槎"，开怀畅饮后的渔夫借着酒兴在渔舟上扣舷而歌，那垂着的衣袖也在风中翩翩起舞。这种纵情高歌、悠游自在的生活将整体的情绪调动起来，使人身临其境，心向往之。按照时间发展的顺序，傍晚之后便到初更，初更过后，整个江面归于平静。正所谓"烟笼寒水月笼沙"，在明月的映照之下，整个江面波光粼粼，沙影绰约。而"明月浸芦花"一句，一个"浸"字，便将月色笼罩下天水一色的情景描绘得淋漓尽致。

"秋江暮景，胭脂林障，翡翠山屏"，后首由景起兴，其中"胭脂"和"翡翠"两词对比强烈，更映衬了"秋江暮景"之意。写景之后，转入抒情，"几年罢却青云兴，直泛沧溟"，写的是在江边垂钓之人的感触，也是作者内心的感想。从"青云兴"到"泛沧溟"，也正是一位隐士从世间繁华、功名利禄中抽身而出的写照，而"罢却"二字，更显现其归隐之心的坚决。

接下来的两句援引的是东汉严子陵的典故，相传严子陵隐居于富春江上，每天披着一张羊皮在江上垂钓，颇有姜子牙之风。汉室光复之后，光武帝刘秀召其到长安叙旧，并与之同寝同食，而严子陵却受不了这种拘束，最终辞官归隐山林。据此，"卧御榻"即指被世事名利所拘束，不得自由的官宦生活，而"坐羊皮"则指归隐的生活，这种生活虽然清苦，却悠然自得，一生轻松。

这个典故的运用，也直接表明了这支曲的思想重点，即由

“仕”到“隐”的回归。而乔吉正是用“卧御榻”和“坐羊皮”二者的强烈对比，表达自己对隐逸生活和自由之境的向往和追求。后三句依旧以景收尾，但却延续了上篇中人景两相融的写作手法。风初定，江水平静犹如一面镜子，将满天繁星都倒映其中，江面的渔夫缓缓拉动着自己手中的渔线，打破了江水的平静，而向上轻提的丝纶也牵动了一池星光。这幅画面静中有动，且又以动衬静，氛围静谧，耐人寻味。

这两首小令虽然题旨相同，但在内容、创作手法和情感意趣上都有很大的差别。从取材上来看，前一首主要是描写渔家的日常生活，以写景为主，内容生动活泼。而后一首则以抒发人生感慨为主，以景为辅，重在抒情。从写作手法上来看，前一首主要运用动静结合的手法，从打鱼换酒入手，转入写景，之后再写人，最后以月夜江景收尾。但令人赞叹的是，在这支小令中，动静虽然多次转换，作者却能将其运用自如，读之丝毫没有生涩之感，反而有浑然天成的意境，而后首的亮点则在典故和对比手法的运用。

纵观全篇，前首小令重在画人写景，后首小令意在言志抒情，但整首曲词都细腻生动地描绘了渔夫的日常生活，且文字清丽，境界优美，充分体现了乔吉散曲作品的艺术特点。值得一提的是，和陶潜所描绘的“桃花源”一样，乔吉笔下的渔夫生活，也有一定程度上的理想化，而这种理想化的闲适隐居生活，正和当时社会的灰暗形成了鲜明的对比，从而含蓄委婉地表达了作者对现实不满的呼声。

乔吉也写怀古曲

张衡《东京赋》有言："望先帝之旧墟，慨长思而怀古。"悼古伤今是古代文人诗作中重要的题材之一。前面我们已经讲了张养浩、卢挚与张可久的怀古曲，接下来再给小朋友们介绍两首乔吉写的怀古曲，大家可以比较一下看有什么不同。

shuāng diào zhé guì lìng bǐng zǐ yóu yuè huái gǔ
双调·折桂令·丙子游越怀古

péng lái lǎo shù cāng yún hé shǔ gāo dī hú tù fēn
蓬莱老树苍云，禾黍高低，狐兔纷
yún bàn zhé cán bēi kòng yú gù zhǐ zǒng shì huáng chén
纭。半折残碑，空余故址，总是黄尘。
dōng jìn wáng yě zài nán xún gè yòu jūn xī shī qù yě jué bú
东晋亡也再难寻个右军，西施去也绝不
jiàn shèn jiā rén hǎi qì cháng hūn tí jué shēng gān tiān dì
见甚佳人。海气长昏，啼鴂声干，天地
wú chūn
无春。

据记载，在乔吉现存的散曲作品中，以叹世怀古为主题的小令约有43首，虽不是最多，但也不在少数。值得一提的是，乔吉的怀古曲虽然延续了他一直以来雅俗并重的风格，但与其他散曲不同的是多了一种深沉、冷峭和奇丽之美。王骥德在《曲律·杂论第三十九下》中说乔吉为诗中的李长吉（即李贺），指的正是他这种奇丽冷峭之美，而这首《双调·折桂令·丙子游越怀古》便是他这类作品的代表之作。

如题所述，这支曲是乔吉在游历吴越之地所作，整首曲词语调深沉悲凉，感叹了繁华似烟、兴亡无定的世事，也表达了作者对人事不能扭转的无可奈何的凄凉心情。

曲词开篇便以“老树”“苍云”“禾黍”“狐兔”等意象营造出一种荒凉萧瑟的破败之景，给人以一种孤独凄凉之感，从而也奠定了全曲的感情基调。干枯的老树独自站立着，天空中浮云苍乱；田中的作物参差不齐，像是许久都无人打理；山野之间，狐狸和野兔四处游窜，一切都是那么破败和昏乱。

“禾黍”一句更是化用了《诗经·黍离》中西周灭亡后禾黍遍地的典故，喻指如今的越地也是一片荒芜。那以往风云四起，被称为仙境的吴越之地，现在已然是物是人非，空有半块残碑树立着。“总是黄尘”四字极富动感，既增添了荒凉的氛围，更有一种觉今事而昨非的怅然。

“东晋亡也再难寻个右军，西施去也绝不见甚佳人”两句，进一步表达了作者对人世变迁，盛世不再的感叹。“右军”即指东晋著名书法家王羲之，其书法作品潇洒俊逸，无人能出其右。西施是春秋时著名的美人，也是吴越之争中的风云人物，但其死后再也不会有这样的绝代佳人。这些人虽然名噪一时，但终究免不了一死，佳人俊士，最终也要化为一捧枯骨，被黄土掩埋。这两句紧接上文，用典极妙，彰显了乔吉散曲直白而又不失典雅的特点，也揭示了全曲的主旨。千秋霸业，昨日风流，最后也只剩这半块残碑，让人感伤。

最后，作者将目光从追忆古事推展到整个宇宙，天地间海雾茫茫，杜鹃的啼叫声也给人一种哑然干涩之感。一切是那么的暗淡和寂寥，天地间仿佛失去了春天。这三句气势宏大，和开篇所营造的荒凉氛围形成呼应，流露出作者心中对现实社会的忧患意识，这也是“伤今”的重点所在。

《折桂令·丙子游越怀古》是乔吉唯一一首标明确切年代的作品。“丙子”年正是宋朝亡故60年之时，因而也有人推说乔吉此作是为“故宋六十年祭”，具体是否如此，现在也无从考证。但从曲词中投射出的感慨凄凉之意和其对现实的不满，颇有一种感叹宋亡的意味。

shuāng diào　shuǐ xiān zǐ　yóu yuè fú wáng fǔ
双调·水仙子·游越福王府

shēng gē mèng duàn jí lí shā，luó qǐ xiāng yú yě cài huā。
笙歌梦断蒺藜沙，罗绮香余野菜花。
luàn yún lǎo shù xī yáng xià，yàn xiū xún wáng xiè jiā。hèn
乱云老树夕阳下，燕休寻王谢家。恨
xīng wáng nù shà xiē míng wā。pū jǐn chí mái huāng zhòu，liú
兴亡怒煞些鸣蛙。铺锦池埋荒甃，流
bēi tíng duī pò wǎ，hé chù yě fán huá？
杯亭堆破瓦，何处也繁华？

据《万历会稽县志》记载：“宋福王府在东府坊，宋嘉定十七年（1224）理宗即位，以同母弟与芮奉荣王祀，开府山阴蕺山之南。”题中所说的“越福王府”即指福王赵与芮的府邸。福王赵与芮是宋太祖赵匡胤的第十代子孙，是理宗赵昀的同母弟弟。宋福王的地位尊贵，其子又继理宗皇帝位，可以想象当年福王府的奢华。

元人南下，南宋在1276年灭亡，福王赵与芮也成了没落贵族，以往的富贵自然灰飞烟灭，王府也转入衰败。数十年之后，乔吉重游此地，过去奢华的福王府已经成了一片废墟。作者便借此怀古伤今，感叹世事的兴衰无常。

“笙歌梦断蒺藜沙，罗绮香余野菜花。”蒺藜指一种生长在地上的藤蔓植物。在坑坑洼洼的沙地之上，爬满了蒺藜，但再也听不到那动人的笙歌；看着遍地的野菜花，似乎还能让人隐约感受到往日罗绮的余香。这两句其实是一组特写，用蒺藜、沙地、野菜花等意象总体概括了稽越福王府的衰败景象。尤其值得人注意的是，作者不光对眼前的遍地沙砾、蒺藜丛生的景象进行了描述，还将它和过去的歌舞升平和繁华享乐进行了比较，“梦断”“香余”将历史和现实重叠起来，使氛围更加冷清荒凉，触目惊心。

作者用了一系列事物铺叙王府如今的景象。在夕阳的余晖之中，乱云穿过了苍老古树的枝丫，燕子在天空之中迷惘地飞着，野地里的青蛙咕咕叫着，似乎在感叹人事的兴亡。“燕休寻”句出自唐刘禹锡的名作《乌衣巷》中的“旧时王谢堂前燕，飞入寻常百姓家”，“王谢”指东晋王导、谢安两家豪族，乔吉“劝告”这些燕子不要再寻找王谢两家的房舍，暗指时事变迁，过去的一切繁华都已不再。

“鸣蛙”句则是化用《韩非子》中所载“怒蛙”的典故：当初越王勾践出行之时，有一只怒蛙挡在车道之中，勾践便从车上站起来向其致敬，谓：“蛙有气如此，可无为式乎。”在这里援引这个典故，正好将青蛙拟人化，仿佛青蛙的怒气与世间兴衰存亡有关，一种苍凉的悲剧意味油然而生。

描写完周围的景物之后，作者开始着手描写福王府的建筑遗迹。后两句中的“铺锦池”和“流杯亭”都是旧时福王府内供王公贵族游览之处，但如今池塘里铺满了甃石，流杯亭也被破瓦断梁所占据。面对如此破败的残迹，作者不禁发出了“何处也繁华”的感叹：昔日的繁华如今又在何处呢？

在这支小令中，作者从多个角度描写了福王府的衰败之景，使其形象更为立体，真实感倍增。在描写景物时，作者并非将大片的景物完整描述出来，而是把古与今、想象和现实杂糅起来，虽然表面上显得有些杂乱无章，但实际给人的感觉却更加清晰和逼真，颇有种时空轮换的错觉。

乔吉这支《水仙子》主要运用借景抒情的方法，但景不脱情，情不离景，在写景的同时也将作者的想象、思考和幻觉融入其中，在抒情之时也不忘运用具有代表意义的事物。而曲末以问句结束，抒发的是诗人对于此情此景的感伤、惆怅，也留给读者和后世之人一个疑问和思考：既然盛衰无常，那么古往今来人们追求富贵荣华又有什么意义？基于这种感慨，整首曲子的基调沉郁顿挫，与前一首《折桂令·丙子游越怀古》风格十分相近。

写给歌姬的曲子

前面我们说过，乔吉就是元朝的柳三变，以为歌姬写曲儿谋生，可是读到现在却发现，不是游子愁思，就是讽刺世俗，要么就是怀古伤今，难道这些都是给歌姬们唱的吗？当然不是。别着急，下面这两首一看就是写给歌姬的。

yuè diào · xiǎo táo hóng · xiào lián zhū gé
越调·小桃红·效联珠格

luò huā fēi xù gé zhū lián, lián jìng chóng mén yǎn。yǎn
落花飞絮隔朱帘，帘静重门掩。掩
jìng xiū kàn liǎn ér qiàn, qiàn méi jiān。méi jiān zhǐ qū jiāng
镜羞看脸儿堑，堑眉尖。眉尖指屈将
guī qī niàn。niàn tā pāo shǎn, shǎn zán shǎo qiàn。qiàn nǐ
归期念。念他抛闪，闪咱少欠。欠你
bìng yàn yàn
病厌厌。

这是一支描写闺中之情的曲子，“小桃红”是越调中常用的曲牌，句式较为简单，为七五七、三七、四四五，共八句八韵，一般来说四四句相对。

这支曲子主要描写一位在深闺之中思念丈夫的少妇，其中对她的心理活动的刻画尤为生动传神。“落花飞絮隔朱帘，帘静重门掩”，暮春时节，落花、柳絮随风飞舞，珠帘低垂，宅门深深，将这深闺女子困锁其中。描写完环境之后，镜头转向了曲中的女主人公。古语有云，“士为知己者死，女为悦己者容”。而这位痴心的女子在这朱帘重门中，只能对镜自赏。她看着镜中美丽的自己，心中正喜悦之时，突然想起夫君远在他乡，纵然自己貌美如花也是无人欣赏，因此内心的喜悦转为愁思，蛾眉也不知不觉深锁起来。失落之中，她只能扳指算起丈夫的归期，暗中埋怨丈夫抛下自己，让她独自一人承担孤独和忧愁。

从“掩镜羞看脸儿堑”一句开始，作者便将一位思妇的微妙心理刻画得十分细腻，有喜有怨，有思虑有忧愁。但这种心情终究是怨而不怒，结尾一句“欠你病厌厌”用得巧妙，埋怨中带着一丝无奈，更像是女子的负气之语。而她的心理之所以会有如此微妙的变化，正是因为内心深切的爱意无处抒发，看似小儿女情态十足，其实正是表达了一种思念的极致。

读罢此曲，一个娇憨可爱的美丽女子跃然纸上，这幅“深闺美人图”动静相宜，韵味十足。曲中所描绘的“落花”“柳絮”“朱帘”“重门”等都是静景，氛围也十分闲适悠然，然而这美景中人的内心却是几度起伏，引人入胜。曲子风格通俗纯朴，用词清丽典雅，全曲笼罩一层淡淡的哀伤和无奈。

乔吉这支《小桃红》最大的特色在于其艺术手法的运用，即鲜明而富有特色的语言，题中“效联珠格”四字便表明其格式是“联珠诗”。所谓“联珠格”，即“顶真”的修辞手法，以上句末字为下句首字，如此往复至尾句，而运用这种修辞手法的诗作一般称为“联珠诗”。这种艺术手法的运用可以从某种程度上增加曲子的节奏感和跳跃感，使其读起来更加婉转流畅，朗朗上口，给人一种一唱三叹之感。

双调·折桂令·秋思

红梨叶染胭脂，吹起霞绡，绊住霜枝。正万里西风，一天暮雨，两地相思。恨薄命佳人在此，问雕鞍游子何之？雁未来时，流水无情，莫写新诗。

这是一首闺情之作，写一位佳人对远方不知归期的意中人的思念。

主题为“秋思”，前三句便开始描写秋景，和主题十分贴合。“红梨叶染胭脂”，那片片枫叶，像染了胭脂一般红艳；秋风吹起之时，红叶随风起舞，如同天边的彩霞一样美丽。“吹”“绊”两个动词的运用，赋予了秋叶灵动之美，更添秋日的情致。起首这三句，仅用“红叶”“秋风”“霜枝”这几个意象便勾勒出一幅秋景图，也为下文写秋之思虑渲染了气氛。

秋景萧疏，西风吹万里，一场秋雨之后，天气更加寒冷。宋代词人柳永《八声甘州》中有“对潇潇暮雨洒江天，一番洗清秋”之句，写的也正是一场秋雨一场寒的情景，乔吉“万里西风”，“一天暮雨”句与此句颇有异曲同工之妙。

以景起兴是古代诗歌中最常用的手法之一，《诗经》中便有“风、雅、颂、赋、比、兴”六义。如同《卫风·氓》篇中，“桑之未落，其叶沃若”，这支小令便以秋景起兴，为的是引出下句“两地相思”之言。也正因为有前面的秋景做铺垫，这句“两地相思”才显得更有意境。写景之后，转为写人，过渡巧妙，衔接也很自然，丝毫没有生涩之感，这便是情景两相融的高妙之处。

“恨薄命佳人在此，问雕鞍游子何之？”这里点明曲中的主人公是女子。她自称为“薄命佳人”，恐怕和她心中苦苦思念心上人的忧愁有关。接下来，一个“问”字更突出了女主人公的焦虑和担忧：“远方的情人你到底去了哪里，害得我在这里苦苦等候？”乔吉这两句也是化用柳永《定风波》中的词句：“恨薄情一去，音书无个。早知恁么，悔当初不把雕鞍锁。”

“雁未来时，流水无情，莫写新诗”，大雁秋去春回，但自己的情人却不知何时才能归来。“流水无情”两句援引“红叶题诗”的典故，即题诗于红叶之上，用流水来传情的故事。正所谓“落花有意，流水无情”，既然如此，又何必再为他赋诗。这句话欲说还休，既表明主人公的相思和孤独，也写出了她心中的无可奈何，意境极妙。这支小令曲调清丽，言辞婉转，凸显了乔吉散曲的艺术特色，读之余味盎然。